바닷가의 묘지

바닷가의 묘지

1판 1쇄 펴낸날 2024년 7월 26일
지은이 테리사 리
펴낸이 이재무
기획위원 김춘식, 유성호, 이형권, 임지연, 차성환, 홍용희
책임편집 박예솔
편집디자인 민성돈, 김지웅, 정영아
펴낸곳 (주)천년의시작
등록번호 제301-2012-033호
등록일자 2006년 1월 10일
주소 (03132) 서울시 종로구 삼일대로32길 36 운현신화타워 502호
전화 02-723-8668
팩스 02-723-8630
블로그 blog.naver.com/poemsijak
이메일 poemsijak@hanmail.net

ISBN 978-89-6021-772-0 03810

값 15,000원

바닷가의 묘지

테리사 리

천년의시작

차례

작가의 말

　나무는 꽃 피는 불꽃, 동물은 떠돌아다니는 불꽃, 인간은 말하는 불꽃이라고 합니다. 다른 문화권에서 살면 먼저 말이 가난해집니다. 그 가난한 말마저 점점 줄어들어 입을 다물어 버리는 일이 습관이 되어 버렸습니다. 그것은 두 개의 언어와 두 개의 마음이 일으키는 충돌 때문일 것입니다.

　이민자로 사는 일은 두 가지 언어로 모든 것을 기억하는 난제를 안고 있습니다. 모국어가 아닌 제2언어로 생존해야 하는 벽은 결코 녹록지 않았습니다. 하고 싶은 말이 아닌 무언가를 확인하기 위한 말, 일상을 유지하기 위해 단순히 묻고 대답하는 말, 겨우 할 수 있는 말만 골라 해야 하는 데서는 진정한 소통이나 대화에 닿을 수 없었습니다. 말의 불꽃이 꺼져 버린 자아에 서서히 균열이 일어나기 시작했습니다.

　그러나 이민자에게는 문화 갈등과 언어 장벽이 안겨 주는 최악의 위험은 피하면서도 그것들이 제공하는 다양한 경험을 겪을 시간이 기다리고 있었습니다. 풍부한 경험이 위로를 주었다 할까요. 그것을 붙들고 모국어로 글을 쓰게 되면서 균열이 일어났던 자아에 새로운 불씨가 일어나는 걸 알게 되었습니다. 낯선 땅에서 보고, 듣고, 느끼고, 생각한 것들의 불꽃을 모국어라는 불쏘시개로 살려 낼 수 있었습니다.

　또 각기 다른 소수민족들과 서로의 문화를 교환하면서 그 속에서 자아의 균열이 곧 상실이 아니었음을 깨달았습니다. 오히려 그러한 기회가 자신이 누구인지 깨우치는 큰 동기가 되어 주었습니다. 진정한 자신의 아이덴티티를 알아 가면서 의식은 더욱 분명해지고, 모국과 타국의 중간자로 글 쓰는 일은 보람된 활동이라 믿게 되었습니다.

　세월이 흘러갈수록 손가락 사이로 흘러내리는 모래 같은 모국어를 붙잡는 일이 쉽지만은 않았습니다. 그러나 가뭄이 찾아온 뜨거운 땡볕 아래 땅바닥에 몸을 붙이고 견디는 질긴 풀의 생명력을 본받아 낮고 겸허하게 글을 쓰려고 합니다. 그리고 고독한 글쓰기는 고향의 방 안에서 촛불을 마주하고 있는 듯한 안온함을 느끼게 해 줍니다.

　프란츠 카프카는 이런 말을 했습니다. 당신은 당신의 방을 떠날 필요가 없다. 당신의 책상에 앉아 귀를 기울이라. 그저 고요하고 잠잠하고 고독해지는 법을 배우라. 그러면 세상은 당신에게 거리낌 없이 몸을 맡겨 제 참모습을 드러내 보일 것이다. 세상은 당신 발치에서 황홀경에 빠져 뒹굴 것이다.

　생의 반환점을 돌아서야 시작한 글쓰기는 어쩌면 모국

에 대한 그리움, 짝사랑 같은 것일 테지요. 그리고 제 글쓰기의 추동은 죄책감에서 생겨납니다. 지나간 행적에 대한 죄책감이 제게는 있습니다. 현실의 부조리 앞에서 무력하기만 한 죄책감, 지구와 자연 또 미래 세대를 우려하는 죄책감도 한편에 있습니다. 그러함에도 책을 발간하는 죄책감 하나를 더 보태고 말았습니다. 그것은 아무도 제 글을 읽지 않을 것이라는 우울감이 아니라 온전히 나무를 향한 미안함입니다.

　　부족한 글의 해설을 써 주신 유성호 교수님께 진심으로 감사드립니다. 글쓰기의 불꽃을 들고 시드니에 오셨던 박덕규, 이재무, 이승하 교수님, 감사한 마음 늘 잊지 않고 있습니다. 존경하는 시드니 문인들께도 변치 않는 우정의 마음을 드립니다. 마지막으로 John Crosbie, Bok Soon, 박일호, 박가영에게 깊은 사랑을 전합니다.

　　　　　　　　　　　　　　　　　2024년 7월 테리사 리

바닷가의 묘지

＊

　노픽섬 공항에 도착한 시간은 오전 9시였습니다. 시드니에서 두 시간 가량 날아간 그곳에서 모건과 저는 가이드의 승합차를 탔습니다. 승합차에 앉아 차창 밖으로 닭과 소들이 자유롭게 먹이를 쪼고 풀을 뜯으며 돌아다니는 광경을 보다가 그만 눈물이 맺히고 말았죠. 두고 온 데이지 생각에 말입니다. 숙소마다 찾아다니며 '바닷가의 묘지'를 답사할 인원을 태운 승합차가 묘지에서 가까운 바닷가에 정차했습니다.

　제 어깨 너머로는 파도가 거칠게 솟구치고 가까이 보이는 옛 감옥은 폐허가 된 고대의 유적을 닮았습니다. 군락을 이룬 짙푸른 소나무들은 코발트색 바다를 배경으로 하늘을 향해 육중하게 솟아 있고요. 소나무 가지들이 해풍에 꺾일 듯 몸을 흔들며 아침 이슬을 털어 내고 있습니다.

　차에서 내린 스무 명 남짓한 일행이 골프장을 가로질러 옛 감옥으로부터 100여 미터 떨어진 바닷가의 묘지를 향해 걸어갑니다. 제가 한눈을 파는 순간 해풍이 제 플로피 모자를 날려 버렸어요. 이상하지요? 모자를 따라가는 저의 시선에 한 마리 새의 실루엣이 보여요. 새의 날갯짓이 꿈을 꾸는 것처럼 부자연스럽습니다. 소나무 밑둥치에다 알을 낳는다는 리플렛에서 읽은 '화이트 제비갈매기'일까요? 거친 해풍을 몸으로 막으며 새끼를 부화한다죠. 저의 몸에 둥지라도 틀겠다는 신호인 양 하얀 깃털 하나를 떨어뜨린 새는 곧 사라져 버렸습니다. 제가 깃털을 줍느라 허리를 굽히는 사이 모건이 모자를 잡으려고 달려가고 있습니다.

모자에 깃털을 꽂고 있는데 하얀 물거품 같은 것이 햇살을 뚫고 날아옵니다. 으윽, 저는 무릎을 꿇었습니다. 골프공이 저를 겨냥해 날아왔거든요. 공은 무사히 제 머리 위를 지나갔어요. 골프장은 폐허가 된 옛 감옥과는 아주 상반된 풍경입니다. 해변을 점령한 골프장에서 볼을 때리는 사람들은 마치 이 섬에 아무 일도 없었던 듯, 아무것도 알 바 아니란 듯, 무심하기만 합니다. 베일에 숨은 역사에 전혀 눈뜨지 못한 그들은 마냥 안온하고 즐거운 휴가를 즐길 뿐입니다. 그렇습니다, 지금 이곳은 마치 무심한 천국 같습니다.

사람들이 눈을 반짝이며 가이드의 손짓을 따라 하얀 목책 안으로 들어갑니다. 직사각형으로 둘러싸인 바닷가의 묘지로 말입니다. 오른손 손가락이 몽땅 잘리고 없는, 청회색 동공을 가진, 예순은 더 되어 보이는 가이드는 손가락 정도는 인생에 큰 문제가 아니라는 표정으로 사람들을 향해 활짝 웃고 있습니다. 그래서 햇빛에 반사된 그의 눈동자가 청백하게 보였을까요. 저의 시선은 주책없이 자꾸 그의 손을 주시합니다. 선조의 땅을 자랑스럽고 너그럽게 어루만지고 있는 손 같아서요. 조상의 숙명을 너끈히 사랑하는 자의 엄숙하고도 쓸쓸한 굵은 주름살에 저도 모르게 압도된 겁니다. 자연히 그가 설명하는 역사의 내용에 귀를 기울이게 되고요.

제 옆에 있던 모건의 뜨겁고 축축한 손이 저의 손을 잠시 잡았다가 놓습니다. 모건이 소형 녹음기를 꺼내 가이드의 설명을 저장하고 있어요. 저는 알고 있어요. 모건이 가려는 곳은 하얀 목책 밖의 둔덕 무덤이란 걸요. 목책 밖 무덤엔 대체 무엇이 있을까요. 모건의 진지한 옆얼굴이 궁금합니다.

모건의 한 손이 바지 주머니를 끊임없이 들고 납니다. 그 속에 무슨 엄청난 보석을 숨기고 있는 걸까요? 아니면 무슨 비밀이라도? 무덤 사이를 걷고 있는 조금은 숙연한 일행 가운데 모건의 행동이 눈에 거슬려 만류하고 싶습니다. 그때 가이드가 발길을 멈추고 몽땅한 손으로 묘비 하나를 쓰다듬습니다.

"이건 교수형으로 돌아가신 제 조상의 묘비입니다."

가이드 조상이 묻힌 무덤의 묘비는 해변에 굴러다닐 법한 평범한 돌이에요. 애초에 새겨진 적이 없는 비문은 읽을 수도 없겠죠. 그뿐만 아니라, 조화는커녕 나뭇가지를 꺾어 만든 십자가조차 없는 처량한 묘지입니다. 가이드가 두 팔을 크게 돌리며, 왜 이리도 많은 죄수가 교수형을 당했는지를 설명합니다. 하지만 죄수들 이름이나 고향은 알기도 하고

바닷가의 묘지

또 모르기도 한답니다.

그의 설명을 듣다 보니 지난 달 당신을 바닷가의 묘지에 묻고 오던 날이 생각나 울컥해지고 말았습니다. 제가 가슴 한가운데를 문지르고 있는 사이 모건이 녹음기를 끄고 대신 바지 주머니에서 물건 하나를 꺼냅니다. 쇠줄에 매달린 동전 같은 것이에요.

"이건 시간의 비밀을 간직한 러브 토큰입니다." 모건의 말이 미처 끝나기도 전에 저를 제외한 일행이 마치 원무라도 출 것처럼 모건을 삥 두르면서 모여듭니다.

"러브 토큰이군요." 가이드가 몽땅 손을 내밀며 말합니다.

"그렇습니다. 집안 대대로 물려받은 거였고 쌍둥이였던 다른 한 개는 고조부께서 목에 걸고 첫 죄수 선단에 몸을 실었죠." 말하는 모건의 시선이 잠시 목책 밖으로 날아갔다 다시 돌아옵니다.

가이드가 모건으로부터 토큰을 받아 들고 일행을 향해 전문가답게 이렇게 설명을 풀어 냅니다.

"이건 영국에서 '뉴사우스웨일스 죄수식민지(시드니)'로 선단이 출발하기 전에 죄수와 가족들 간에 나눈 징표입니다. 사랑하는 사람을 지구 반대편으로 보내면서 살아서 돌아오길 기원했던 일종의 수호부 같은 것이지요. 레든 하트leaden hearts라고도 불렀습니다. 사랑하는 사람의 가슴에 납빛 심장을 이식한다는 의미였을 겁니다. 앞면에는 '죽음이 두 사람을 갈라놓을 때까지' 같은 애정의 문구가 새겨져 있었고요. 뒷면엔 두 사람의 이름을 한꺼번에 관통하는 화살 그림이 있고, 쌍둥이 토큰을 각각 한 개씩 간직하기도 했습니다."

일행이 눈을 크게 뜨고 손에서 손으로 돌려 보는데도 저는 데이지 걱정으로 도무지 토큰에 눈길이 가지 않습니다. 저는 그리 멀지 않은 곳에 홀로 서 있는 무인도에 시선을 던집니다.

피를 흘리고 있는 것처럼 보이는 작은 홍토紅土 섬은 굶주림과 노동, 매질을 견디지 못한 죄수들이 탈출을 시도했던 곳이라고 합니다. 그들 중 한 명도 살아남지 못했고 세찬 물살에 목숨을 잃었다는 설명을 가이드가 말해 주었습니다. 죽은 자들의 강렬한 기운이 제 그림자를 묘비 깊숙이 묻어 버릴 기세입니다. 저는 균형을 잃고 이름 없는 묘비에 정강이를 부딪치며 넘어지고 말았습니다.

모건은 바지에 러브 토큰을 집어넣으며 가이드와 대화에 여념이 없어요. 그래서 제가 넘어진 걸 못 봅니다. 일행은 삼삼오오 묘비에 대해 이야기를 주고받느라 제 옆을 무심하게 지나가고요. 잠시 저 자신이 너무나 초라해져서 눈물이 핑 돌았습니다. 눈물을 들키지 않으려고 꿇어앉아 고개를 숙였습니다.

조금 뒤 누군가 제 목을 꾹 찔러 고개를 들어 보니 모건이었습니다. 저는 얼룩진 표정을 숨기려고 잔디를 뜯어 얼굴에 흩뿌리며 일어났습니다. 그리고 전화기로 얼굴을 가리며 무인도를 사진 찍는 척하는데 벨이 울렸습니다. 화들짝

　　　　　　　　　바닷가의 묘지

놀랄 수밖에요. 고의로 와이파이 카드를 구입하지 않았으니 당연히 수신이 두절되었다고 믿고 있었는데 벨이 울린 겁니다. 또한 저는 그동안 전화기뿐만 아니라 정신까지 꺼 놓았던 겁니다.

"은주! 데이지가 먹지도 않고 잠도 안 자." 데이지의 돌보미였습니다.

"거짓말 아니겠지?"

"은주, 제발 지금 돌아와야겠어."

"캐롤, 섬에 도착한 지 겨우 두세 시간 지났어!"

"데이지가 밤새도록 하울링인지 통곡인지만 해. 지금 빨리 돌아와."

"캐롤, 내 말 들려? 정말 특별한 여행이란 것 알지?"

"데이지가 눈물을 줄줄줄 흘려. 데이지는 오직 너만 기다려."

저는 전화를 끊어 버렸습니다.

땀 때문인지, 수전증 때문인지 전화기가 바닥으로 떨어지고 말았습니다.

"나쁜 자식들! 데이지를 얼마나 괴롭혔으면."

"돌아가야겠지?" 모건이 옆에서 묻습니다.

저는 전화기를 주워 들고 서 있는 모건에게 고개를 끄덕였습니다. 셰퍼드와 불도그가 데이지를 괴롭히고 있는 상상이 눈에 보일 것 같았습니다. 진돗개 데이지를 맡기려고 캐롤의 집을 찾아갔을 때, 사나운 두 마리 개를 무심하게 지나친 제게 잘못이 있었습니다. 그때 제 머릿속은 오로지 모건과 함께 떠나는 일로 가득해 판단이 마비되어 있었습니다.

걱정되면서도 걱정하지 않아도 된다고 저 자신을 속였고, 저 자신에게 거짓말을 했습니다. 두 녀석이 합세해 데이지를 향해 으르렁거리는 광경을 제 눈으로 똑똑히 보고도 말입니다. "괜찮아, 괜찮아" 하며 저 자신을 다독였고요. 모건에게 정신이 홀려 스스로 최면을 걸었습니다. 인간은 자신을 속이는 데 능란한 동물이잖아요.

"괜찮을 거야. 아니, 괜찮지 않을 수도 있어." 저는 중얼거립니다.

뭔가 일이 잘못되어 간다는 두려움을 가라앉혀 보려고 아무리 애를 써도 마음의 문자는 돌아가라고 합니다. 그러니까 오지 말아야 할 곳에 온 겁니다.

모건이 제 손을 단단히 잡습니다. 그때까지도 제 손 떨림이 계속되었던 모양입니다. 모건도 캐롤의 말이 믿기지 않는다고 합니다. 그가 데이지를 잘 알고 있기 때문이겠죠. 나이가 서른인 모건은 배우자와 헤어졌고, 마흔을 훌쩍 넘긴 저는 결혼을 하지 못했습니다. 주로 모건과 저는 대화를, 그의 두 딸과 데이지는 녹초가 되도록 늑골 무늬 모래사장을 뛰어다녔습니다. 당신도 아시다시피 데이지는 낯가림이 없고 붙임성이 좋잖아요.

모건 레이놀은 검은 머리칼과 갈색 동공을 가진 백인이에요. 서양인의 평균 키와 중간 체격, 어둡지도 밝지도 않은 표정으로 미소를 지을 줄 아는 소방관입니다. 그런 그의 피에 사형수의 유전자가 흐르리라곤 당신도 쉽게 상상하지 못할 겁니다.

갑자기 이곳까지 오면서 일어났던 일들이 빛이나 소리처럼 보이고 들려요. 그렇더라도 공항 통관 검색대에서 와인 두 병을 빼앗기기 전까지는 순조로운 여행의 시작이었습니다. 이른 새벽 모건 집 대문 앞에서 공항으로 갈 택시를 기다리면서 올려다본 하늘엔 별이 반짝였고, 그 별들이 제 운명을 안내하고 있는 것 같았거든요. 여느 날과 다르게 별이 유별나게 영롱했으니까요. 전조등을 켠 채 다가온 택시 기사에게 반가움을 참지 못하고, 시작이 좋다고, 하지 않아도 될 말을 하고 말았지요. 제 키가 작아 깔보는지, 껄다리 기사는 저를 응대하지 않더군요.

공항 세관원이 와인 두 병을 쓰레기통에 던져 버리는 순간, 제 몸에서 무엇이 스르륵 빠져나가는 걸 느꼈습니다. 노퍽섬이 호주 땅 아니냐고, 그래서 관세법을 미처 몰랐다고 사정사정해 보기도 했지만 소용없어요. 와인을 준비해 가는 게 좋지 않겠느냐고, 제안한 사람이 저였는지 모건이었는지 기억나지 않습니다만, 주류 판매상에서 '19인 범죄자' 레이블이 붙어 있는 와인을 발견한 사람은 모건이었습니다. 아무튼 와인은 진열장에서 우리를 기다리고 있었다는 듯 호들갑스럽게 발견되었죠. 어두운 포도알과 두꺼운 껍질, 씨가 많은 포도로 만든 카베르네 소비뇽 두 병을 제 손가락이 야무지게 집어 올리더라고요. 평소 당신이 즐겨 마시던 와인이란 걸 제 손가락들이 기억하고 있었던 거겠죠.

그런데도 호주 정착 초기 영국에서 끌려온 흉악범들의 사진이 붙은 와인을 움켜잡자 두려움이 앞서더라고요. 그 가운데 노퍽섬에서 수인 생활을 한 인물이 있었거든요. 우리는 섬 어딘가에서 기다리고 있을 모건의 고조부 무덤을 찾아내서 와인을 뿌려 제의를 드릴 것을 약속했습니다. 그렇게 하면 조금이나마 위안이 될 것 같다는 모건 말에 동의했죠. 하지만 몸으로 신탁을 풀게 되리란 예감은 괴이쩍었어요.

모건이 빌려준 콜린 맥컬로우[1]의 『모건의 길』을 밤을 새워 읽었죠. 얼음 조각으로 눈을 문질러 가면서요. 작중 주인공 이름도 모건이었거든요. 소설은 한 사내의 파란만장한 인생역전 스토리인데, 그가 어찌어찌해서 영국에서 최초의 죄수 선단에 몸을 싣는 운명이 되어 뉴사우스웨일스 죄수 식민지에 도착했죠. 그 뒤 어쩌다 불행하게도 흉악범들 무리에 섞여 다시는 빠져나오지 못할 노퍽섬으로 이송되었고 그 후….

그 당시 무인도였던 이곳 섬은 인간이 살지 못할 땅이었답니다. 소나무 군락만 땅속 깊이 뿌리박고 하늘을 뚫을 것처럼 자라고 있었다죠. 인간은 나무처럼 뿌리로 영양을 빨아들이며 살 수 없다는 진리를 영국의 권력자들은 몰랐을까요? 보나 마나 섬을 프랑스에 뺏기지 않을 욕심으로 눈이 먼

---

1 호주 작가. NSW 웰링턴 출신이며 『가시나무새』로 널리 알려져 있다.

바닷가의 묘지

척했겠죠.

모건을 만난 건 '역사 속에 숨은 범죄자들'이란 이벤트에서였습니다. 그가 자신의 뿌리를 찾는 일의 일환으로 그곳에 참석했지요. 저는 '벤 홀'이라는 산적을 다룬 슬픈 영화를 본 직후였습니다. 주연을 맡은 잭 매튜와 조안나 도빈의 섹스 연기를 보다가 성적 감각의 충격을 받고 나자 공연히 호주 역사에 끌리게 되더라고요.

당신의 장례 뒤 처음 외출한 곳이 하필이면 피비린내를 부르는 데다 야한 섹스 신이 나오는 영화였습니다. 장례를 치른 지 일주일도 안 된 때에 말입니다. 지금도 그때 저 자신을 이해할 수 없습니다. 아무리 유산 상속 때문에 당신을 원망하느라 마음이 엉망이었다고 하더라도 말이에요.

장례가 끝나고 남은 휴가 기간 내내 제 머릿속에서 영화가 살아났고, 거기다 마땅히 할 일이 없던 저는 범죄자 이벤트에 가게 되었습니다. 그날 모건이 저의 옆자리에 앉았고요. 운명적인 일이었죠. 모건을 보자마자 긴장하는 저 자신이 어리둥절하기까지 했답니다.

더 기이한 우연은 그를 이벤트에서 만난 바로 그 다음 날 일어났습니다. 사월의 어느 하루였고 쾌청한 호주의 가을날이었습니다. 저는 데이지를 모시듯 끌고 해변을 걷고 있었고, 그는 두 딸을 한 손에 하나씩 붙잡고 나타났습니다. 붉은 석양을 등에 짊어지고 저와 거리를 좁혀 오고 있었어요. 말하자면 작은 기적이 제가 사는 도시에서 일어난 겁니다. 그날부터 누가 먼저 작업을 걸고 자시고 할 것도 없이 쫓기는 운명처럼 우리는 가까워지기 시작했습니다.

교제가 시작된 후 정확하게 17일째 되던 날, 이른 아침 그로부터 문자가 왔습니다. 집을 나갈 때만 해도 하늘에는 구름 한 점 없었어요. 그래서 무르익은 가을의 낭만을 생각했어요. 특히나 개와 두 딸을 떼어 놓고 만나자고 했으니 그렇게 생각한 것도 무리가 아니었어요. 단둘이 앉아 피크닉 바구니에서 커피와 샌드위치를 꺼내다 말고 모건이 입을 열었어요.

"노픽섬으로 갈 건데 함께 갈 수 있겠어?"

그 순간 갑작스러운 돌개바람이 바구니와 커피, 샌드위치를 날렸어요. 그것들을 잡으려고 엉덩이를 들자마자 깔개가 날아갔죠. 모래 태풍이 사람들 얼굴을 덮쳤습니다. 광풍 소리는 그의 말을 잘랐고, 바다로부터 굵은 비가 몰려오고 있었죠. 순식간에 해변이 살풍경하게 변해 버렸습니다. 평소 조용한 모건이 고래고래 소리를 질렀습니다.

"노픽섬으로 가야 해… 노픽섬으로."

윙윙 울리는 바람 소리가 마치 저주받은 짐승의 울부짖음처럼 싫었습니다. 그래서 저는 그의 두 손을 와락 붙들었고, 놓치고 싶지 않다고, 미지의 섬으로 가지 말라고, 울며 불며 매달리게 되었고요. 당신이 돌아가시고도 몰랐던, 제 눈물이 뜨겁다는 사실을 처음 알았어요. 그래서 그만 데이지의 존재를 대수롭지 않게 여기게 된 겁니다. 죄송합니다.

제 운명과 맞바꿀 중대한 사건이 벌어지고 있다는 생각에 사로잡혀서 그만.

한국에서 외삼촌이 세상을 떠나기 전 보낸 데이지는 어머니의 분신과 같은 존재, 아니 분신 그 자체잖아요. 맑은 날이면 등대의 희고 말간 정수리에 입맞춤한 태양이 달려와 동쪽으로 난 선룸의 유리창을 고루 핥아주는 고풍스러운 저택, 저축, 연금 외에도 당신의 모든 유산을 데이지 앞으로 남겨놓았더군요. 변호사가 유언을 읽어 나가다 제 얼굴을 뚫어지게 바라보더니 아래 문장에서 유난히 입술에 힘을 주고 또박또박 발음했습니다.

"모든 재산은 데이지의 이름으로. 관리는 데이지를 돌보는 딸 은주에게. 변호사를 데이지 후견인으로."

그러니까 저는 하루아침에 데이지와 이해관계에 얽힌 것입니다. 데이지가 '갑', 저는 '을'이 된 거죠. 제 심정을 털어놓을 누군가가 필요했습니다. 위로받고 싶었습니다.

고백하건대 모건을 따라나섰던 건 호주 역사에 대한 호기심에 불이 붙은 때문도 아니고, 영국의 죄수 선단에 얽힌 사연에 관심이나 흥미가 있었던 때문도 아닙니다. 굳이 밝히자면 모건 그 사람을 따라나선 겁니다.

또다시 이곳에 도착하면서 보았던 섬의 풍광이 되살아납니다. 포효하는 파도, 절벽을 물어뜯으며 거품을 물고 졸도할 것 같은 섬을 기체에서 사선으로 내려다보는데, 제 안의 알 수 없는 무엇이 창문을 깨부수고 뛰어내리라고 부추겼다고 고백하면 당신은 믿으시겠어요?

"저 바다가 나 하나쯤 순식간에 삼키려고 하는군. 그러곤 낯을 바꾸고 딴청을 피우려고!"

저는 한 손으로 입을 막고 중얼거렸습니다. 옆에 있던 모건이 저를 쳐다보는 걸 느끼자 정신이 번쩍 들었고 저는 가슴을 쓸어내렸습니다. 그때 비행기가 착륙하려고 플랩을 내렸습니다. 누가 제 심장에 수갑을 채우는 것처럼 숨이 꽉 막혀 왔어요. 운명에 투옥되고 있는 제 심장이 강렬하게 뛰었습니다. 다시는 살아서 집으로 돌아가지 못할 것이란 생각이 번쩍 뇌리를 스쳐 지나갔고, 최초로 노퍽섬에 발을 디뎠던 죄수들의 공포가 지금 제 마음과 같았을 거라고 생각했어요. 그래서 저는 몇 번에 걸쳐 몸을 파르르 떨었습니다. 한편 집으로 돌아가지 못해도 상관없다는 심정은 어쩌면 모건과 비행기에 나란히 앉아 있었기 때문이 아니었을까요?

제가 지나치게 감상적이라고요? 모두 모건 때문입니다. 저의 영혼은 온통 사랑의 마력에 사로잡혀 있었습니다. 제 가슴을 두 쪽으로 갈라 저의 순수하고 무구한 사랑을 모건 눈 앞에 꺼내 보이고 싶을 만큼이나요.

일행은 목을 꺾고 묘지를 관찰하고 있습니다. 저는 개 돌보미 캐럴의 전화가 머리에 뿌리박혀 괴로웠습니다. 그때 오토바이 한 대가 바닷가 묘지 가까이로 다가왔습니다. 저는 달려가 구걸하듯 매달렸습니다.

"제발 항공사까지만 태워 주세요. 얼마라도 지불할 수

바닷가의 묘지

있어요."

　이곳 섬에서 살아가는 오토바이 청년의 허리를 껴안고 항공사를 향해 국도를 달리는데 거친 바다 위에 한데 묶여 있는 보트 두 척이 눈길을 잡아끌었습니다. 그것은 마치 사랑하는 남녀가 거칠고 불길한 운명 앞에서 서로 부둥켜안고 바들바들 떨고 있는 것처럼 보였어요. 오토바이가 말해 줬어요. 거친 파도로부터 보트를 지키려고 누가 특별히 고안했다고요. 물건이든 사람이든 혼자보다 둘이 함께라면 더 아름답지요. 오토바이 엔진 소리에 뒤섞여 들은 말이라 정확하진 않아요. 위태위태한 오토바이를 타고 가면서 너무 많은 것을 바란다면 제가 이상한 거죠. 그냥 항공사까지만 잘 도착하면 그만이었습니다.

　"편도 시드니 부탁드려요." 항공사 직원에게 말했습니다.

　"누가 돌아가셨나요?" 여직원이 눈을 동그랗게 뜨고 물었습니다.

　"어머니가 돌아가신 지 한 달하고 이틀이에요."

　"무슨 말씀인지 모르겠지만, 항공권이 없습니다."

　"어머나, 그럼 우리 데이지를 어떻게 한담?"

　여직원의 시선은 저에게 맞춰져 있었지만 그렇다고 저를 쳐다보고 있는 건 아니었습니다. 그녀 얼굴에는 아무 표정이 없었고, 말로도 모자라 손짓을 더해 항공권을 사정하는 저에게 '개를 가지고 별난 호들갑을, 지금 할아버지가 죽었다고 해도 항공권을 구해 줄 수 없으니 조용히 사무실 밖으로 나가 주면 좋겠는데' 그런 말을 하는 것 같았어요. 저는 말했어요.

"어머니께서 전 재산을 개에게 물려주었거든요."

드디어 여직원이 출입문을 손가락으로 겨누며 말하더군요.

"해약 티켓이 나오면 연락을 드릴게요."

갈 때 타고 온 오토바이를 다시 얻어 타고 묘지에 돌아왔을 때 숙연해야 할 곳에서 폭발적 웃음소리가 들렸습니다. 가이드와 모건 그리고 일행이 반 고흐의 그림 〈죄수들의 원형 보행〉처럼 둥글게 모여 터뜨리는 웃음소리입니다. 저는 알 수 없는 소외감에 얼굴이 달아올랐습니다. 항공권에 관해서는 침묵했습니다. 모건이 묘지에 반쯤 미쳐 있어서 말할 기회를 찾기 힘들었거든요.

한참 뒤 모건이 원무에서 빠져나와 저의 손을 끌며 목책 밖으로 나갑니다. 때를 기다렸다는 듯 가이드가 흩어져 있는 일행을 불러 모아 묘지 밖의 평평한 무덤을 가리킵니다. 목책을 가장 먼저 빠져나간 모건과 저는 목책 밖에 납작 엎드린 둔덕 무덤 앞에 발길을 멈춥니다. 무덤은 살아 있는 사람들이 너무나 많이 거쳐 가는 바람에 죽은 사람의 흔적은 모두 닳아 없어지고, 영혼의 눈을 숨긴 채 흡사 환생할 순간을 묵묵하게 기다리고 있는 것 같습니다. 초록색 잔디밭이 된 무덤은 한 덩어리입니다. 저는 2,472개의 유골을 발굴하여 12명을 환생시키고 싶다는 상상을 했습니다. 순간 바다로부터 이런 강렬한 외침이 들려왔습니다.

"부수어라, 파도여! 솟구치는 파도여, 부숴 버려라!"

그 소리는 동강 난 러브 코인의 단면처럼 거칠었습니다. 저는 화들짝 한번 놀랐고, 이어서 그 외침 틈새로 들려오는 가녀린 소리에 다시 한번 놀랐습니다. 바다의 웅성거림인가 하고 시선을 해변으로 보냈지만, 얼마 전 보았던 새가 허공에서 날갯짓하며 우는 소리였습니다. 날면서도 또 날지 않는 것처럼 보이는 그 새는 바르르 떨며 제 심장을 뚫고 들어올 것처럼 파닥이다가, 제가 깃털 꽂힌 모자를 벗어 휘젓자 사라져 버리고 말았습니다. 저는 모건을 향해 말했습니다.

"모건, 저 새 좀 봐. 다시 태어나고 싶다는 날갯짓과 가녀린 울음소리를!"

하지만 그는 이미 둔덕에 꿇어앉아 있었어요. 그가 한 손으로 신들에게 바치는 최상의 제물인 양, 러브 토큰을 경건하게 받쳐 들고서, 타오르는 눈빛으로 무덤을 삼킬 듯이 쏘아보고 있었습니다. 차라리 무덤을 파헤치라고 말해 주고 싶었습니다. 제 시선은 모건을, 제 귀는 가이드를 각각 향했습니다.

"휴먼 에러! 휴먼 에러! 이곳엔 무참하게 교수형을 당한 12구의 시신이 잠들어 있습니다. 그들은 묻히지 못하고 스스로 무덤이 되었죠. 시신 위에 또 다른 시신을 연이어 차곡차곡 포갰습니다. 마치 소금에 절인 고등어를 상자에 꼭꼭 눌러 쟁이듯."

가이드가 기침하느라 몽당 손으로 가슴을 탕탕 친 다음 계속 설명합니다.

"지금은 잔디가 자라 초록 양탄자처럼 보이지만, 사형 뒤 내던져진 시신들의 눈을 새들이 날아와서 파먹고 또 내장을 꺼내 물고 흔들었으며, 더 크고 사나운 새가 날카로운 부리로 시신의 머리를 쪼개어 골을 빼내 삼켰습니다. 뼈에 응고된 먹피를 파도가 씻어 냈고, 해풍이 뼈들의 갈피를 건조하였으며, 소금꽃이 흐드러지게 피기 시작한 뼈들을 자갈과 모래가 덮어 형성된 자연 무덤입니다. 이 무덤은 그들 영혼의 집입니다."

말하는 가이드와 듣고 있는 모건의 눈이 동일한 광채를 내뿜고 있습니다. 그런데 가이드 설명을 들으면서부터 저는 줄곧 모건과 초록 잔디 위에 누워 잠들고 싶었습니다. 새벽부터 부산을 떨며 이곳으로 오느라 피곤이 몰린 탓일까요. 무덤의 잔디가 제 눈에 폭신한 초록 침대처럼 보였어요. 진정으로 그 위에 누워 영원히 함께 잠들고 싶었습니다. 그와 몸을 꼭 밀착시키고 싶다는 불경스러운 갈망이 왜 하필 둔덕 무덤가에서, 그것도 모건 고조부의 무덤가에서 생겨났는지 모르겠습니다. 새가 된 모건 고조부의 환생이라도 신탁받은 걸까요? 저는 알 수 없는 의문에 빠져 허우적댑니다. 해풍이 불어와 모건의 등과 허리를 쓸어내립니다. 다가가 그의 등을 꾹 찔러 일어나게 해야 할까요?

가이드와 일행은 오늘 일정을 끝내고 돌아갈 낌새입니다. 모건은 앉은 채로 잠든 것이 아닐까 싶을 만큼 미동도 없이 마치 꿈꾸듯이 혼자 중얼거립니다. 저는 데이지 생각뿐

바닷가의 묘지

입니다. 설마 데이지가 죽어 버리는 것은 아니겠죠? 참다못한 제 가슴에서 뜨거운 불길이 타올라 통닭이라도 삶아 낼 것 같습니다. 데이지를 잃고 제가 노숙자 신세가 되어 있는 상상을 할 때였죠.

"자, 이제 돌아갈 시간입니다."

가이드가 흩어져 있는 일행들에게 부탁합니다.

아직도 묘지 위에 꿇어 엎드린 채 꼼짝도 않는 모건의 어깨를 가이드가 부드럽게 감싸안으며 뭔가 말을 하는 것이 보이지만 저는 데이지 생각에 귀가 먹어 버린 것 같습니다. 데이지 문제는 제 현실을 좌우지하는 일이니까요. 가이드는 그에게 '내일 조용하게 혼자 오셔서 할아버지와 영혼의 만남을 하시길' 하고 말하지 않았을까요?

승합차에서 내린 모건과 저는 힘겹게 숙소 계단을 올라갔습니다. 출입문 손잡이에 걸려 있는 렌터카 안내 스티커를 떼어 내면서 저는 다짐했습니다. 가방부터 꾸리기로요. 항공사에서 언제 전화가 올지 모르니까요. 저는 가방을 꾸리면서 간간이 모건을 쳐다봅니다. 그는 손과 머리를 끊임없이 움직이며 이야기하고 있어요. 오늘따라 그의 제스처는 이야기에 집중하기 어렵게 만들 정도로 제 힘에 부칩니다.

"한 덩이의 빵을 훔친 죄로 7년 형량을 받고 이곳으로 유배된 나의 고조부는 형량을 마치고 영국으로 돌아갈 날을 하루도 빠짐없이 기도했을 거야. 도대체 고조부가 무슨 연고로 흉악범이 되었을까? 쌍둥이 러브 토큰의 다른 한 개는 틀림

없이 무덤 속에 있을 거야. 고조부는 목이 달릴 때도 러브 토큰만 생각했을 테니까."

뭐 그런 이야기를 밑도 끝도 없이 지껄여 댑니다. 그는 진짜 무슨 말을 하고 싶어서 저렇게 많은 말을 쉬지 않고 지껄이는 걸까요? 젖은 솜 같은 묵직한 피로가 저의 전신을 짓누릅니다. 저는 곧 잠이 들고 말았습니다. 데이지 꿈을 꾸었습니다. 개는 죽어 있었어요. 너무 놀라 벌떡 일어난 뒤 그게 현실이 아니라 꿈이란 걸 알고 날아갈 듯 기뻤습니다.

*

바닷가의 묘지입니다. 아침 일찍 렌터카를 빌려 엘리자베스 2세 여왕 부처가 두 차례나 묵은 적이 있다는 콜린 맥컬로우 자택을 방문했죠. 호주 NSW 웰링턴에서 태어난 『가시나무새』의 작가 말이에요. 그곳 거실에 걸린 4B로 스케치한 여자의 불두덩 80호 화폭은 지인이 작가에게 보낸 결혼 선물이었답니다. 그림을 감상하는데 작가의 묘지가 궁금해 견딜 수 없더라고요. 시커먼 여자의 불두덩이 어찌나 예술적이던지?

오후 2시의 태양이 이글대는 바닷가의 묘지에서 작가의 묘비를 찾아보려고 땀을 흘리고 있습니다. 누군가 해찰이라도 하는 것 같아요. 보이지도 않는 무덤을 억지로 찾지 말라는 무언의 핀잔이 담긴 모건의 옆얼굴을 바라봅니다. 그의 마음은 오로지 둔덕 무덤에 가 있는 걸 알 수 있습니다.

"어차피 가로질러 가는 길목이니까. 잠깐, 잠깐만! 금방 찾을 수 있을 거야."

저는 포기하고 싶지 않아 그를 꼬드겼습니다.

맙소사, 땀을 흘리며 긴 시간 발품을 팔고 나서야 간신히 콜린 맥컬로우의 묘비를 찾았습니다. 작가는 무참하게 희생된 처형자들을 애도하려고 노픽섬에 정착했고, 억울한 사형수들과 같은 곳에 묻히길 소원했다는군요.

알고 본즉 그녀의 묘비를 수십 번 지나치고도 알아보지 못했던 겁니다. 화려한 묘비들만 골라서 눈길을 주다 뒤늦게 간신히 발견한 작가의 묘비 앞에서 잠시 멍했습니다. 작가의 묘비는 눈물이 날 만큼 초라하여, 마치 사형수의 묘비를 보는 것 같았습니다. 그녀의 명성에 걸맞은, 제가 상상한 묘비는 어디에도 없었습니다. 인간은 아는 것만큼 행동하고 믿고 싶은 것만 믿는다죠? 비문을 들여다보고 있는 제 손을 참을성 없는 모건이 세게 잡아끌어 당깁니다. 둔덕 무덤으로 가자는 겁니다.

모건을 따라 움직이자 창자에서 신물이 올라옵니다. 저는 데이지 걱정에 먹지도 마시지도 잠을 잘 수도 없었고, 숨쉬기조차 벅찼습니다. 어제오늘 물밖에 먹은 것이 없는 제 눈에 모건의 옆모습은 무엇에 짓눌렸거나 스스로를 짓누르며 몹시 긴장한 것처럼 보입니다.

태양이 둔덕 무덤을 비선형으로 내리쏘고 있습니다. 모

건은 러브 토큰을 들고 녹일 듯 바라보고 있다가 한참 뒤 그
것을 가슴에 올린 채 무덤 위에서 까무룩 잠이 들고 맙니다.
저는 겉으로 태연한 척하지만 데이지와 얽힌 유산 때문에 안
절부절 못하고 있습니다. 인간은 겉과 속이 다른 동물이잖아
요. 저는, 언제까지 저 자신을 속이며 인생을 살아야 할까요?

모건 옆에 앉아 몸을 외로 꼬다가 천 가방 속에서 책을
꺼냈습니다. 작가의 저택에서 구입한 역사소설의 11쪽을 펼
칩니다.

'매뉴얼도 없이 노퍽섬에 첫발을 디딘 흉악범 15명과 책
임자 7명은 끝내 신의 이름을 잊어버리고 말았다. 섬의 사정
은 하루가 다르게 추락했다. 캡틴 쿡, 그가 발견한 섬에서
굶주림에 지친 죄수들이 자주 졸도했고 스스로 목숨을 끊는
일이 끊임없이 이어졌다. 임무를 맡은 간수들까지 점점 타
락을 일삼고 퇴폐하기 시작했다. 설상가상으로 첫해부터 흉
년이 닥쳤고, 섬의 상황은 말문이 막힐 정도로 처참해졌다.'

그다음 제가 무슨 내용을 읽었는지, 데이지 걱정에 기억
이 가물가물합니다. 아마도 이런 내용이었던 것 같아요

'시드니로부터 더 많은 흉악범들이 노퍽섬으로 이송되어
왔다. 그로 인해서 섬의 식량 사정은 심각해질 수밖에 없었
다. 섬에 서식하는 가마우지는 물론이고 도마뱀과 나비 심지
어 지네까지 잡아먹었지만, 그들의 굶주림은 해결되지 않았
다. 거기다 마실 물조차 없었다.'

책을 읽는 내내 생각했습니다. 왜 그들이 신을 외쳐 부

르지 않았는지요. 저는 답답했습니다. 제 심정을 부글부글 끓어오르게 하며 궁색하게 잠들어 있는 모건도 답답하긴 마찬가지입니다.

모건이 잠결에 몸을 뒤척이더니 팔을 뻗어 돛처럼 휘젓습니다. 허공에서 아무것도 잡지 못한 그가 잔디를 움켜 뜯으며 몸을 일으킵니다. 그렇지 않아도 마른 편인 그의 얼굴은 이틀 사이에 변장한 것처럼 낯설게 느껴집니다. 그가 벌떡 일어서더니 잠이 덜 깬 탓인지 공포에 질린 표정으로 중얼거립니다.

"괜찮아, 괜찮을 거야. 설마 하니 죽기야 하겠어?"

그가 악령의 주술에 걸린 것처럼 밑도 끝도 없는 말을 뱉은 겁니다. 저는 미처 말귀를 알아듣지 못했고, 무엇보다 조금 전 읽은 역사책에 정신이 매몰되어 엉뚱한 질문이 터져 나오고 말았습니다.

"엘리자베스 2세 여왕 부처와 추기경이 왜 두 번씩이나 험난한 여정을 무릅쓰고 이곳에 왔다고 생각해?"

저의 난데없는 질문에 그는 입을 다물어 버립니다.

그때 전화벨이 울린 것이었습니다. 항공사 사무실에서 걸려 온 전화라고 믿었죠. 모자 위에 올려놓았던 전화기를 부리나케 집다가 미끄러워 놓쳤고요. 와이파이를 구입하지 않은 것을 후회하며 전화를 걸 수 없어 뛰고 있는데 다시 전화벨이 울었습니다.

"데이지가 무섭게 사나워졌어. 불도그와 셰퍼드를 물려

고 해. 누구도 가까이 갈 수 없어."

캐롤이 울고 있었습니다. 저는 폭발할 것 같은 심장을 두 손바닥으로 눌렀습니다. 침착하게 알겠다고 한마디 던지고 전화를 끊었습니다.

"항공권이 없으면 바다를 건너겠어. 나는 수영 선수니까." 아랫입술을 깨물어서인지 탁음이 나왔습니다.

"진정해." 모건이 한 말입니다.

"난 진정하고 있어."

"죽진 않을 거야."

"죽지 않는다는 보장은 어디에도 없어."

'전 재산이 걸린 문제야'라고 말하고 싶었지만 차마 소리 내어 말하긴 힘들었습니다. 그 뒤 제가 어떻게 모건을 다그 쳤는지 잘 모르겠습니다. 어떻게 회유하고 억압했는지.

"돌아가자." 곧 모건이 허락을 하고 말더군요. 그간 녹음 한 것과 가이드에게 얻은 몇몇 자료만으로도 조상 뿌리 찾기 엔 크게 도움이 될 거라고 하면서요.

렌터카를 향해 모건이 최대한 큰 보폭으로 걷고 있는데 도, 제 눈엔 그가 한 발짝을 내디딜 때마다 불만이 차곡차곡 쌓입니다. 마치 굼벵이가 걷는 것 같아서요. 저 또한 구르 듯이 땅을 디디며 걷지만 제 발길에 두려움과 후회가 수없이 짓밟히고요.

렌터카를 바람처럼 몰아 시가지에 도착했습니다. 그가 주차할 동안 저는 도로를 가로질러 항공사 사무실로 직진했

바닷가의 묘지

습니다. 맙소사, 토요일이라고 항공사 사무실 문이 닫혀 있었어요. 사무실 문 앞에 망연자실 앉아 모건을 기다렸습니다. 한참을 기다려도 모건이 나타나지 않았어요. 조금 뒤 그가 검은 비닐봉지를 흔들며 길을 건너오는 것이 보였어요. 저는 서운한 마음을 억눌러야 했습니다.

"노픽섬의 귀신이 될 순 없어." 모건이 말했습니다.

모건은 닭을 푹 삶아 먹겠다며 비닐봉지 안을 보여 줍니다. 몇 끼를 굶었으니 닭이라도 푹 삶아 먹어야 한다고요.

닭을 보자 승합차 차창 밖으로 본 풍경이 눈앞에 어른거렸습니다. 어미 닭을 따라 소풍 나온 앙증맞은 병아리들이 숨은그림찾기 놀이를 하는지, 카페 마당 구석구석을 파헤치거나 풀숲을 방랑자처럼 돌아다니고 있었지요. 선홍색 볏에, 낭만의 기억을 소담스럽게 담고 있던 어미 닭, 저와 눈 키스를 했던 어미 닭이 거짓말처럼 죽어 그의 손에 들려 있는 겁니다. 모건은 항공사 사무실 문이 닫혔거나 말거나 침묵하며, 실망하는 기색도 보이지 않습니다. 저는 혼자 입을 앙다물어야 했습니다.

숙소에 도착했을 때 거짓말처럼 도어 키가 보이지 않았습니다. 모건이 호주머니를 뒤질 동안 저는 검은 비닐봉지를 들어 엎었습니다. 쇼핑한 것이라곤 닭밖에 없었거든요. 아직도 따끈따끈하게 느껴지는 어미 닭의 심장, 허파, 간, 콩팥, 모래집, 똥집, 닭발, 위 같은 내용물이 주르륵 도어 앞에 쏟아졌습니다. 한 손으로 닭의 모가지를 비틀어 잡고, 텅 빈 닭의 배 속에 한 손을 깊숙이 찔러 넣었어요. 그리고 샅샅이 휘 젓습니다. 닭의 몸통 안에서 뼈가 손끝에 느껴질 때마다, 섬 뜩섬뜩한 쾌감을 느끼며 키를 찾다가 고개를 들었을 때 모건 이 보이지 않았습니다. 그는 말도 없이 어디로 자꾸만 사라 지는 걸까요? 모건도 사라지고 닭의 배 안에서도 키를 찾지 도 못한 저는 허탈해졌습니다.

그때 헐레벌떡 나타난 모건이 처음으로 이곳에 온 것을 후회하는 것 같았습니다.

"여기가 이상한 앨리스의 나라인가? 리셉션이 굳게 닫 혔어."

모건은 이미 수십 번 털어 낸 바짓가랑이를 다시 털어 냅 니다. 흔들었던 재킷을 벗어 다시 휘젓습니다. 뒤진 호주머 니를 다시 뒤지고, 뒤집었던 바지 주머니를 재차 까뒤집는데 쨍그랑, 하고 비명을 지르며 러브 토큰이 떨어졌습니다. 저 는 그것을 재빨리 집어 들었습니다. 만에 하나라도 그것에 숙 소의 키를 찾을 수 있는 암호가 숨겨져 있을지 모르잖아요.

고백하건대 그 순간만은 진실로 간절하게 신의 존재를 믿 고 그에게 빌고, 그 존재를 향해 경배할 수 있을 것 같았습 니다. 콘크리트 위에 떨어진, 바퀴에 깔려 우그러진 동전의 불행한 금액을 확인하듯 러브 토큰을 소리 내어 읽었습니다.

"내가 죽을 때까지, 나는 당신을 사랑할 것이다. 설령 죽 어 내 숨이 멈춘 후에도, 그리고 영원히!"

토큰을 뒤집어 뒷면을 다급하게 훑었습니다. 한 개의 하

바닷가의 묘지

트에 두 화살촉이 박혀 있고 그 아래는 죄수 선단이 항해하고 있어요. 그 선단의 꽁무니를 무연히 쫓는 이름 모를 새 한 마리가 보입니다. 날짜가 조각되어 있었지만, 토큰에서 어떤 암호나 단서를 발견하지 못한 저는 그것을 모건에게 돌려주며 체머리를 흔들었습니다. 제 손에 묻은 닭의 피를 도어에 문질러 닦으며 왔던 길을 되돌아 찾아보자고 제안했습니다.

철책을 잡고 가파른 계단을 밟으며 주차장으로 내려갑니다. 다리에 힘이 빠져 여러 번 멈춰 서서 난간을 붙잡고 쉬어야 했어요. 주차장에 도착한 저는 키를 찾느라 자동차 안과 밖을 몇 번에 걸쳐 확인하다 말고 배를 까뒤집은 거북이처럼 등을 문지르며 차 아래까지 기어 들어갔습니다. 모건은 제가 미처 자동차 밑에서 빠져나오기도 전에 시동을 걸었고요.

우리는 액셀러레이터를 밟아서 왔던 길을 되짚으며 속력을 높였습니다. 항공사 사무실 앞의 콘크리트 바닥에서 한 바퀴 눈알을 굴리기도 했지만, 키를 찾지 못하고 곧장 길을 가로질러 닭집으로 달렸습니다. 섬을 돌아다니던 어미 닭 목에 식칼을 내리쳐 도살한, 그 토실한 닭을 모건 손에 들려 주었던 닭집은 이미 문을 닫은 상태였습니다.

허탈해진 저는 유리문에 비친 하늘을 뚫어지게 쳐다봅니다. 어제 그리고 오늘 새가 날아갔던 하늘 말입니다. 몇 가닥 구름이 엉켜 있을 뿐인데, 왜 제 마음속에선 폭풍이 불어닥칠 것 같은 격정이 느껴질까요.

모건과 저는 내처 바닷가의 묘지에 도착했죠. 낮에 열

려 있던 바닷가의 묘지는 단단하게 잠겨 있습니다. 목책의 맹꽁이 열쇠를 부러지기 직전까지 번갈아 힘껏 비틀다가 목책을 뛰어넘어 보겠다고 등을 굽히라는 제 말에 모건이 펄쩍 뜁니다.

"골프장을 가로질러 목책을 한 바퀴 돌면 그곳에 갈 수 있는데, 왜?"

우리는 무거운 다리를 끌며 둔덕 묘지로 향합니다. 바닷가의 묘지를 가로질러 갈 수 없게 되어 골프장을 끼고 목책을 돌아 그곳에 닿았습니다. 모건의 어깨가 딱딱하다는 걸 일몰의 그림자가 말해 주고 있었고요. 둘은 그림자를 날카롭게 세우고, 각자의 눈을 휘둥그레 뜨고 주변을 맴돌며 키를 찾았지만, 모두 헛된 희망일 뿐이었습니다. 두어 시간 전 우리가 함께 걸었고, 앉았으며, 누웠던 초록 잔디 위에도 키는 안 보입니다.

키는 어디로 간 것일까요. 저는 핏빛으로 물들고 있는 묘지를 바라보며, 답답한 마음을 달래려고 앞니를 드러내고 석류가 알을 터뜨릴 때처럼 붉고 투명하게 한번 웃어 보려고 했습니다. 하지만 지는 햇빛에 눈두덩이 오그라들어 그만 털썩 주저앉고 말았습니다. 웃음은커녕 에너지가 바닥나 입술조차 움직일 수 없습니다. 모건도 입술의 남은 기운을 모아 간신히 뭐라고 하는데 가만히 들어 보니 죄다 고조부 이야기입니다.

"반란이 일어난 결정적 동기는 밥그릇과 숟가락, 포크까

바닷가의 묘지

지 빼앗기고 극한까지 음식을 줄였기 때문이었다고 해. 죄수들은 매일 아침을 굶은 채 채찍을 맞으며 형벌 노역을 하러 가야 했고, 그날, 소나무를 자르려고 도끼를 들고 서 있는 무리에게 심한 욕설과 채찍이 날아갔다지. 죄수 하나가 들고 있던 도끼로 욕설을 퍼붓는 타락한 간수의 목을 치는 일이 순식간에 벌어졌고, 용솟음친 울분은 멈출 줄 몰랐다고 해. 그 간수는 죄수들에게 이유 없이 고문과 태형을 일삼던 자였고. 피 맛을 본 도끼는 마치 임무를 부여받은 생명체처럼 광란을 휘둘러 간수 세 명의 목을 연달아 쳤고."

모건이 잠시 뜸을 들이더니 이야기를 이어 갔습니다.

"그때 반란을 일으켰던 죄수와 함께 희생당한 죄수들의 몰골은 오직 뼈와 껍질밖에 없었고, 굶주린 그들의 눈은 짐승의 눈처럼 번득였다고 했어. 달려온 다른 관리들에게 붙들리면서 살인극은 간신히 중단되었고. 그중 몇몇은 오로지 형벌 노역을 하러 가던 무고한 죄수들이었던 거지. 거기에 고조부가 끼어 있었던 거고. 그 사건 현장에 서 있었다는 죄로 그들도 반란자들과 무더기로 교수형을 당한 거라 했어. 추기경과 엘리자베스 여왕 2세 부처가 각각 두 번씩 노퍽섬을 찾을 만큼 잘못된 역사의 과오였던 거지."

저는 그 많은 설명에도 입을 닫고 있다가 손톱을 물어뜯으며 한마디 했습니다.

"그러니까, 신이 부재한 섬에 신을 불러오기 위해 바쳐지는 제물로 열두 명의 목을 달아 버린 거군."

대답 없는 모건을 바라보며 저는 생각합니다. 왜, 신은 그때 부재했을까? 왜, 모건은 이미 신화가 되어 버린 이 섬으로 굳이 오려고 했을까?

제 속에서 물음들이 계속 터집니다. 그렇습니다. 저는 모건과 생각이 같으면서도 달랐습니다. 서로 다른 색채와 결 그리고 감정을 가진 인간들이 일으켰던 '휴먼 에러'는 신이 존재하지 않았기 때문이었습니다. 인간의 생각, 권력의 의사 결정, 예측 불가능했다는 역사의 변명, 모두 신의 부재가 불러온 것이 아니었을까요?

더 이상 제가 자신의 말에 귀 기울이지 않고, 저만의 생각에 빠져 있다는 걸 알게 된 모건은 입을 닫고 생명이 빠져나간 듯 웅크리고 앉아 있습니다. 그러나 저의 상상은 멈출 줄 모르고 무규칙하게 계속 뻗어나갑니다.

그리운 사람을 다른 현상으로 불러올 수 있어. 그토록 간절하다면 고조부가 우리 몸을 빌려 영혼의 억압으로부터 우아하게 탄생하게 하는 거야. 아름답게 변한 천국을 한눈에 보고 놀라겠지? 천국으로 변한 이곳에서 한 번의 생을 더 사시도록. 그렇게 제안하고 싶었지만 목소리가 죽어 버렸습니다. 그래서 저는 계속 생각에 잠깁니다.

밧줄에서 목이 떨어지는 순간, 신을 대행했던 초인의 바다는 얼마나 애통하게 울부짖었을까? 제의를 드리기 위해 그때 바다가 연주하던 레퀴엠 선율이 제 귀에 환청처럼 들리는 것 같습니다. 보이네요, 무덤에서 불려 나온 한 영혼이 새의

바닷가의 묘지

몸에 깃드는 환영 말입니다. 정말 보여요. 그런데 제 눈에 보이는 영혼은 진정 모건 고조부가 맞을까요?

해는 지고, 몸은 물먹은 솜처럼 지치고 피곤하며, 창자는 허기를 호소합니다. 멀리서 누가 쭉 지켜봤다면 바닷가의 묘지를 무대 삼아 한 쌍의 남녀가 무언극을 하는 것 같았을 겁니다. 뭉개진 어둠이 포근한 이불이 되어 둔덕 묘지를 덮고 있습니다. 제가 할 수 있는 것은 남은 기운을 다해 모건의 등을 따뜻하게 문질러 주는 일뿐입니다. 저절로 눈이 감겨 옵니다.

초록색 침대 위에 모건과 저는 꼭 붙어 누워 있어요. 모건의 손길이 저의 나신에 닿는 순간 바다에서는 교란이 일어났습니다. 해저의 생령이 소스라쳐 깨어 일어나자 파동이 몸을 풀며 파장이 가팔라졌습니다. 고조된 파고는 원초의 에너지를 생성하느라 격동했습니다. 그 힘을 흡수한 두 육체가 팽팽히 당겨진 활시위처럼 휘어지다 펴지고, 밀물과 썰물이 극한점에 닿는 순간 화살이 과녁의 중심에 명중했습니다.

화살이 제 심장에 박히는 그 충격으로 저는 미지의 세계에 닿았습니다. 한 실루엣이 제 자궁에 둥지를 틀고 들어왔어요. 피를 흘리며 날아가던 화이트 제비갈매기였습니다. 꿈인지 현실인지, 환생하는 새는 가녀린 울음을 터뜨립니다. 제 귀에 들린 새의 울음소리는 전화벨이었습니다. 저는 절반쯤 감은 눈으로 전화기의 액정을 밀어야 했습니다.

"은주, 큰일 났어. 데이지가!"

"데이지가 죽었다고? 결국 물려 죽었군."

저는 벌떡 일어났습니다. 모건도 눈을 뜨고 앉아서 저를 바라봅니다.

"은주, 데이지가 두 녀석, 셰퍼드와 불도그를 물어뜯어 죽였다고."

"데이지 잘했어, 잘했어! 너 혼자 두 녀석을 해치웠단 말이지?"

저는 엄지 척을 세웠습니다, 어머니!

인간 사슬

병원 벽시계는 오후 3시를 향해 빠르게 움직이고 있었다. 니콜이 곧 도착할 예정이었다. 다섯 장의 준비물 리스트를 손에 들고 백팩 두 개를 꽉꽉 채웠다. 마지막으로 책 한 권을 백팩 주머니에 욱여넣으려다 포기했다. 어차피 해군 소형선에서 읽을 생각이었으니 손에 들고 가도 좋을 것 같았다. 책을 백팩 위에 놓으려다 말고 승선권 검사원처럼 책의 뒤표지를 가볍게 훑었다.

'휴대폰에 글을 썼다. 종이에 기록을 남기는 건 위험한 일이다. 자칫 기록을 뺏기기라도 한다면 더 위험하다. 멀쩡했던 사람도 이곳에선 점점 비정상적으로 변하게 된다. 성폭력과 인권유린이 빈번하지만 사건은 극비에 묻힐 뿐이다. 나는 이곳 구금 센터와 고향에 대한 이야기, 오스트레일리아를 상상하며 글을 썼다.'

작가는 구금 센터에서 쓴 한 권의 책으로 호주에서 수여하는 여러 부문의 상과 많은 상금을 받았다.[1] 하지만 정작 시

---

1 베로우즈 부차, 『친구는 없고 산들만 있네』에서 변형하여 인용함.

바닷가의 묘지

상식 행사 자리엔 한 번도 참석할 수 없었다. 그는 호주 입국 불허 난민 여권 소지자였다. 잘만 하면 그를 만나 작가 사인을 받을 수 있을 것 같았다. 기념할 만한 기대되는 장면을 상상하고 있을 때 책상 위에서 스마트폰이 살아 있는 생명체처럼 진동했다. 금방 도착한다는 니콜의 문자였다. 코테가 자리에서 벌떡 일어나더니 다가왔다. 내 어깨를 툭 친 뒤 손을 내밀며 말했다.

"구다이 마이트. 안전한 여행을 빈다."

피부병동의 동료 레지던트인 코테는 스리랑카 태생이다. 그의 말에 따르면 일곱 살 때 부모와 함께 생사의 항로를 헤맨 끝에 호주에 정착했다.

그가 난민 작가의 책을 좀 봐도 되겠냐고 물었다. 나는 고개를 끄덕였다. 그가 책장을 후루룩 펼치더니 책상 위로 휙 던졌다. 그가 까뒤집힌 책을 사납게 노려보았다.

"저들은 우리의 적, 무슬림이오." 코테가 말했다.

"왜, 무슬림이 당신의 적입니까?" 내가 대답했다.

"테러범들이니까요."

"모든 무슬림이 테러범은 아니죠. 그 말은 자칫 모든 인간이 테러범이라는 말로 제 귀에 들립니다."

"ISIS와 빈 라덴을 생각해 봐요. 전 세계 테러 조직이 무슬림인 걸 모르세요? 세상은 9·11 사건을 잊지 않을 겁니다. 그들이 조직적으로 테러범을 지원하잖소. 내 가족…, 아니 오페라하우스나 하버브리지가 한 방에 날아갈 수도 있다는 걸 모르시오?"

"글쎄요, 전 잘 모르겠습니다. 일부 테러 조직에 맞섰던 사람들을 자국으로 보내는 순간 처형될 겁니다."

"그건 그들의 문제죠. 왜, 우리가 그들의 죽음이나 고통을 책임져야 합니까?" 코테가 이마에 팔자 주름을 세우고 눈을 치뜨는데 다시 스마트폰이 진동했다.

"나 도착했어. 시간 없어, 빨리 와." 니콜이었다.

"지금 내려갈게."

하지만 발길이 떨어지지 않았다. 이대로 물러선다면, 아니나 다를까 코테가 말꼬리를 물고 늘어졌다.

"현실을 생각해야지요, 선거를 코앞에 둔 영악하고 의뭉스러운 호주 정치인들이 난민을 대륙에 들여놓을 것 같아요? 어림없겠죠. 난민들을 남태평양 섬나라에 감금해 놓고, 엄청난 정부 예산을 낭비할 뿐입니다. 매년 삼사만의 호주 가정이 살아갈 수 있는 비용이 날아가는 것, 모두 당신과 나의 세금이잖습니까?"

"호주가 얼마나 국제사회로부터 비난받고 있는지 알잖아요. 제대로 된 이해 없이 무조건 몰아가지 말자고요. 아기들, 어린이들, 노인들, 혼자된 여성들, 중환자들, 정신질환자들까지, 진짜 가여워요."

"그건 그들의 사정이죠."

주차장에서 속을 끓이고 있을 니콜을 떠올리자 마음이 설레발을 쳤다. 눈을 질끈 감고 단도직입적으로 끝내 버리

44

고 떠나기로 했다. 잠시 숨을 골랐다. '당신도 난민이었으면서 당신 나라는 당신을 지켜 주었나? 목숨을 걸고 이곳에 난민으로 정착하기까지….' 거기까지 생각했을 때 다시 스마트폰이 진동했다.

니콜은 침묵을 고집하며 앞만 보고 운전에 몰두하고 있었다. 코테와 벌인 논쟁으로부터 영 마음이 가라앉지 않은 나는 뭔가 말을 하지 않으면 미칠 것 같았다. 들고 있던 책을 흔들며 말했다.

"코테 그 자식, 이 책을 보고 감정이 폭발하더라고. 평소 그렇게 친한 척 굴던 새끼가. 그런 면이 있다는 걸 꿈에도 몰랐어."

"믿어지지 않겠지만 행복한 물질주의를 지향하는 금발 백인들보다 난민으로 정착한 사람들이 난민을 반대하는 것 몰랐어?" 니콜이 말했다.

"난민이었던 사람들이? 못 믿겠네. 그동안 코테를 잘 안다고 생각했다니. 그가 난민을 옹호하기는커녕 기를 쓰고 난민 입국을 반대하는 인물이란 걸 몰랐던 건 착오였어."

"난민인권대회 참가자들도 대부분 백인들이야. 이색인종은 거의 안 보여. 언제나 나 혼자라고."

"내가 없는 동안 대신 환자들 수술을 맡아 주겠다고 선뜻 허락할 땐 전혀 눈치채지 못했지."

"자기도 마찬가지야. 침묵도 반대와 같아."

"내가? 뭔 소리야! 지금 난민 소녀를 살리려고 죽음을 무릅쓰고 폭풍과 맞설 각오로 달려가는 사람에게 그런 말을 하다니." 기침이 터졌다. 나는 더 많이 항변하고 싶었지만 터져 나오는 말을 꿀꺽 삼켰다.

*

수면으로 시선을 돌리자 푸른 바다뿐이었다. 이른 아침 도착한 일행은 찍어 낸 판화처럼 평범한 선착장에 서서 남태평양 하늘을 힐끔거리며 각자 한마디씩 날씨 걱정을 했다. 그래서 밤새 소형선의 꽁무니를 별의 그림자처럼 따라오던 하얀 돌고래 떼는 마치 꿈에서 본 것만 같았다. 큰 백팩을 등에 메고 손에 들고 있던 백을 어깨에 걸치자 한쪽 어깨가 축 처졌다. 여섯 명 일행 중 해군 셋은 보트에 남았다.

니콜과 마취 의사 그리고 내 발에 짓밟히는 산호초의 비명 소리를 듣자 가슴이 뛰기 시작했다. 수용소는 깎아지른 절벽과 빽빽한 숲에 가려 쉽게 눈에 띄지 않았다. 절벽 모퉁이를 돌았을 때에야 언론과 사뭇 다른 극적인 실체가 눈앞에 나타났다. 가시철망 안의 교도소 같은 단층 막사 대열을 마주하며 어깨의 가방을 내려 손에 들었다. 첨단 보안 시설 정문을 열어 주는 경비의 경직된 표정을 보자 기분이 저절로 불쾌해졌다.

일행들 앞에 쏟아 놓는 소장의 부연 설명을 한 귀로 들으며 나직하게 나는 한숨을 쉬었다. 암갈색 피부의 상주 간호

바닷가의 묘지

사를 따라 막사 안으로 발을 들이는데 침상에 누워 있는 난민 소녀가 정면으로 보였다. 가까이 다가가기도 전에 휑한 현기증이 일었다. 소녀는 니콜에게 들었던 것보다 훨씬 나쁜 상태였다. 문득 상상으로만 알고 있던 좀비가 떠올랐다.

제 스스로 꿰맸다는 환자의 입술 주위는 피부가 썩어 입술과 턱이 구분이 안 되었다. 라텍스 장갑을 꼈다. 환자의 입술을 누르자 가는 숨결이 흘러나왔다. 하지만 나는 익숙해야 할 악취에 민감하게 반응하고 있었다. 소녀가 숨을 할딱일 때마다 악취는 마스크를 관통해 내 후점막으로 침투했다. 움찔, 움찔 불씨처럼 놀라는 입술, 플라스틱처럼 딱딱하게 굳어 있는 환자의 몸 가운데 입술만이 살아서 악취로 생명을 부르짖는 것 같았다. 남은 생명의 총 에너지를 입으로 뿜어내는 것 같았다.

"살려야!"

빠르게 수술 준비를 하면서도 내 시선은 마취를 시키고 있는 마취 의사의 동작을 주시했다. 마음이 조급한 나는 참지 못하고 마취 의사에게 한 소리 하고 말았다.

"좀 더 빨리 움직이면 안 될까요?"

오브아이 현미경을 들이대고 썩은 살에 파묻혀 있는 실을 잘게 잘라서 뽑아냈다. 나는 계속 손가락을 떨었다. 떨림은 쉽게 가라앉지 않았다. 수술 도중 잦았던 급작스러운 근력 약화가 걱정되었다. 이곳은 병동과 달리 동료 하나 없이 혼자 집도해야 한다는 심리적 부담이 불안을 키웠다. 그래서 손 떨림이 멈추지 않았고 병동에서 수술을 하고 있을 코테를 떠올렸다.

혼신을 다해 지혈을 하고 있는 상주간호사 손을 보다가 살짝 혀를 깨물고 말았다. 피 맛을 보고 신경을 혀로 몰아 보려고 해 보았지만 손은 계속 떨렸다.

환자의 오른쪽 입술 가장자리부터 꿰매기 시작했다. 피고름이 바늘 위로 흘러내릴 때마다 간호사가 재빨리 닦아 냈지만, 머리카락보다 가는 실을 문 바늘이 썩은 피부에서 흐르는 피고름에 계속 숨었다. 모세혈관의 핏줄과 신경을 최대한 보호해야 하는 내 손의 중추신경은 칼날 위에 서 있는 것처럼 긴장했다.

마침내 바늘을 놓았다. 손을 후들거리며 수술복을 벗고 호흡을 가다듬으며 간호사를 쳐다보았다. 바깥세상과 연결이 끊어진 내 어깨 위에 거대한 바위가 느껴졌다. 항생제를 투여하는 간호사를 쳐다보다 현기증을 가라앉히려고 눈을 감자 기이한 의식이 먼 피안으로 날아갔다. 난민 소녀가 올라탄 주사위가 삶과 죽음 사이를 팽이처럼 빠르게 돌고 있었다. 그러다 간호사의 목소리에 퍼뜩 놀라 환상의 세계에서 현실로 돌아왔다. 그때서야 다른 환자들을 치료하기로 한 약속이 생각났다.

고개를 돌리자 막사 밖으로 긴 대열이 보였다. 급히 새 가운으로 갈아입고 가까이 다가갔다. 공포와 절망 그리고 원망에 절여진, 넋 없이 호소하는 것 같은 그들의 눈빛을 외면

바닷가의 묘지

하고 싶었다. 내가 난민 소녀를 수술할 동안 그 많은 눈들이 등 뒤에 서서 작살이라도 꽂을 듯 내 등을 뚫어져라 지켜보고 있었다는 걸 상상하자 순간 온몸에 소름이 돋았다. 그들의 독기 가득한 눈길을 외면하고 싶은 내 마음이 바다 한가운데 떠 있는 것 같아 심장이 얼얼했다. 정신을 차리려고 입을 앙다물었다.

나는 다양한 증상의 난민 환자들을 치료하기 시작했다. 한 시간 한 시간이 허겁지겁 흐른 뒤, 내전 같은 첫날이 끝나 가고 있었다. 내 권한은 거기까지였다. 밤이 되면 내가 탄 해군 소형선의 뱃머리는 호주로 향해 달리고 있을 것이다. 태풍 예고가 잠시 떠올랐지만 무력감 때문에 생각이 오래 가지 못했다.

진료 막사에서 나오자 하늘에 알 수 없는 모양의 구름이 이리저리 엉켜 있는 것이 보였다. 밖에서 경비들이 레이저 광선 같은 눈초리로 쏘아보았다. 그들은 의심이 가득한 표정으로 외부인의 발길을 따라다니며 경계했다. 나는 오직 쉬고 싶을 뿐이었다. 소장에게 받은 열쇠를 구멍에 넣자 문은 쉽게 열렸다. 컨테이너로 만든 휴게실에서 터져 나온 해풍에 찌든 소금기와 생선 내장 냄새 같은 눅눅한 공기에 토할 것 같았다. 나는 잠시 숨을 고른 뒤 파란 플라스틱 의자에 앉아 난민 작가의 책을 펼쳐 들었다. 의자가 휘청거렸다. 몇 줄 읽다 말고 앉은 채 깜빡 잠이 들었다가 기이한 꿈에 화들짝 놀라 눈을 떴다. 그 바람에 책이 배 위에서 바닥으로 떨어졌다. 책을 집어 들자 저자를 만나 사인을 받는 일이 환상이거나 먼 나라의 전설 같아 피식 웃음이 터졌다. 나는 두 손으로 책을 움켜잡았다. 그러자 눌린 책장에서 비누 거품 같은 소리 없는 표현들이 전율하며 쏟아졌다. 배고픔, 참극, 죽음, 억압, 폭력, 난파, 방관자, 이기심…. 콘트라베이스 현에서 분출하는 것 같은 무수한 고통의 진동이 내 몸 구석구석을 찔러 대는 것 같았다.

국적을 잃고 법과 권리마저 상실한 그들도 생사의 항로를 헤맬 때까지는, 희망의 문을 의심하지 않았으리라. 막상 그토록 간절했던 문이 열렸을 때 앞을 막아선 제2의 문, 그들을 외면하는 비정한 제3국과 비인도적 처사, 생각을 애써 접으려고 하자 손목에서 통증이 되살아났다. 수술 후면 매번 겪는 근육통은 조금 전 소녀의 입술을 꿰맬 때 극도로 긴장해서 생긴 것이었다. 거친 노크 소리에 놀라 일어나며 다시 책을 떨어뜨리고 말았다. 컨테이너 문 밖에 니콜과 소장이 나란히 서 있었다.

"환자가 깨어났어." 니콜과 소장이 동시에 말했지만 나는 니콜의 목소리만 흡수했다. 그건 흥분한 니콜의 목소리가 조금 더 높았거나 아니면 내 마음이 니콜에게만 집중했기 때문이리라. 우리는 막사 방향으로 발길을 옮겼다. 재게 걷고 있는 니콜의 표정은 뛰어난 지구력과 사회성을 자랑하는 하이에나처럼 의기양양해 보였다. 캔버스 모자챙을 만지작거리며 니콜이 기회를 놓치지 않으려는 듯 소장에게 질문

바닷가의 묘지

을 했다.

"알리의 자살과 소녀가 입을 꿰맨 진짜 원인을 소장님은 알고 계시죠?"

"정신이 이상한 아이들입니다. 자살극을 벌이거나 입술이라도 꿰매면 호주 입국허가를 받을 수 있다고 잘못 믿고 있어요. 그렇지 않아도 그들이 만들어 내는 숱한 환상 때문에 우리도 골머리가 아파요."

"그렇게 말 돌리셔도 그 사건에 대해서 저 알고 있어요." 니콜이 말했다.

"저도 잘 모르는 일을 어떻게 아시죠?"

"솔직히, 알리와 입술을 꿰맨 난민 소녀의 사건이라면 알 만하잖아요."

분명 의도적으로 수없이 연습했을 니콜의 재치 부린 말솜씨를 나는 옆에서 모른 척 들으며 뛰다시피 발길을 재게 옮겼다. 그리고 애인인 나를 재주껏 이곳까지 견인해 온 니콜에게 말 없는 갈채를 보냈다.

치료 막사의 코너를 돌 때 소장이 경비를 붙들고 주의를 주는 틈을 타고 니콜이 바짝 내 옆에 따라붙어 티셔츠로 가린 채 그 안의 물건을 보여 주었다. 난민 소녀가 마지막까지 손에 꼭 쥐고 있었다는 수첩은 생명이라도 달린 것처럼 나달나달했다. 그것은 내가 수십 바늘을 넘게 꿰맨 난민 소녀의 입술처럼 험악했다. 그 수첩을 열면 이 세상에 존재하지 않는 비밀과 희망이 숨어 있을 것이라는, 알 수 없는 믿음이 일어섰다. 봄날처럼 피어나야 할 열세 살 난민 소녀와 이해하기 힘든 나 자신 그리고 무엇을 위한 열정인지 알 수 없는 니콜, 마지막으로 짧은 시간 내 손으로 치료를 한 환자들 모두에게 기적이 일어나길 기도했다. 그때 소장이 니콜을 불렀다.

나는 진료 막사 안으로 바삐 들어갔다. 간호사가 소녀의 링거를 갈고 있었다. 가까이 다가갔을 때 소녀의 눈이 잠시 어지럽게 움직이다가 내 눈에 초점을 맞추었다. 눈동자엔 여전히 분노가 감지되는, 쉽사리 치유되지 못할 것 같은 원망이 깃들어 있었다. 나도 모르게 짧게 눈을 감았다. 뒤따라 들어온 니콜이 난민 소녀의 두 손을 조심스럽게 잡았다가 놓았다.

잠시 뒤 난민 소녀는 다시 혼수상태에 빠졌다. 주사위는 아직도 난민 소녀의 주위를 빙빙 배회하고 있었다. 스마트폰이 삐 기계음을 울리며 출발 한 시간 전이라는 자막을 띄웠다. 퍼뜩 정신이 돌아왔다.

간호사를 옆에 세우고 직접 약물을 주사한 뒤 차트를 들고 간호사에게 거듭 지시한 뒤 약품과 의료 장비를 백팩에 넣기 시작했다. 코테가 생각났다. 돌아가면 내가 그에게 어떻게 설명하게 될지? 코테가 자신의 눈과 귀로 직접 구급 센터의 상황을 보고 들었다면? 목을 문지르자 소금기와 땀이 뒤섞여 퀴퀴한 냄새가 손바닥에 묻어났다. 처음 난민 소녀의 입에서 나던 악취가 떠올랐다. 물티슈를 뽑으며 고개를 들었다.

"출항 준비 완료되었습니다."

해군 중위였다. 생각에 갇혀 그가 막사로 들어오는 것을 미처 보지 못했다. 그에게 손을 내밀어 악수했다. 그가 막사를 나가면서 거수경례를 올렸다. 니콜이 그를 따라 밖으로 나갔다.

다시 난민 소녀를 바라보았다. 일부의 인도주의자들과 일부의 방관자들로 양분된 민심을 호주 정부도 어찌해 볼 도리가 없을 것이다. 정부를 향해 비인도적 처사라고 한마디로 비난하는 것도 옳은 처사는 아닌 것 같았다. 난민들을 남태평양의 이곳으로 유치하기까지 호주 정부도 어려운 문제가 한두 가지가 아니었을 테고. 그러함에도 난민들은 거대한 오스트레일리아가 그들이 믿는 알라신보다 한 수 위라고 원망과 분노를 드러내고 있는 것이다.

시간은 빠르게 흘러갔다. 한갓 인권 단체에 해군 소형선을 지원한 것이 정부의 배려인지, 니콜이 활동하는 인권 단체가 그만큼의 역량이 있었던 것인지 알 수 없었다.

휴대폰에서 출항 시간 삼십 분 전이란 두 번째 알람이 울렸다. 오후 5시 30분이었다. 그때 정보 사냥을 하러 돌아다니다 헐레벌떡 나타난 니콜이 자그마한 손을 내 어깨 위에 올렸다. 내 넓적한 손이 그녀의 손등을 덮었다. 백팩을 어깨에 둘러맸다. 어깨가 무너질 것 같았다. 천막 밖으로 나왔지만 발길이 아침보다 천 배는 더 무거웠다.

*

　이번 여행의 최종적인 영향으로 팔이 부러진 것을 들 수 있겠다. 그것은 여행이 내게 남긴 의미 있는 유물이 되었다. 깁스를 한 채 병원을 나오면서 코테의 문자를 읽었다. '본다이비치에서 봅시다. 점심과 브리핑, 난 한동안 서핑할 것임.' 약속은 아직 한 시간 반이 좀 더 되게 남아 있었다. 팔이 부러져 운전을 못 하게 된 나는 기차역에 내려 택시로 갈아탔다.

　햇살이 쏟아져 더 눈부시게 파란 바닷물로부터 해풍이 불어왔다. 텅 빈 위장 때문인지, 모래사장을 휘도는 바람의 냄새가 향기인지 악취인지 구분하기 힘들었다. 『아라비안 나이트』 속 구슬을 흩뿌려 놓은 것 같은 알록달록한 색깔의 수영객들, 서퍼, 사진작가와 어린이들, 청년과 어른들, 본다이비치는 15년 전과 비교하면 훨씬 더 액티비티의 중심지가 되었다. 다종다양이 모여드는 호주 여행지로도 유명해졌다. 구조대들은 한순간도 쌍안경을 눈에서 떼지 않고 사람들을 보호하고, 관광객들은 마음껏 자유를 누리고 있었다. 마치 경쟁하듯, 전라나 다름없는 모습으로 해변에서 뒹굴거나 물속에서 첨벙대는 사람들. 맘껏 자유를 누린 후 그들은 제 나라의 스위트 홈으로 무사하게 돌아갈 것이다. 그리고 본다이비치를 아름다운 추억으로 기억하겠지. 깁스만 아니면 옷을 벗어 던지고 물속으로 뛰어들고 싶었다. 그러자 어린 날 물놀이를 했던 대공원의 기억들이 서울로부터 불어왔다.

15년 전 그날의 익수 사고를 목격한 후 의사가 되기로 한 것인지 그건 나도 알 수 없다. 다만 내가 의사가 된 것을 놓고 엄마와 아빠가 감정을 숨기지 못하고 자랑을 늘어놓는다는 점이 언제나 부담이 된다.

우리 가족이 시드니에 첫발을 딛던 날은 공교롭게도 새해 아침이었다. 아빠가 시드니 지사로 발령을 받았기 때문이었다. 우리 가족은 어리둥절한 표정으로 공항 밖으로 빠져나왔다. 내 안에선 새로운 세계관의 질서가 재편성되느라 뇌가 무작위로 작동하고 있었다. 더위로 발걸음이 저절로 휘청거릴 정도로 태양이 이글거렸지만 하늘이 너무 파래서 진짜 하늘 같지 않았다. 갑자기 누군가 하늘과 땅 사이에 가로놓인 덮개를 걷어 버린 것이라는 착각이 들었다.

회사에서 바닷가 동네 본다이에 아파트를 얻어 주었다. 아빠는 도착한 다음 날부터 수출육 가공 지사에 출근했다. 구경도 시켜 주지 않고 출근하는 아빠에게 대고 내가 불퉁거리자 엄마가 눈을 부라리며 내 머리를 쥐어박았다.

"사내자식이, 너도 어른이 되어 봐!"

한낮 최고 기온이 섭씨 45도까지 올라가자 집 안이 찜질방 같았다. 에어컨이 없는 아파트에서 이삿짐을 풀던 엄마가 일손을 놓았다.

"이러다간 땀에 익사하고 말겠다. 해변으로 가자."

본다이비치에는 다종다양한 사람들이 더위를 식히고 있었다. 호주에 대한 호기심을 잔뜩 부풀린 채 인터넷에서 검색해 보았던 사진들과는 사뭇 다른 어떤 이질감이 느껴지는 바다를 접하자 진짜 호주에 왔다는 실감이 들었다. 하지만 비키니 차림의 풍만한 젖가슴을 보고 너무 쉽게 감동하는 내가 싫었고, 너무 깊이 감동받는 내가 초라하게 느껴졌다.

얕은 물에서 수영하고 있을 때였다. 물속에 발만 담근 채 양산을 받치고 더위를 식히던 엄마가 낚시에 걸린 날치처럼 내게로 달려왔다. 익사나 마약 사고라고 직감했다. 호주에 오기 전 검색해 보았던 본다이비치에 대한 내 과잉 정보에 힘입은 추측이었다. 인간 사슬로 둥글게 둘러싼 사람들 틈으로 고개를 밀어 넣자 모랫바닥에는 내 직감을 적중시키며 물에 빠진 사람이 엎어져 있었다. 모랫바닥에 토해 놓은 물이 마치 세계지도를 보는 것 같았다. 구조대원이 막 사람을 돌려 눕히는 중이었다.

아시안 소녀의 얼굴이 드러났다. 안면이 모래로 도배되어 있었지만 알 수 없는 친근함이 내 안에서 파도처럼 밀려왔다. 두 명의 구조대원이 번갈아 두 손을 겹쳐 익수자의 가슴을 눌러 댔지만 숨결은 쉽사리 트이지 않았다.

"자, 자, 익수자에게 위험해요. 다들 뒤로 물러나요."

땅땅한 구조대원이 숨을 몰아쉬며 외치고 멀대 같은 구조대원은 목에 파란 핏대를 세우며 익수자의 원피스 수영복을 배꼽 아래까지 끌어내렸다. 상체가 드러나자 유방이 돌출되었다. 푸른 바다를 응시하고 있는 태양과 입맞춤하려는 것 같은 원추형 유방의 유두. 부드러우면서도 견고한 그것을 쳐

56   바닷가의 묘지

다보는 내 눈은 누군가가 스테이플러로 찍어 버린 것처럼 고정되어 버렸다. 수백 개의 눈이 그녀 유방에 꽂혀 있다고 의식하자 내 얼굴이 붉게 변했다.

구조대원이 패드 두 장을 익수자의 빗장뼈 아래 붙였다. 그리고 자동심장충격기의 스위치를 눌렀다. 그녀의 상체가 활처럼 휘어졌다가 곤두박질쳤다. 순간 내 호흡도 한 번 멎었다 뚫렸다. 가슴이 터질 것 같았다. 익수자가 헉 숨을 토했다. 물속처럼 조용하던 인간 사슬에서 괴성, 탄성, 외침, 환호하는 소리들이 터졌다. 어떤 사람은 팔을 휘젓고 있었다. 나도 그들처럼 소리치거나 뛰어올라 보고 싶었다. 하지만 어머니의 손을 잡고 있는 나는 숨이 가빠 왔다.

그때 공중화장실에 갔던 익수자의 부모가 뜨거운 모래밭을 캥거루처럼 뛰어오고 있었다. 딸에게 주려고 산 쭈쭈바를 던지며 아버지가 딸을 껴안았다. 딸이 다시 의식을 잃자 그도 따라 모래 더미처럼 무너졌다. 그 광경을 내 옆에서 지켜보던 엄마가 피처럼 녹아내리고 있는 쭈쭈바를 이빨로 거칠게 물어뜯어 익수자 아버지의 입안으로 흘려 넣었다. 나는 새로 출시된 어려운 인터넷 게임에 도전할 때와 같은 극도의 긴장에 빠져 한동안 호흡이 멈춰 버리는 줄 알았다. 그때 비키니 차림의 단발머리 소녀가 인간 사슬을 끊고 원 안으로 돌출했다.

"아이 엠 코리언"

익수자의 아버지와 구조대 사이를 통역하는 투명한 영어

발음, 똘똘한 태도, 자신감 넘치는 비키니 통역사를 쳐다보며 내 입과 턱이 쩍 열리고 심장이 뛰기 시작했다. 그러함에도 통역사에게 친근함이 느껴졌다. 세월이 흐른 뒤 그 낯설면서도 친근하게 느껴졌던 그날의 수수께끼들은 익수자, 통역, 내가 모두 중학교 2학년이었기 때문이라고, 마치 얼룩무늬물범이 자신을 닮은 코끼리물범을 처음 본 순간 느낀 친근함과 같은 것이었으리라.

삶과 죽음 사이를 넘나들고 있는 익수자를 살리려는 두 구조대원의 처절한 전투에도 익수자는 부상자처럼 축 늘어져 버렸다. 내 호흡이 다시 빨라졌다. 익수자의 허옇게 풀어져 있던 눈동자가 커튼을 내리듯 눈꺼풀이 닫혔다. 지켜보는 그 순간이 영원처럼 길었다. 점수가 잘 나오지 않을 때의 게임처럼 내 가슴의 감각기관들이 폭발할 것 같았다.

앰뷸런스 소리가 멀리서 들렸다. 구조대원이 익수자와 그 일행을 코뿔소 트럭에 태우고 도로변에 정차해 있는 앰뷸런스를 향해 폭풍처럼 질주했다. 누군가 의사가 함께 왔다고 말했다. 그러나 누군가 그 말을 곧 정정했다. 의사가 올 수 없었다고, 호주는 언제나 의사가 부족하다는 불평을 쏟았다. 옆에서 엄마가 내 팔을 꼬집었다.

내 눈에 코뿔소 트럭의 사륜구동 타이어가 일으킨 모래 안개 사이에서 왕골 비치백에 담긴 노란 운동화가 보였다. 펄쩍 뛰어 한 손에 한 짝씩 움켜쥐고 앰뷸런스로 향했다. 허파가 터질 것 같은 순간, 앰뷸런스를 향해 운동화를 던져 올

바닷가의 묘지

렸다. 앰뷸런스의 문이 막 닫히고 있었다. 간발의 차이로 운동화 한 짝이 차 안으로 들어가지 못하고 바닥에 툭 떨어졌다. 나는 운동화 한 짝을 힘껏 차 날렸다.

"제발, 왜 호주에는 의사가 부족해. 노란 운동화를 신고 꼭 다시 세상을 힘차게 달려야만 한다고!"

그때 내 등 뒤에서 찢어지는 비명이 들렸다. 단발머리 통역사였다. 운동화에 머리를 얻어맞은 통역사가 비키니 차림으로 내 쪽을 무섭게 노려보았다. 익수자의 가족과 구급 요원 사이에서 통역하느라 코뿔소 트럭을 타고 떠났던 그녀가 도로 경계석에 앉아 있었던 것이었다.

나는 아프리카 치타처럼 달리기 시작했다. 뒤를 돌아볼 수 없었다. 한참을 달리다 털썩 주저앉아 다리를 쭉 뻗었다. 그리고 맨발에 붙은 모래를 털면서 비로소 내 옷과 운동화를 안고 비치에서 기다리고 있을 엄마를 기억해 냈다. 엄마를 찾아가는 길에 나는 뭔가 혼잣말을 중얼거리고 있었다. 익수자가 어쩌고저쩌고하는 말이었다.

3년 후, 지사 업무가 끝난 아빠는 귀국했지만 나는 호주에 남았다. 그날 비키니 차림으로 통역을 했던, 나를 온통 혼란에 빠뜨렸던 니콜이 내 옆에 있어 주었다. 나는 피부과 레지던트가 되었고 니콜은 변호사가 되었다. 지금에서야 내 기억에서 차분하게 정리된, 니콜, 익수자, 그리고 내 나이는, 미리 계획된 우연처럼 모두 꽃 같은 만 열세 살이었다. 그로부터 열다섯 성상이 움직였고, 내 첫사랑도 그날 시작된 것이다.

*

끝내 니콜과 화해를 하지 못하고 시드니에 도착했다. 의사가 팔을 다치면 한심해진다. 니콜을 생각할 때마다 뼈가 부러진 아픔보다 더 큰 고통이 느껴졌다. 난민 소녀의 생존 여부는 인권 단체를 통해서만 알 수 있었다. 그 핑계를 둘러대서 니콜에게 문자를 보냈지만 응답은 오지 않았다. 하지만 나는 포기하지 않고 문자와 전화를 했다. 간신히 니콜과 전화 연결이 되었다.

"나 본다이비치야. 난민 소녀는?"

하지만 전화는 대답 없이 끊어졌다. 잠시 뒤 삐 삐 삐 하는 기계음과 함께 녹음 파일 전송음이 들렸다. 걸음을 떼며 녹음 파일을 확인하다 나는 아이스버그 수영장 계단에서 넘어지고 말았다. 재빨리 한 손으로 균형을 잡았지만 너무 늦었다. 깁스한 팔이 콘크리트 계단 모서리에 부딪쳤다. 외마디 비명이 터져 나왔다.

코테를 만날 시간은 아직 충분했다. 나는 이어폰을 끼고 니콜이 보낸 난민 소녀의 수첩 녹음 파일을 열었다. 수첩 내용이 궁금하지 않았다면 거짓말일 것이다. 하지만 의사로서 겪는 긴장, 떨림, 동정, 불안 그리고 세상에 넘쳐 나는 고통을 체념하고, 며칠 내내 니콜만 생각했던 마음을 들킨 것 같

바닷가의 묘지

아 죄의식이 느껴졌다.

소녀의 수첩은 수용소를 빠져나오기 전 니콜이 몸수색을 당할 때 내 하이킹 부츠 속에 숨겨져 외부로 나올 수 있었다. 니콜이 정보를 수집하려고 눈에 불을 켜고 돌아다녔지만 철저하게 입단속을 하는 난민 수용소 직원들로부터 아무것도 입수하지 못했다. 그나마 건진 거라곤 소녀의 수첩이 전부였다. 그들은 의심이 가득한 눈초리로 방문자의 움직임을 매 순간 경계하며 날카롭게 주시했다. 하긴 11시간은 그다지 긴 게 아니었다. 그리고 니콜의 기대가 터무니없이 컸는지도 모른다.

난민 막사에서 빠져나온 일행이 승선하자마자 소형선이 서둘러 출발했다. 나는 곧 캐빈에 들어가 죽은 듯 곯아떨어졌다. 얼마나 시간이 흘렀을까, 니콜에게 꼬집혀 눈을 떴다. 거의 반쯤 눈을 감은 상태로 그녀에게 끌려 갑판으로 나갔다. 나는 니콜의 손을 꽉 잡았다.

"자기는 상상이 안 되겠지? 소녀에게 무슨 일이 있었는지."

"뭐, 테러당한 것도 아니잖아. 스스로 입을 꿰맨 것인데."

"테러보다 더 심하다고 해야지. 경비가 은밀한 장소로 난민 소녀를 끌고 갔을 때, 알리가 숨어 지켜보고 있었을 거야. 경비가 난민 소녀를 폭행하자 알리가 참지 못하고 뛰어나갔을 것이고. 알리를 붙잡은 경비는 발설하면 죽여 버리겠다고 협박했겠지. 그 뒤 알리는 난민 소녀의 폭행 장면을 목격한 괴로움을 견디다 못해 극단적인 행동을 했고 의사가 없어 살리지 못했겠지. 그때 정신이 나가 버린 난민 소녀는 스스로 입을 꿰맨 거야. 내 추론 어때?" 니콜이 물었다. 변호사다운 추론이라고 아부적 칭찬을 하려다 나는 말을 아꼈다.

"….."

"난민 소녀의 수첩이 내 추리를 밝혀 줄 것 같지 않아?" 니콜이 다시 물었다.

"제발 진정해. 수첩이 뭐 그리 대단해? 문제는 난민 소녀의 생사야. 그녀가 살아나면 내 임무는 끝이라고."

나는 니콜의 손을 놓았다. 나에겐 그녀의 생사밖에 관심이 없다는 부언을 하려다 참았다. 그리고 화를 낸 것 때문에 불현듯 술 생각이 간절했다.

"그럼 인터뷰는 해 줄 거지? 돌아가면 곧바로 《해럴드썬》 기자와."

"내가?"

"그럼 어떻게 해? 난민 캠프를 방문한 뒤 하게 되는 일반적인 스케줄이야."

"나는 의사이지 인권운동가가 아냐. 뒤에서 응원할게 제발. 내 얼굴이 화면과 지면에 나간다고? 말도 안 돼. 나 위선자 만들지 마."

내가 손을 휘젓자 니콜이 내 팔을 붙들었다.

"난민 소녀는 살아나야 해. 그리고 살아날 거야. 자기 실력을 믿으니까. 그리고 난민 소녀가 살아날 걸 굳게 믿자고. 하지만 앞으로의 일도 중요해. 그래야 또 다른 입 꿰매는 난민 소녀를 막을 수 있을 테니까."

바닷가의 묘지

"…." 나는 말하고 싶지 않았다.

"누군가는 저항해야 해. 그래야 사람들이 알게 되고, 가만히 있으면 아무도 몰라. 진실은 묻혀 버린다고." 니콜이 말했다.

나는 입을 굳게 다물어 버렸다. 고개를 빼고 먼 하늘을 바라보았다. 심상치 않은 바람이 불어오고 있었다. 팔이라도 부러뜨릴 것 같은 막대 구름이 소형선의 선미에까지 내려와 굴러다녔다. 어둠 속에서 할퀴기라도 할 듯 니콜이 얼굴을 내게 들이댔다.

"조력자가 겨우 그 정도야?"

"…."

"자기는 완전 먹통이야."

니콜이 화를 낸 뒤 돌아서서 두 손가락으로 X 사인을 보냈다. 그러곤 비틀거리며 캐빈으로 사라졌다. 나는 호주머니에 손을 찌르고 수첩을 만지작거리며 니콜에게 되돌려줄 적절한 타이밍을 놓친 걸 후회했다. 수첩을 그녀에게 돌려준다는 핑계를 대며 그녀를 달래 보려고 서둘러 캐빈으로 발길을 옮길 때였다. 불쑥 앞을 가로막으며 중위가 나타났다.

조금 전 니콜과 내가 다투던 소리가 너무 컸던 걸까. 그가 우리의 대화를 모두 엿들은 것이라는 지레짐작에 나는 흰 돌고래 무리가 나타나길 기다리고 있었다고, 돌고래가 나타나지 않는 바다가 영 딴판으로 보인다고 헛소리를 뱉었다.

"사이클론을 무사히 피할 수 있어야 할 텐데요."

시선을 허공에 대고 엉뚱한 대답을 하는 중위에게 나는 고개를 저었다.

"뜨거운 커피를 마시지 않겠어요?"

그가 다시 물었지만 나는 가볍게 거절했다. 커피가 아니라 술이 먹고 싶어 미칠 것 같았다. 하지만 중위는 근무 중이었다.

중위와 나는 고개를 끝까지 빼고 하늘을 쳐다보고 있었다. 사고는 순식간에 일어났다. 소형선이 갑자기 껑충 뛰어올랐다. 호주머니에서 급히 손을 빼느데 만지작거리고 있던 소녀의 수첩이 그대로 딸려 나와 날아갔다. 몸을 날려 강풍에 날아오르는 수첩을 간신히 잡았지만, 발을 잘못 디뎌 미끄러지며 갑판에 철퍼덕 자빠졌고, 그대로 몇 바퀴 굴렀다. 그 바람에 왼팔이 날카로운 쇠붙이 모서리에 부딪혔다. 상어에게 다리를 물어뜯기는 서퍼처럼 비명을 지르는 소리를 뒤로 하고 중위가 캐빈에 뛰어가 마취 의사를 데리고 나왔다. 마취 의사가 구급처치를 해 주려고 모르핀 주사를 들자 나는 그것을 뺏어 스스로 찔렀다. 잠시 뒤 시간 개념을 잊고 잠의 세계로 나가떨어질 수 있었다. 하지만 내가 다시 깨어났을 때도 그리고 해군기지에 도착한 뒤 앰뷸런스를 타고 병원으로 이송될 때도 니콜은 끝내 내 앞에 나타나지 않았다.

기억을 멈추고 고개를 들어 오른쪽으로 본다이비치 절벽에 떨어지는 바닷물 소리를 들었다. 모래사장을 질주해 바다로 뛰어가는 금발의 누드가 보였다. 뚱뚱한 누드의 뒤를 카메라의 앵글이 재빠르게 따라잡고 있었다. 비곗덩이 주인공이 나오는 영화를 찍는가? 두 명의 구조대원이 그를 향해 달려가는 것을 보고서야 그가 스트립쇼를 하고 있다는 것을 알수 있었다. 물속에서 자유를 누리던 수백 명의 시선이 잠시 동안 자유를 유보하고 누드에 시선을 던졌다.

스트립쇼를 하는 사내는 고독해 보인다. 주체할 수 없는 자유를 스스로 수장水葬해 버리려는 몸짓이다. 고독한 누드는 가이드에게 끌려 나오며 두 손으로 생식기를 가리고 있었다. 누군가가 '위험 구역'이란 붉은 글씨의 세모꼴 깃발을 북찢어 그의 치부를 덮어 주었다. 누드에게 흥미를 잃은 나는 이어폰을 끼고 난민 소녀의 일기를 듣기 시작했다.

4월 19일

압바스가 수용소에서 달리다 경비원에게 따귀를 맞고 짓밟혔다. 압바스는 일곱 살이다. 이곳은 끔찍하고 더러운 곳이다. 지금보다 훨씬 더 어릴 때 나는 깨달아야 했다. 내가 이상한 나라에서 태어났다는 사실을. 동화에 나오는 그런 나라까진 바라지 않았다. 그런 나라가 있다는 건 믿지 않으니까. 무함마드 할아버지는 『노란 샌들 한 짝』이란 동화를 읽어주시다가 폭탄 속으로 사라졌다. 내전으로 한쪽 다리를 잃은 할아버지는 달릴 수 없었다.

4월 24일

열세 살이 되었다. 일기라도 쓰지 않으면 나 자신이 통째로 사라져 버릴 것 같다. 어쩌면 바다에서 아빠의 손을 놓칠 때 이미 나의 세계는 사라졌다. 이곳에서 우리는 인간이 아니다. 오스트레일리아의 서쪽 바다에서 우리가 탄 보트가 난파했고, 구명조끼를 입지 않은 우리는 바닷물을 마시며 살려 달라고 외쳤다. 울부짖던 사람들의 비명이 아직도 귀에 생생하다. 지금은 내가 벌레가 된 느낌이다. 너무 오래 이곳에 감금되어 있은 탓이다. '알라신'에게 빌어도 소용없다. 오스트레일리아가 알라신보다 더 힘이 세다는 것을 이제 알았다.

내 눈은 멍하니 멀리 바다를 바라보고 있었다. 지난 이틀 동안 한 손으로 백팩의 짐을 풀면서 또 길을 걸으며 심지어 밥을 먹으면서도 엔리케 이글레시아스의 노래만 줄기차게 들었다. 감정의 무게를 흐물흐물하게 뭉개 버릴 것 같은 노랫말들, 빠른 리듬과 강렬한 관능의 주인에게 내 자아를 양도해 버리고 싶었다. 나는 니콜에게 양도했던 내 노력, 시간…, 난민 캠프로 떠나기 며칠 전의 일이 떠올랐다. 그러자 문득 화가 치밀었다.

난민 캠프로 떠나기 나흘 전, 밤 11시에 현관 벨이 자지러졌다. 종일 산불 화상 환자 수술을 한 후라 파김치가 되어 있었다. 비몽사몽간에 몸을 일으켜 악어처럼 하품을 쏟아 내며 현관으로 다가갔다. 걸쇠를 젖히고 손잡이를 비틀었다. 머스크 향수 냄새를 풍기며 니콜이 서 있었다.

"뭐야, 잠수 타고. 또 전화기 꺼 놓고 잠든 거야?" 니콜이 말했다.

그녀는 그때까지도 한 손으로 열린 문을 붙잡고 서서 계속 눈을 흘겼다. 신발도 벗지 않은 채 갑자기 쑥스럽게 미소를 짓더니 십 대 소녀처럼 새끼손가락을 깨물며 눈을 감고 다가왔다. 그리고 입술을 포겠다. 나는 금방 단단해졌다. 촉촉한 혀가 내 입술을 파고들 때 판단했다. 올 것이 왔구나! 빠져나갈 수 있는 공식을 머릿속으로 굴리는 동안 그녀는 점점 몸을 밀착시키며 작은 손으로 내 등을 쓰다듬었다. 노브라로 셔츠 안의 오뚝 선 단단한 유두가 내 피부를 찌르고 들었다.

그러다 돌변한 그녀가 몸을 홱 밀쳐 내며 다그쳤다.

"짐은 좀 챙겨 놨어?"

"나는 아무래도 힘들 것 같아. 다른 의사를 알아봐."

"뭐야. 자기 인적사항 인권 센터와 해군에 다 보냈다고. 내 스타일 완전 구겨 버릴 작심이라도 했어? 알아서 해!"

"예약되어 있는 내 환자들은… ."

"예약? 다른 의사들 있잖아. 알리라는 난민 소년은 의사가 없어 사람들의 눈앞에서 죽어 갔다고 하잖아. 입술을 꿰맸다는 열세 살 먹은 난민 소녀가 지금 사경을 헤매고 있고."

니콜이 내 머리카락을 헝클어 수세미로 만들었다.

"그럼 사이클론 예고는… ." 내가 말했다.

나는 눈가에 달라붙은 머리카락을 입김으로 훅 불어 뗐다.

"이틀 후 출발하면 사이클론은 피할 수 있을 것 같아."

"… ."

"생각 좀 해 봐라. 사람이 죽어 가는데 방치하는 주권과 권력의 통치술…. 살게 할 권리가 아니라 살게 할 인간애에서 우리 계산해 보자, 제발! 죽음의 진열대에 세팅된 사람들을 어떻게 하는 게 인간의 기본이지?"

니콜이 쏟아 내는 문장이나 어법 또 어투로 보아 이미 마음을 굳힌 걸 알았다. 그녀와의 대결은 통할 것 같지 않았다. 더구나 사랑하는 여자의 신념을 바꿔 놓을 수 없는 한, 이길 수 있는 남자가 존재할 리 없었다. 사랑싸움에 이기려면 때로는 져야 한다. 불문곡절하고 항복했다. 그동안 지나치게 아부적 칭찬을 아끼지 않았던 것이 부메랑이 되어 돌아온 것이었다.

니콜은 등을 돌리고 깊이 잠들었다. 나는 영 잠이 오지 않았다. 사이클론 예고는 둘째 치고 응급실을 통해 입원한 위급 수술 예약 환자들이 눈앞에 어른거렸다. 내 환자들에 대해 눈감고 난민 수용소까지 가야 할 처지가 아니었다. 무엇보다 내 눈으로 보지 못한 입을 꿰맸다는 난민 소녀의 존재가 도무지 실감 나지 않았다. 엎치락뒤치락 입술이 바짝바짝 말랐다. 지금 생각하면 내가 가지 않았다면 난민 소녀는? 나는 다시 녹음 파일을 열었다.

5월 14일

여자가 폭행당했다. 처음이 아니다. 이번엔 남편과 아이를 크리스마스섬 앞바다에서 잃고 혼자 살아남은 여자다. 살아야 할

68   바닷가의 묘지

이유조차 불투명한 여자를 누군가가 피투성이로 만들었다. 수용소 경비들이 독신 여성 명단을 가지고 있다는 건 더 이상 비밀이 아니다.

5월 21일

결코 조국을 미워하거나 싫어하는 것이 아니다. 우리가 그런 이유로 나라를 버린 게 아니기 때문이다. 내전을 일으킨 통치자는 살인자라고 불리어야 할 것이다. 그것도 고작 낙서 하나로 내전을 일으키다니, 웃기지 않은가. 국민의 절반 이상이 제 나라를 떠나는 것보다 낙서를 놓고 싸워 이겨야 하는 것이 더 중요한 통치자를 이해하기엔 내 나이가 너무 어리다. 싸우는 일은 쉽다. 참을성 없는 어른들의 싸움에 어린이들은 어쩌라고.

5월 30일

내 나라에서는 뛰어야만 했다. 나는 내 노란 운동화를 꼭 끌어안고 잤다. 작은 소리만 들려도 화들짝 깨어나 달려야 했다. 몇 초만 늦어도 몸이 산산조각 나 버린다. 하지만 이곳 수용소는 철조망이 가로막고 있어 달릴 수 없다. 경비에게 얻어터진 압바스는 아직도 걷지 못한다. 컨테이너 안에 누워 있다.

6월 3일

나라란 무엇인가? 그런 생각을 하기에 내 나이는 충분치 않다. 나라를 잃는 것은 소소하면서도 작은 박탈이라고 생각했다. 지금은 아니다. 죽을 것 같다. 대낮에도 누군가 내 목을 조르는 환상에 시달린다. 밤마다 뿔이 세 개 달린 유령과 경비가 교대로 꿈에 나타나 목을 조른다. 유령과 경비는 두 얼굴을 가진 한 인간이다.

녹음의 멈춤 기능을 누르고 니콜에게 전화를 걸었다. 전화기는 꺼져 있었다. 나는 당장 그녀와 화해하지 않으면 견딜 수 없을 것 같아졌다. 내가 알고 있는 모든 칭찬을 끌어모아 문자를 보냈다.

연달아 전화를 해 댔다. 기적처럼 니콜이 전화를 받았다. 나는 어쩔 수 없이 과잉된 뉘앙스로 아부적 칭찬을 쏟아 부었다. 어떤 승리감이 뒤섞인 목소리로 전화를 받은 니콜은 지금은 단체에 있다는 말만 되풀이했다. 변호사들로만 구성된 인권 단체를 말하는 것이었다. 그리고 한참 생각을 헤아리던 그녀는 만나자는 제안을 받아들이지 않았다.

나는 포기하지 않고 더 강렬한 아부적 칭찬을 섞은 문자와 난민 소녀의 생사를 알고 싶다는 문자를 보내 놓고 길을 걸었다. 땀이 깁스 안으로 흘러들어 따끔거렸다. 나무 그늘 아래 계단에 앉아서 멀리 시선을 던지자 니콜과 함께 다녔던 중학교 고딕 건물의 뾰족한 지붕이 보였다.

"한국 소녀 익수자를 본 날로부터 약 한 달 후, 저곳에서 두 번째 니콜을 만났지."

호주에서의 첫 등교였다. 학교 정문에서 비키니 차림으로 통역을 했던 니콜을 만난 것은 정말 우연이었을까. 그런

70   바닷가의 묘지

걸 우연이라고 하는가. 전기 쇼크가 일어난 내 눈이 최대한으로 벌어졌다. 본다이비치에서 물에 빠져 사경을 헤매던 익수자를 그녀가 나와 함께 목격했고, 내가 차 버린 운동화에 맞았고, 그래서 달아났던 일들이 낱낱이 떠올랐다. 사슬로 연결된 운명처럼 그날 익수자와 니콜, 나는 열세 살이었다. 익수자 소녀는 어디서 무얼 할까? 나는 그녀가 어디에선가 살아서 씩씩하게 활동하리란 믿음을 단 한 번도 의심해 본 적이 없었다.

그러니까 나는 연애 기술을 미처 연마하지 못한 채 위험 구역에 입성한 셈이었다. 그 후 얼마나 많은 순간을 니콜을 생각하며 은밀한 기쁨과 슬픔을 느끼고, 스스로 미심쩍어하며 절망과 희망을 오르내렸던가. 니콜을 생각하자 초조한 나머지 모래를 씹는 것처럼 마음이 버석거렸다. 답답한 사람이 행동할 수밖에. 다시 전화를 걸었다. 이번엔 소녀의 생존이 궁금하다고 우회적으로 말을 꺼내려 했다. 전화기는 꺼져 있었다.

일어서려는데 휴대폰이 울렸다. 물론 니콜은 아니었다. 코테도 아니었다. 잘못 걸려 온 전화였다. 나는 다시 수첩의 녹음을 켰다.

'우리는 날마다 배가 고프다. 이곳에서 공급되는 음식은 끔찍하다. 알리와 게를 잡으러 가기로 했다. 그러나 밤에 컨테이너 밖으로 나가선 안 된다. 내겐 쓰레기 수거용 검은 비닐이 있다. 알리도 검은 비닐을 덮어쓰고 나올 것이다. 우리는 내일 밤 경비 초소에서 가장 멀리 떨어진 철조망 아래서 만나기로 했다. 밤마다 게들은 싹 싹 싹 소리를 내며 감전 철망 아래로 기어 들어온다. 우리는 그것들을 잔뜩 잡아 올 것이다.'

녹음 파일은 거기서 끝나 있었다. 끝내 내게 보내는 니콜의 메시지는 전혀 없었다. 나는 당장 니콜에게 달려가고 싶었다. 그렇지만 코테를 만나야 했다. 그 뒤 인권 단체로 쳐들어가더라도 늦지 않을 일이었다.

"위용, 위용, 위이잉" 사이렌이 울렸다. 사이렌 소리가 본다이비치에 울려 퍼졌다. 하지만 즐거움에 빠진 사람들은 물속에서 나올 생각이 없어 보였다. 물속으로 뛰어 들어간 구조대원들이 확성기로 소리치고 손짓으로 관광객들을 몰아내고 있었다.

"상어가 당신의 목을 물어뜯기 전에 제발 빨리빨리 물 밖으로 피신하시오."

어른들에게 끌려 나오는, 갑자기 자유를 제지당한 아이들의 찡그린 표정이 자칫 우스꽝스럽기까지 했다. 그때 쌍안경을 눈에 붙이고 곳곳을 훑어 대던 구조대가 놀라며 바다를 향해 소리를 질렀다.

"저, 저, 저, 서퍼 위험해."

나는 생각했다, 어쩌면 코테일지도. 가이드가 쌍안경을 던져 버리고 모래밭의 서핑 보드를 물에 띄웠다. 그리고 상

　　　　　　　　바닷가의 묘지

어와 가까운 서퍼를 향해 나아갔다. 나는 점점 더 위험에 빠진 서퍼가 코테라고 추측했다. 물보라를 일으키며 바다 가운데로 나아가는 쌍안경을 향해 확성기가 펄쩍펄쩍 뛰어오르며 고함을 질렀다.

"돌아나와. 제프! 위험해."

두 팔로 서핑 보드를 휘젓는 하얀 물보라가 마치 영화에서 사물이 빠르게 축소되는 영상처럼 작아지고 있었다.

동료를 향해 고함을 지르던 확성기가 몸을 돌려 전망 타워로 뛰었다. 지하 차고에서 제트스키를 끌고 나온 그가 시동을 걸었다. 전투기처럼 요란하게 쌍안경을 뒤쫓는 제트스키. 그걸 지켜보며 나는 주먹을 꽉 쥐었고, 침이 말랐으며, 얼음물에 빠진 것처럼 떨렸다. 지구본 위에 올라서 있는 것처럼 현기증이 일어났다. 그러자 나는 더욱더 위험에 처한 서퍼가 코테라 믿고 있었다.

회색 불샤크가 코테를 향해 전기톱 같은 아가리를 벌리자 삼각형 윗니가 드러났다. 순식간에 코테의 허벅지를 물어뜯었다. 금세 바닷물이 붉게 물들어 가고 나는 피부과 수술을 할 때마다 맡아야 했던 피 냄새를 맡고 있었다. 그 순간 해저에서 빅뱅이 솟구쳤다. 나는 무릎을 꺾었다. 모래 바닥에 주저앉아 겨우 반쯤 정신을 차리고 고개를 들었다가 화들짝 놀랐다. 그리고 상상에서 깨어나 현실을 마주했다.

내 맥박이 빨라졌다. 잠시 눈을 감았다가 떴다. 나는 내 눈을 의심했다. 이쪽으로 달려오는 사람이 정말 니콜인지 확인하지도 않고 뛰었다. 다가간 내가 반가움에 한 손을 내밀었지만 니콜은 표정 없이 힐끔 내게 시선을 보내더니 곧장 바다로 뛰어들었다.

내 눈길이 니콜을 좇아 바다로 향했다. 바닷물에는 이미 다종다양한 인간이 끝이 보이지 않는 사슬에 엮이어 있었다. 물속에서 생선 비늘처럼 펄펄 뛰는 손에 손을 잡은 인간 사슬. 이미 사슬에 묶여 한 개의 고리로 동화되어 버린 니콜. 나는 니콜을 찾아보려고 눈을 부릅뜨고 굴려 보았지만 한 덩어리로 사슬에 얽혀 버린 그녀를 찾을 길이 없었다.

가장 먼 바다에는 상어, 그리고 코테, 그다음 쌍안경, 제트스키, 그리고 내 시선 가장 가까이에는 손에 손을 잡은 인간 사슬이 있었다. 그들 모두는 코테를 향하고 있었고, 코테를 살리기 위해 존재했다. 해풍이 불어왔다. 남태평양으로부터 불어오는 바람이었다. 그 바람이 내 가슴을 파헤치고 들어왔다. 문득 들이마시는 내 숨결이 신선해지면서 난민 소녀의 악취는 사라지고 생기의 냄새가 난민 캠프 방향에서 바람에 실려 왔다. 소녀가 보내는 메시지, 희망의 냄새였다.

그러자 인간 사슬이 마치 난파한 난민들을 구소하러 들어가는 것 같은 기이한 착각이 들었다.

팔을 다친 의사, 아기를 안고 있는 엄마, 휠체어를 탄 장애인과 어린아이들만이 해변에서 그들을 초조하게 응시하며 서 있었다. 공중에서 프로펠러 소리가 들려왔다. 엄마의 품에 안겨 있는 아기가 하늘을 향해 고개를 뻗고 손뼉을 치며

74

분명하지 않은 발음으로 소리친다.

"삐앵기! 삐앵기!" 구조용 수상 헬리콥터가 빠르게 코테를 구조하려고 수면 위로 내려앉고 있었다.

오시리스의 저울

오시리스Osiris는 이집트 신화에 등장하는 부활과 영생을 상징하는 신이다. 사람이 죽으면 그 영혼은 오시리스가 지배하는 명계에서 최후의 심판을 받게 된다. 정의의 저울 한쪽에 죽은 이의 심장을 올리고 다른 한쪽엔 진실의 하얀 깃털을 얹어 무게를 저울질하게 된다. 거짓말을 하는 순간 저울이 기울어 심장이 아래로 떨어지고, 악어의 머리와 사자의 몸 그리고 하마의 발을 가진 '암무트'라는 괴수가 이것을 먹어 치운다. 오시리스의 몸은 녹색으로 되어 있는데 이는 녹색이 재생을 상징하기 때문이다.

그가 초록색 오시리스를 신고 떠났다. 내 심장 한가운데 구멍 하나가 생겼다. 구멍의 지름은 날마다 조금씩 넓고 깊어져 가고 있다.

보드화를 사려고 합니까? 이렇게 바닥이 평평한 것들은 모두 보드화입니다. 이 줄은 남자용, 다른 줄은 여자용이죠. 종류가 많다고요. 그래요, 이곳만큼 저렴하고 다양한 보드화를 파는 곳이 '뉴캐슬'에는 없죠. 미안하지만 사이즈가 11이

바닷가의 묘지

라고요? 아시겠지만, 모두 아메리카 브랜드이며, US 사이즈가 표시되어 있습니다. 샘플 바닥에 표시해 놓은 번호, 맞습니다. 현재 우리가 준비해 놓은 사이즈입니다. 달러 표시된 것이 판매 가격이고요. 손님이 현재 신고 계시는 것과 같은 오시리스도 이렇게 많은 스타일이 준비되어 있습니다. 그렇습니다. 요즈음 가장 인기 있는 보드화 브랜드죠.

이십 대 초반으로 보이는 젊은이는 벌써 한 시간이 넘도록 운동화를 정하지 못하고 있다. 내가 운동화 끈을 꿰어 건네준 것만 해도 벌써 스무 켤레가 넘는다. 그가 골라 온 운동화의 모델에 맞춰 그의 발 사이즈인 11을 찾아 끈을 매 준다. 만약 쇼핑센터였더라면, 혹은 동양인이 하는 가게가 아니었더라면 저 젊은이가 이렇게까지 시간을 끌지는 않았을지도 모른다. 그리고 내 예감이 틀리지 않는다면, 십중팔구 젊은이는 다음에 오겠다고 말하고 가게를 나가 버릴 것이다. 장사를 하게 되면 그러한 쪽으로 사람을 판단하는 눈 하나가 더 머릿속 깊이 생기게 마련이다. 이 젊은 남자처럼 수십 번을 신어 보고도 결정을 못 하는 사람이 드물지 않다. 여자 손님보다는 남자 손님들이 부쩍 더 그렇다. 같은 사이즈의 운동화를 신으면서 크다, 작다, 넓다, 좁다고 불평한다. 그나마 자신이 고른 운동화 질이 나쁘다고 말하지 않는 것이 다행이다.

나는 젊은이가 신어 보고 밀쳐 둔 운동화들을 와닥와닥 소리 나게 상자에 담는다. 모두 초록색 오시리스 브랜드다.

곧 여름이 닥칠 테지만, 아직은 찬 기운의 꼬리가 미적거리는 봄이다. 지우가 오시리스를 신고 떠나던 날은 비바람이 사납게 휘몰아치던 봄이었다. 젊은이의 발을 바라본다. 발가락이 유난히 길다. 엄지발가락부터 새끼발가락까지 자를 대고 가지런히 잘라 놓은 것 같다. 발등이 휘어진 젊은이는 걸음을 잘 걸을 것이다. 운동화 상자를 하나씩 제자리로 돌려놓기 시작한다. 운동화들은 선반에 브랜드별, 사이즈별 그리고 색상별로 정리되어 있다. 서른아홉을 갓 넘긴 여자의 직감은 매우 예리하고 또 단단하다. 그것은 어쩌면 많은 손님들을 만나면서 습득한 또 다른 삶의 지혜일지도 모른다. 역시 젊은이는 갈팡질팡 눈빛을 두리번거리며 카운트로 걸어와 내일 다시 오겠다고 한다.

다시 말씀드리지만, 이번 주까지만 세일을 하는 것 아시죠? 구매 계획이 있으시면 이번 주에 사는 것이 30% 저렴합니다. 또 이번 주에 레이바이Lay-by를 해도 찾아갈 때까지 할인 가격을 적용받습니다. 세일 기간에는 인기 품목이 금방 팔릴 수 있다는 것 잊지 마시고. 아참, 원 플러스 원 세일도 이번 주에 끝나요. 벌써 출입문을 향해 걸어 나가고 있는 젊은이의 등에 대고 쏘아붙인다. 그가 몸의 상체를 돌리고서 손을 휘저으며 웃는다. 그의 모습이 사라졌다.

이제 긴 하루가 시작될 것이다. 학교가 파하는 시간까지 손님이 없는 가게를 지키는 오전 시간은 먼지의 움직임이 느껴질 정도로 적막하기만 하다. 어느새 나는 운동화를

바닷가의 묘지

통해 세상을 이해하는 좋지 못한 의식에 길들어져 있다. 거리를 질주하는 자동차의 소음이 불안정하게 가게 안을 흔들어 놓는다. 나는 가게를 들고 나는 사람들로부터 마치 공기처럼 영향을 받으며 열 평 남짓한 공간에 갇혀서, 눈은 카메라의 렌즈처럼 무연히 밖을 바라본다. 스케이트보드의 바퀴 소리가 촤르르 하고 귓가를 스치면, 내 시선의 렌즈는 길 위를 지나가는 아이들의 운동화에 꽂힌다. 미끄러지듯 속력을 더해 지나가는 아이들이 무슨 브랜드의 운동화를 신고 있는지, 아, 오시리스를 신었군, 반스를, 글로버를…. 내 동공은 그들의 운동화에 포커스를 맞추어 조리개가 열린다. 이제 멀리서도 그들이 신고 있는 브랜드며 이름까지 척척 알아맞힐 수 있다. 4년이란 짧지 않은 시간이 나를 그렇게 만들어 놓았다.

오랫동안 밖이 내려다보이는 한 장소에 있어 본 사람은 알 것이다. 말간 유리문 밖을 골똘히 내다보고 있으면 굳이 시간을 확인하지 않아도 아, 몇 시구나, 하고 저절로 알아지는 것이다. 이를테면 캔이 오는 시간은 정확하게 10시 7분이다. 고개만 유리문 안으로 들이밀고, 손에 몇 개의 우편물을 든 채 문밖에서 줄리아, 하고 부르며 한쪽 볼을 찌그러뜨리고 웃을 것이다. 그리고 우체국 심부름이 있는지 내게 물어올 것이다. 여느 날과 똑같은 질문을 하는 그를 안으로 불러 아기처럼 꼭 안아 줄 때는 심부름이 있는 날이다. 중국 레스토랑으로 가고 있는 중국 아가씨 소희가 보이는 시간은 그것보다 조금 늦은 11시다. 삼촌의 레스토랑으로 종종거리듯 작은 발로 걸어가고 있는 소희에게 언젠가 다 큰 아가씨가 애인도 없어? 하고 물었더니 애인은 중국에 있다며 허리를 꼬고 웃었다. 그리고 아내와 아들이 모두 가수라고 자랑이 늘어지던 필리핀인 마제이가 유리문 밖에서 손을 흔들며 지나가는 시간은 정확하게 12시다. 그는 홈 브랜드 맥주 가게 주인이다. 이곳은 시드니에 비해 유색인종이 그리 많지 않다. 그래서 백호주의가 잔존하는 곳이라고 해야 할 것이다. 유색인종이 조금씩 불어나고는 있지만 동양인을 비롯한 이색인종을 향해 여전히 노골적으로 막말을 쏟아 내는 사람들을 적잖게 볼 수 있다.

이제 오전이 지났다. 나는 두 팔을 올려 스트레칭을 한다. 점심으로 무엇을 먹을까, 고민을 하며 출입문 쪽으로 서성이듯 걸어갔다. 사내가 처녀의 손을 잡고 지나가는 것이 보였다. 나는 그 사내를 얼마간 알고 있다. 언젠가 가게에서 여자 손님 둘이 사내를 두고 주고받는 말을 들었다. 저 사람 '푸시어'야, 지저분하고 악독한 사람이야. 저 사람이 이 지역 마약의 킹인 거 알아요…. 그런 좋지 못한 말들이었다. 사내가 끌며 걸어가는 처녀는 한눈에 봐도 지능이 모자라 보인다. 깡마른 사내가 지나치게 뚱뚱한 여자와 걸어가는 모양새는 보기만 해도 우스꽝스럽다. 사내는 곧 처녀를 버릴 것이다. 그리고 저들은 분명히 복지 기관으로 갈 것이라고 나는 단정해 버렸다. 정신이 모자라는 처녀는 장애자 연금을 탈

바닷가의 묘지

것이고 사내는 그 돈을 가로챌 것이다.

　나는 언제부터인가 문밖에 서서 가게 안을 들여다보는 것을 두려워하고 있다. 그것은 지우가 떠나고 난 후부터이다. 양 손바닥으로 빛을 가리고 들여다보는 가게 안은 한 잔 롱블랙 커피처럼 암담해 보인다. 양쪽 벽을 따라 아이패드 크기의 플라스틱 진열대 위에 운동화들이 종류별로 나란히 진열되어 있다. 운동화는 한 짝씩만 진열하고 나머지는 박스 안에 보관한다. 나는 아이들이 좋아하는 빨강, 노랑, 파랑, 초록, 보라, 오렌지, 핫핑크… 갖가지 색으로 끈을 매 놓았다. 그리고 운동화 속에 종이를 구겨 넣어 통통하고 보기 좋게 꾸민다. 마치 크레파스 상자를 열어 놓은 것 같은 진열된 운동화들 사이로 죽음처럼 탁하고 권태로운 시간이 흐르고 있다. 그 안에 무덤처럼 갇혀 있는 한 여자의 우울한 실루엣, 여자의 귓가로 끊임없이 들려오는 뚜벅뚜벅 발걸음 소리, 지금 지우는 어디에서 무엇을 찾으려고 허둥대고 있을까?

*

　가게가 위치한 '메이필드'는 미국의 '할렘가'나 시드니의 '킹스크로스'와 비슷한 곳이라고 설명하면 빨리 이해될 것이다. 도시는 어둡고 우울하고 지저분한 색채로 가득 차 있다. 내가 앉아 있는 곳의 대각선 방향으로 전당포가 있다. 그곳에는 오늘도 분명히 텔레비전, 컴퓨터, 잔디깎이, 카메라 등

속을 손에 든 사람들이 쉬지 않고 들고 날 것이다. 가게 오른쪽으로부터 나란히 급전을 빌려주는 곳, 오토바이 가게, 깨진 유리 보수 가게, 타투 숍 그리고 복지 기관이다.

이 거리에서는 싸구려 문신을 한 사람들이 비정상적으로 걸으며, 초점 잃은 눈빛을 두리번거린다. 그리고 질 낮은 언어로 다투는 소리를 어렵지 않게 접할 수 있다. 어디선가 금방 살인이 일어날 것 같고, 목을 들면 전깃줄에 운동화 한 켤레가 대롱대롱 매달려 있는 걸 볼 수 있다. 마약을 팝니다. 푸시어가 걸어 둔 것이다. 멀지 않은 곳에서 푸시어가 망원경으로 그 아래를 끊임없이 주시하고 있을 것이다. '푸시어'는 마약 딜러를 속칭하여 부르는 이름이다. 그리고 도시를 면해 있는 '이즐링턴'이라는 이름을 가진 거리에는 창녀들이 깔려 있다. 그들은 대낮에 마녀처럼 괴이한 의상과 화장을 한 채 마치 오나니하는 남자의 페니스처럼 빳빳이 세운 집게 손가락을 아래위로 흔들며 거리에 서서 남자들을 사냥한다. 그 끈적끈적한 돈으로 마약을 사게 될 것이고, 또 몸을 팔 것이다. 마약을 한 남자와 거리의 여자가 몸을 섞고 있는 교성은 도시를 흔들어 댄다. 그리고 어떤 아기들은 태어난 그 순간 그들의 더러운 목욕물과 함께 버려진다. 뉴캐슬 지도 위에 찍힌 어둡고 암울한 한 개의 악마적 방점이다. 가게에서 한길을 가로질러 둔덕을 오르면 'BHP'라는 회사가 한눈에 보인다. 철의 강(Steel River)을 낀 그곳에는 강철을 생산하는 공장과 거대한 석탄 선착장이 있다. 꼭 포항시 같은 도시잖아,

이곳을 처음 방문한 한국 사람들은 말한다.

한때 지구 구석구석으로부터 이 도시로 일자리를 찾아 사람들이 몰려왔다. 돈이 쇳물처럼 철철 흘렀던 한 시절이 있었고, 도시 대부분의 인구가 BHP사에서 일을 했다. 그러나 한차례 큰 지진이 일어나자 도시는 탈바꿈을 시작했다. 미국 지질조사국(USGS)은 지하 석탄 과량 추출이 원인이라고 분석했다. 그 뒤 작은 규모의 철을 생산하는 공장만 남고 채굴은 중단되었다. 쉽게 채굴할 수 있을 만큼 석탄 저장량은 아직도 어마어마하다고 한다. 이곳 노인들은 바닷가의 벼랑에서 휘어진 옛 철로를 바라보면서 석탄을 실은 긴 화물열차가 지나가던 과거를 회상하며 맥주를 마신다. 지금도 수평선에는 빌딩보다 큰 배들이 항시 정박해 있고 깊은 내륙에서 채굴해서 싣고 온 검고 반짝이는 흑탄을 한국, 일본, 중국으로 수출하고 있다.

처음 이곳에 운동화 숍을 열려고 했을 때 누구도 이곳이 어떤 곳인지 말해 주지 않았다. 그때 만났던 한국 교회 목사님 한 분만이 왜 이곳에 숍을 열려고 하느냐고 물었다. 지우는 시드니에서 탈출하기를 원했다. 청소 일을 그만두고 다른 일을 하고 싶어 했다. 유난히 아침잠이 많은 그는 꼭두새벽에 하는 일을 더는 견디기 힘들다며 낮에 할 수 있는 일을 원했다. 그는 언제나 쉽게 시작하고 쉽게 마음을 바꾼다. 호주로 이민을 오자고 한 것도 그리고 시드니에서 청소 일로 밥을 먹자고 제안한 것도 그였다. 뉴캐슬에서 운동화 가게를 하자고, 그가 만났다는 이 사장이 운동화를 공급해 주겠다고 했다며 금방 성공할 사람처럼 들떠 말하던 사람도 그였다. 그가 먼저 내게 다가왔고 그가 먼저 사랑한다고 고백했다. 그때 내가 아니면 죽는다고, 자살 소동을 벌인 것도 결혼을 하자고 떼를 쓴 것도 그였다. 다섯 살이나 위인 내가 결혼을 망설이고 있을 때 가장 걱정해 주었던 사람은 정작 시어머니였다. 그것은 진심이었는지도 모른다. 그녀가 그를 임신했을 때 러시아 낭만주의 작가 이반 투르게네프의 『첫사랑』이란 소설을 외우듯 되풀이해서 읽었다며 네가 힘들까 봐 그런다, 연하 남자와 사는 일로 네 마음 안에서 직조한 상상의 그물에 얽매일까 봐, 라고 말해 주었다.

가게를 연 후 아이러니컬한 회의의 그물에서 한순간이나마 놓여나 본 적이 있었던가. 지나간 일들로 혼란스러운 생각에 잠겨 있을 때 쇼핑센터에서 왔다며 남자 둘과 여자 둘이 들어왔다. 정리하던 운동화 상자를 덮으며 흠칫 놀랐다. 화려한 그들의 옷차림과 거세게 땅을 박차며 들어오는 발소리에 순간 기가 질렸다. 그들이 허락도 없이 운동화 사진을 찍기 시작했다. 곧 그들 중 가장 덩치 큰 남자가 코앞에 다가왔다.

"여기 있는 상품들 모두가 가짜야, 알아?" 남자가 말했다.

모두 정품이라고 품질 보증서를 찾는데 벌써 그들은 등을 보이며 걸어 나가고 있었다. 두려움이 몰려왔다. 이 가게가 없어지면 그들이 얼마나 더 많은 수입을 올리게 될지 나는 모른다. 그러나 그들이 꼭 그렇게까지 해야 하는지, 나는

　　　　　　　　　　바닷가의 묘지

말할 수 없이 서글퍼진 감정 위로 몰아치는 분노를 억눌렀다. 검은 빛을 발하는 세상의 끝 같은 비운이 양쪽 어깨 위에 느껴졌다.

다섯 장 유리문을 통해 세상을 내다보고 이해하기까지 많은 시간이 필요했다. 그것은 삶과 죽음의 경계에서 버티지 않으면 불가능한 일이었는지도 모른다. 나는 단 한 번도 거대하거나 위대한 일을 꿈꾸어 본 기억이 없다. 그런 적이 없었기 때문에 이렇게 버티고 있을 것이다. 내가 아직 무엇 때문에 죽음의 문턱을 넘지 못하고 있는지 그것에 대해 나는 확실한 답이 없다. 그러나 죽음을 향해 몸을 기울이려는 순간, 삶은 고집을 부리며 내 뒷덜미를 잡아당길 것이다. 나는 아직 삶의 길 위에서 버티어야 할 나이이다. 더 버텨야 했다. 그러나 누구도 내게 삶을 어떻게 얼마나 더 버텨야 한다고 말해 주는 사람이 없었다. 다만 버텨 내야 한다고만 했다.

쇼핑센터 사람들을 생각하면 영혼 구석구석이 떨리고 토네이도 같은 분노로 마음이 암울해진다. 그럴 때마다 어떤 연상 작용처럼 지우의 얼굴이 떠올랐다. 그때 캔이 문을 열고 들어왔다. 평소 그가 나타나던 오전이 아니었고, 더구나 캔의 얼굴 곳곳에 피부가 부풀어 있는 것이 보였다. 아기 손바닥 넓이만큼 머리털이 뽑혀 나가 버린 이마가 붉게 드러나 있었다. 내가 까서 건넨 초콜릿 한 개를 그가 받아 입속에 넣었다. 언젠가 물어본 그의 나이는 스물두 살이라고 했다. 다운증후군인 그를 껴안을 때마다 작고 연약한 몸이 가슴속까지 스며들었다. 그럴 때마다 캔으로부터 전해지는 가느다란 전율은 오랫동안 가슴 한가운데 딱지처럼 붙어 있곤 했다.

한쪽 볼을 찌그러뜨리며 웃고 있는 그의 얼굴에 대고 물어본다. 얼굴이 왜 그래? 혀… 혀엉이… 뜨뜨거운… 프… 프라이팬으로…. 힘든 말을 할 때면 캔은 더 많이 더듬거린다.

며칠 전, 캔이 형을 끌고 와서 운동화를 사 주었다. 나는 고개를 모로 들고 이마의 주름을 모았다. 그리고 그날 기억을 짚어 본다. 뭔가만 받겠다는 내 허락을 못 믿겠다는 듯 다섯 번 거듭 확인한 다음 날이었다. 형의 생일 선물을 사 주게 되었다고 캔은 좋아 입을 다물지 못하더니, 형이 운동화를 신어 볼 동안 싱글벙글 바보처럼 굴었다.

마약을 한 형이 캔에게 운동화를 돈으로 환불해 오라고 했고, 이미 신어서 더러워진 운동화를 어떻게, 그렇게는 못 해, 하자 마약 중독자인 형이 뜨거운 프라이팬으로 이마를 내리쳤다고, 그가 말보다는 몸짓으로 더 많이 설명했다. 헤벌어진 형의 입술 사이로 보이던 깊고 검었던 잇몸, 떨고 있던 두 어깨, 다리, 팔, 목…. 싸구려 문신이 되어 있던 그자의 기억이 생생하게 되살아났다.

캔은 병원에 가게 되면 얼마 동안 못 오게 될지도 모른다고 했다. 어린아이 같은 그의 눈을 들여다보면 그 무구한 세계로 빨려 들어갈 것만 같다. 그가 몸을 돌려 포옹을 한다. 도와줄 것이 없느냐고 물었지만 고개를 저으며 되돌아 문턱을 넘는다. 나는 캔의 등을 지켜보고 있다. 그가 상체를 돌려

바닷가의 묘지

손을 흔든다. 그리고 다시 뛰어와 품에 안긴다. 캔의 눈 속에는 알 수 없는 사무침이 서려 있다. 원인을 알 수 없는 무엇이 가슴을 훑어 내린다. 그가 문 앞에 서서 줄리아 바이, 하는 인사를 자동차 소음이 잘라먹었다. 나는 놓친 말꼬리를 붙들려고 뛰어나갔다. 캔이 다시 돌아서 서로 부둥켜안았다. 줄리아 안녕! 말을 마친 캔이 서둘러 건너가는 횡단보도 전광판 위에 앉아 있던 작은 새 한 마리가 몇 번 깃을 치며 허공을 향해 날아갔다.

*

4년이란 세월을 되돌아본다. 가게를 열고 딱 이틀 만에 쇼윈도의 큰 유리문이 박살났다. 경찰 신고를 받고 달려간 가게 앞엔 처참하게 박살 난 유리 조각들과 깨진 맥주병이 뒹굴고 있었다. 왜, 무엇 때문에, 라고 묻는 내 질문에 경찰은 한 패거리라도 되는 양, 애매모호한 대답을 할 뿐이었다. 그 뒤로도 몽둥이, 벽돌, 망치…, 유리문은 쉴 새 없이 깨졌다. 여자를 사거나 마약을 하기 위한 자들로부터, 동양인이라고, 분풀이 대상으로, 그 큰 유리문은 계속 작살이 났다. 보험회사는 가입을 거절했고, 건물 주인은 안전 보조 철문을 달아주는 대신 임대료를 두 배로 올렸다.

드디어 침입자들은 지붕으로 올라갔다. 기와를 들어내고 드릴로 석고보드를 뚫었다. 이른 새벽이면 경찰로부터 걸려 오던 사건 신고에 미친 듯이 달려 나갔던 셀 수 없이 많았던 기억들. 아버지가 미성년자 아들을 공범으로 앞세워 법을 악용했다. 열 살을 갓 넘긴 아이가 부모 앞에서 거짓말을 했다. 참담한 사념 속을 깨우며 우편집배원이 들어왔다. 수취인 확인 우편물이다. '귀하는 모조 상품을 매매한 과징금으로 아래 금액으로 처벌함.' 작고 가는 글씨들로 꽉 찬 다섯 장 도큐먼트. 후들거리는 두 팔을 가누고 호흡을 정리했다. '모함이야, 힘 있는 자들의 명백한 모함이야!' 굵은 매직으로 빠르게 갈겨썼다. 그리고 용지를 한 장씩 잘게 찢은 후 쓰레기통 속에 던져 넣었다. 여진처럼 온몸과 정신이 떨려 왔다.

며칠 뒤, 유리문에 들러붙은 계란을 닦고 있었다. 미끈미끈한 노른자, 강력 접착제 같은 흰자, 잘게 바수어진 껍질이 유리에 달라붙어 있었다. 이마의 땀을 훔쳤다. 피부가 다르고 마늘 냄새가 난다는 이유로 동양인을 미워하는 자들의 장난이었다. 뜨거운 물에 세제를 풀어 스펀지로 유리 바깥 면을 빡빡 문지르자 입덧을 하는 것처럼 메스꺼웠다. 그때 호주머니 속의 휴대 전화가 진동했다. 생일을 축하한다는 미녀가 보낸 카톡 메시지였다. 하트 모양 속의 메시지를 읽고 웃었다. 미녀는 시드니에서 함께 청소를 했던 친구다. 나도 잊고 있는 생일을 그녀가 기억해 주는 것이 재미있어서 계속해서 쿡쿡 웃을 때 딜러와 처녀가 가게 안으로 들어왔다. 미녀를 만나지 못한 지가 오래됐구나, 그녀의 말대로라면 나는 미련스럽다. 그녀를 만나 몇 날을 새워 가며 얘기하고 싶다

바닷가의 묘지

는 생각이 너무나 간절했다.

나는 처녀가 운동화를 사게 될 것이라 믿었다. 사내는 전날 운동화를 사 갔다. 그가 오늘은 처녀의 운동화를 사 주는구나, 내심 기뻐하며 부드럽게 눈인사를 하고 운동화 박스를 꺼냈다. 전날 처녀가 신어 본 운동화였다. 어제 사내가 네 켤레째 운동화를 신어 본 후 초록색 오시리스로 결정하자 처녀가 돌돌 말린 지폐를 꺼내 지불했다. 그가 운동화를 신어 볼 동안 처녀도 여러 켤레의 운동화들을 신어 봤다. 처녀가 신어 보았던 운동화들은 모두가 어두운 보라색이었다. 그가 처녀를 향해 가자, 라고 하자 처녀가 나도 사고 싶어, 라고 말했다. 그가 닥쳐, 라고 하자 처녀가 내 돈이잖아, 하며 금방 울음이 터질 것 같은 표정으로 그의 등을 따라 나갔던 일이 기억났다.

오늘 사내의 걸음걸이가 전날보다 더 심하게 비틀거린다. 핏발이 선 눈에는 초점이 없다. 손을 떨면서 운동화를 카운터에 탁 놓았다. 상자는 사라졌고 찢어진 운동화 곳곳엔 때가 끼어서 더러웠다.

"환불을 해 줘, 찢어진 운동화를 네가 팔았어."

말하는 그의 검푸른 혀가 날름거렸다. 마치 블루텅[1]의 혀 같았다. 나는 눈길을 내리고 운동화를 손에 들고 자세히 살폈다. 양쪽 패딩을 칼로 잘라 냈고, 텅은 떨어져 나가고 없

---

1 블루텅: 혀가 푸른 도마뱀.

었다. 경찰을 부르겠다고 어깃장을 놓아 보았다. 그가 도끼 눈을 떴다.

"쌍, 돈 내놔. 죽고 싶지 않으면 당장."

소리치는 그의 눈에서 불이 일어날 것 같았다.

"경찰을 불러 봐."

그가 소리를 치며 거무튀튀한 손으로 진열대 위 운동화들을 쓸어 버렸다. 처녀도 그가 하는 행동을 그대로 따라했다. 그와 처녀가 눈에 보이는 대로 던지고 발로 차고 뒤집어 엎어 버렸다. 난장판이 된 운동화 더미에 침을 뱉으며 딜러가 처녀를 끌고 나갔다.

나는 카운트 위 찢어진 운동화를 한 손에 한 짝씩 집어 들었다. 그리고 힘껏 잔해 위로 던졌다. 내 시선이 포물선을 그리며 운동화가 날아가는 뒤죽박죽된 잔해 더미 위에 떨어졌다. 짓밟힌 박스들, 뒤엉킨 운동화들, 부러진 진열대들, 지진의 잔해를 보는 것 같았다. 시계는 오후 2시를 가리켰다. 조금 뒤면 학교를 마친 아이들이 운동화를 사러 올 것이다.

'Close'. 나는 출입문을 안에서 꼭꼭 걸었다. 너희들 모두, 너희들, 사후의 세계가 몽환처럼 내 머릿속에 어른거렸다. 울음을 손으로 막으며 운동화 박스가 쌓인 창고로 들어갔다. 밖에서 손님이 유리문을 두드리는 소리가 들렸다. 나는 셔츠로 입을 틀어막고 숨을 죽였다.

긴 시간이 흘렀다. 수많은 철새들이 날아가는 환영이 보였다. 무수히 많은 철새 떼가 내 의식 속으로부터 떠나가자

머리가 하얗게 비었다. 불을 켜지 않은 창고는 어둠뿐이었다. 나는 감각에 의지해 사다리에 올랐다. 눈을 감고도 찾을 정도로 무슨 운동화가 어디에 있는지 꿰고 있다. 더듬더듬 오시리스 사이즈 10을 찾아 내려왔다.

뒷문을 통해 밖으로 나갔다. 비가 내리고 있었다. 빗방울은 차츰 소나기로 변했다. 집까지 걸어가는 시간 약 십 분. 쓰라린 삶을 경험해 본 사람은 알게 될 것이다. 어느 순간부터 피상적인 안목에만 의존하지 않는 자신을, 영혼의 깊은 곳으로부터 한없이 고요한 그리고 견고한 경고의 귀띔에 귀를 기울이는 자신을.

빗물을 튀기며 걷는 동안 내 의식 속에서 폭력을 휘두르고 간 딜러의 영상이 연속적으로 흘렀다. 블랙홀 한가운데로 빨려 들어가는 사내의 암갈색 실루엣이 세차게 퍼붓고 있는 빗줄기 사이로, 내 발자국 사이로 환시처럼 나타났다. 깨진 유리에 빛이 반사되어 종이에 불이 붙는 것처럼 하나의 생각에 깊이 골몰하면 정신에서 불이 타오르게 된다.

다행히 주인 할머니는 집에 없었다. 나는 물이 떨어지는 옷을 한 겹씩 벗었다. 이가 딱딱 부딪히고 알몸에 닭살이 돋았다. 덜덜 떨면서 옷장 문을 열고 지우가 남기고 간 그의 겨울옷들을 끌어냈다. 초록색 잠바를 걸치고, 그의 청바지에 다리를 꿰어 넣었다. 빗물에 젖어 푹 찌그러진 박스를 열고 오시리스를 꺼냈다. 운동화는 홀렁했다. 얼어서 굳은 손가락으로 단단히 끈을 당겨 조여 매었다. 옷장에 달린 거울을 쳐다보다 뭔가 빠진 걸 알아냈다. 옷장에서 지우의 오시리스 캡을 꺼내 머리 깊숙이 눌러썼다. 이제 방 안을 천천히 돌며 거울 속의 지우에게 물었다. 당신이 찾아 나선 그 무언가를 찾았는가? 뚜벅뚜벅, 팔을 침대나 옷장에 부딪치지 않으려고 어깨의 폭을 최대한 줄여서 좁은 공간을 걸어 다녔다.

얼마 뒤 문을 박차고 밖으로 나갔다. 거실로 내려가는 다섯 개의 나무 계단은 발이 닿을 때마다 삐걱삐걱 소리를 냈다. 지우는 계단에 앉아 할머니와 농담하기를 즐겼다. 할머니에게 몸짓 언어를 하기 위해 움직이던 그의 손가락들이 여기저기 날아다니는 것 같았다.

큰 운동화를 신고 걷는 발소리가 시끄러웠다. 나는 지구본처럼 빙글 돌아본다. 생고무를 댄 보드화의 편편한 아웃솔이 마루에 닿을 때마다 삐삐삐 마찰음을 낸다. 나는 5평 남짓한 공간에서 돌고 또 돌았다. 얼마나 오랫동안 맴돌았을까, 몸이 불어난 미역처럼 허물허물 어지러웠다. 계단 난간을 붙들고 나무 계단에 엉덩이를 걸쳤다. 몸을 돌돌 말아 두 팔로 무릎을 감싸안은 뒤 그 위에 얼굴을 묻었다. 눈두덩이 무겁게 아래로 깔렸다.

대학교 때 아르바이트로 일하던 도서관의 고서 서고였다. 나는 수만 마리의 바구미가 쏟아 놓은 고서 먼지에 파묻혀 있었다. 마치 폭설이 내린 것 같은 서고에는 죽은 시체들이 즐비했다. 목이 달아난 시체. 다리가 잘린 시체, 팔이 날아간 시체…. 한가운데 한 자루의 촛불이 흔들리고 있었다.

94

바람은 불지 않았다. 그러다 갑자기 촛불이 꺼져 버렸다. 촛대를 타고 검은 피가 촛농처럼 흘렀다. 초의 자루 아래로 검은 액체가 하염없이 떨어졌다. 무서웠다. 엄마를 외쳐 부르며 그곳으로부터 빠져나오려고 달음박질쳤다. 그러나 다리가 꼼짝하지 않았다. 누군가 몸을 흔들었다. 그새 할머니가 돌아와 줄리아, 줄리아, 부르며 깨웠다.

"악몽을 꾼 모양이군. 어움마가 뭐지? 어움마, 어움마… 소리를 쳤단다. 괜찮아?"

할머니가 생일 케이크에 39란 숫자 촛불을 켰다. 나는 들켜 버린 우스꽝스러운 내 꼴이 정말 부끄러웠다. 옷을 갈아입겠다고 말하자 할머니가 손사래를 치며 말렸다. 줄리앙이라는 젊은 남자랑 앉아 있는 것 같아 기분이 좋다는 농담까지 했다. 줄리앙은 지우의 영어 이름이다. 할머니가 촛불을 함께 꺼 주었다. 생크림이 잔뜩 묻은 내 입술을 응시하던 할머니가 담배에 불을 붙였다. 그녀가 깊숙이 빨아들인 뒤 빛의 질감이 바뀌고 있는 발코니로 연기를 후우 뱉으며 이야기를 시작했다.

"물고기좌에서 태어난 사람은 한 사람만을 생각하며 상대와 영원할 수 있기만을 기도하는 순종적인 사람들이지. 이룰 수 없는 사랑일지라도 오랜 시간 상대를 위해 마음 한구석을 비워 두는 순정파란다. 누군가는 그런 별자리의 상대를 좋아할 수도 있겠지…."

할머니가 백인의 울툭불툭한 긴 손가락으로 내 두 손을

끌어모아 잡았다.

"인간은 누구나 다른 사람을 사랑하려는 적극적인 욕망과 사랑을 받고 싶어 하는 수동적인 욕망이 있지. 대부분의 사람들은 이 두 성질을 동시에 가지고 있겠지만 어느 쪽이 더 강한가에 따라 기대는 사람으로 살아가거나 등받이가 되어 주는 인생을 살게 되는 것이겠지."

할머니는 침묵하고 있는 내 어깨를 팔로 돌려 안았다. 막 일흔 살이 된 할머니가 기대는 사람이었는지 기대게 해 주는 사람이었는지 물어보고 싶은 마음이 간절했지만 혼자 속으로 질문하고 말았다. 불현듯 무거운 분위기를 돌려놓고 싶었다. 나도 할머니를 지우처럼 웃겨 보고 싶었다. 갑자기 지우가 하던 방식을 나도 흉내 내고 싶다는 유혹이 일었다.

"할머니, 제가 재미있는 이야기 하나 해 줄까요?"

"음, 좋지, 좋고 말구."

나는 손가락에 생크림을 찍어 케이크 상자에 대고 '사랑 없음'과 나란히 '사람 없음'이라고 썼다.

"뭐가 다른지 한번 알아맞혀 보시겠어요?"

그녀는 끝내 한글의 사랑과 사람의 받침 ㅇ과 ㅁ의 차이를 구별해 내지 못했다. 나는 내가 알고 있는 사랑받지 못한 한 불행했던 어느 할머니의 얘기를 그녀에게 들려주고 싶었지만 포기해야 했다. 내 영어 실력으로는 할머니를 웃게도 울게도 할 수 없다는 것을 깨달았다. 괜스레 이야기를 꺼낸 일이 후회스러웠다. 그녀에게 해 주려다 접어 버린 이야기는

바닷가의 묘지

너무 슬프기 때문에 듣는 사람 모두 그 얘기가 끝나기도 전에 웃으면서 동시에 눈물을 흘렸다. 얘기를 억누르자 이전보다 두 배로 슬펐다.

방으로 들어와 혼자 어두운 창밖을 무연히 응시한다. 검은 창에 비친 내 얼굴이 마치 한 마리 물고기처럼 입을 뻐끔거린다. 내 안에서 물고기의 영혼이 빠져나가는 소리가 들린다. 텅 빈 영혼 안으로 점령해 들어오는 발걸음 소리, 지우가 초록색 오시리스를 신고 바람처럼 걸어가는 소리, 쌩쌩쌩….

그 소리에 놀라 잠이 깨곤 했다. 한번 잠이 깨면 오랫동안 다시 잠을 이루지 못한 채 뜬눈으로 하얗게 아침을 맞이했던 수많은 날들. 얼마나 오랜 시간 창틀에 고개를 얹고 앉아 있었나. 뻣뻣해진 목이 얼음 막대기 같아졌다. 몸을 침대 속으로 밀어 넣자 엄마의 품처럼 편안함이 느껴진다. 나는 이불 속에서 젖은 머리칼을 털듯 세차게 목을 도리질 쳤다. 새벽보다 더 명료해져 오는 머릿속으로 갇혀 있던 물방울들이 흩어지는 환영이 보였다. 어쩔 수 없는 선택이란 없어. 모든 것을 혼자 끌어안겠다고 고집을 부렸는지도 몰라. 모멸의 시간이 언젠가는 내 편이 될 날을 기다렸다. 조금만, 조금만 더…, 여기까지 온 것일 뿐이야. 내게 닥친 것들을 밀쳐 낼 용기가 없어 마냥 버텨 온 거야.

나는 일어나 캡을 벗고 오시리스도 벗어 던졌다. 또 바지와 지우의 초록색 잠바도. 그때서야 갇혀 있던 뜨거운 눈물방울들이 폭죽처럼 손등 위로 뚝뚝 떨어지기 시작했다.

　여러 날 캔은 보이지 않았다. 이른 아침 가게의 문을 열기 전 부어오른 눈두덩을 얼음 조각으로 문지르며 유리문 밖을 멍하니 바라보고 있었다. 그 시간 처녀가 지나가고 있었다. 마약 딜러는 그새 그녀를 버린 모양이다. 처녀의 걸음걸이가 잔뜩 화가 난 것처럼 지그재그…. 중심이 흔들리고 속도가 빠르다. 처녀의 굵은 허벅지보다 훨씬 위인 커다란 엉덩이 중간에 짧은 치마가 걸려 있고 뚱뚱한 엉덩이 살이 불거져 나와 있다. 처녀는 딜러를 욕한다. 딜러의 이름은 마이클이었다. "마이클, 개새끼가 내 돈을 다 뺏어 가 버렸어" 소리치는 처녀를 향해 다가가는 입이 헤벌어진 작자 하나가 보였다. 싸구려 문신으로 얼룩진 다리가 설레발을 치는 꼴이 되었다. 나는 뭐라고 명징하게 정의 내릴 수 없는 분노를 느꼈다. 그 순간 내 깊은 바닥으로부터 올라온 예감은 어느 때보다도 선명했다. 도시 전체를 휘도는 암울한 공기를 감지한 나는 한없이 무거운 중력을 밀치며 가게의 문을 열었다. 빗속을 걸을 때 보았던 딜러의 암울한 실루엣은 그날 이후 저승사자처럼 끊임없이 나를 따라다녔다.

　그날 밤 저승 같은 환영을 끌어안고 죽음보다 깊은 잠 속으로 빠져들었다. 해가 막 떠오르는 시간에 할머니가 어깨를 흔들었다.

　"가게 앞에서…, 살인 사건이 일어났다."

그녀가 숨죽여 말했다. 지우의 오시리스에 발을 넣었다. 방 안에 있던 운동화는 따뜻했다. 달리는데 운동화가 홀렁거려 자꾸 벗겨졌다. 폴리스 라인이 운동화 가게를 중심으로 넓게 쳐져 있고 육안으로 쉽게 포착되지 않는 사건 현장에서 동풍을 타고 날아온 비릿한 냄새가 콧속을 파고들었다. 범인이 현장을 확인하듯 나는 계속 뒤를 돌아보며 중얼거리고 있었다. "불행의 집적들."

피 냄새로부터 달아나고 싶었다. 다리가 심하게 후들거렸다. 아니나 다를까 전봇대를 지나가다 웩웩 토하고 말았다. 미처 소화되지 않은 토사물에서 시큼한 산성 냄새가 났다. 나는 토사물 묻은 손바닥을 전봇대에 문질러 닦으며 하늘을 올려다보았다. 전깃줄에 매달린 운동화 한 켤레가 금방 내 머리 위로 떨어질 것처럼 뱅뱅 돌고 있었다.

마약중독자들은 대부분 마리화나로 시작한다. 그러다가 조금씩 강도 높은 마약에 손을 대게 되고, 마침내 끊을 수 없는 중독에 이르게 된다. 나는 아침마다 출입문 아래에서, 여름날 아침 전등 아래 죽어 있던 수많은 나방의 시체처럼 흩어져 뒹구는 꽁초들을 보았다. 그게 마리화나의 잔해란 걸 알기까지 꽤 오랜 기간이 필요했다. 처음엔 가난한 끽연가들이 돈을 아끼려고 손수 말아 피우는 담배꽁초라고 생각했다. 그래서 맨손으로 하나씩 주워 쓰레기통에 얌전하게 버렸다. 불행하게도 그것이 마리화나 꽁초라는 것을 알게 되었고, 이제 더는 손으로 주울 수가 없었다. 독충을 쓸어버리듯 빗자루를 사용했다.

그들은 마리화나로 시작해서 알약으로 된 엑스터시를 복용하게 되고 헤로인이나 코카인을 비강으로 흡입하는 단계로 발전해서 결국에는 리세르그산 다이에틸아미드 용액(LSD) 주사를 찌르게 된다. 한 지구 위에 살고 있는 나와 그들이 각기 다른 몸부림으로 오늘과는 다른 내일의 재생을 꿈꾸며 버텨 내고 있는 것은 아닐는지. 대롱거리는 운동화가 내 머리 위에서 떨어질 것 같아 일어서려고 했다. 그때 누군가 지나가면서 조간을 던지는 것이 보였다. 신문을 집은 나는 다시 전봇대로 돌아가 등을 붙이고 앉았다.

〈경악을 금치 못할 살인 사건〉

39살 마이클을 살해한 가해자는 추적 한 시간여 끝에 경찰에 붙잡혔다. 가해자는 10년 동안 피해자의 마약 구매 단골이었다. 가해자의 말에 따르면, 자신은 변신할 수 있으리라 믿었으며, 즐겨 보는 3D 영화의 주인공처럼 하늘을 날고 싶었고, 사람을 마음대로 처치하고 싶었으며, 돈이 많은 인간들의 돈을 갈취하고 싶었고, 아름다운 여자가 언제까지나 기다려 주는 영화 같은 삶, 거기다 영원히 승리하는 삶을 꿈꾸었다고 한다.

가해자는 피해자를 만나기 전 이미 LSD 환각 증세에 빠져 있었는데 피해자를 만나서 LSD를 한 방 더 맞았다. 그가 칼을 휘두르는 순간까지도 피해자를 살해할 것이란 사실을 알지 못했다고 한다. 피해자가 가해자에게 '머저리'라고 웃으며 농담을 하는 순

바닷가의 묘지

간 가해자가 품에서 긴 식칼을 꺼냈고, 피해자는 놀라 전당포까지 달아나다 가해자를 피하기 위해 4차선을 가로질러 운동화 가게 앞까지 뛰어갔다. 막다른 길에서 가해자를 저지하려고 두 손을 높이 들고 돌아서는 순간 목이 댕강 잘렸다. 무처럼.

딜러와 범인의 사진이 신문 기사의 상단에 나란히 실렸다. 신문 속 두 사람은 형제처럼 사이가 좋아 보였다.

살인 사건으로부터 이틀이 지나갔다. 딜러는 사라졌다. '마약왕'이란 칭호를 가졌던 그의 심장은 얼마 만한 질량으로 명계의 저울에 올려질까. 여자들을 곤충처럼 버렸고 마약을 강매한 돈으로 창녀와 아이를 낳고, 그 아이를 버리고, 운동화를 칼로 자르기도 하던 그가 메이필드에서 사라져 버렸다. 이제 메이필드는 조용하고 정상적인 도시로 탈바꿈할 수 있을까. 암울한 피의 냄새를 맡은 도시 사람들의 목소리가 한동안 조용해질지도. 그러나 사람들은 메이필드에서 누가 살해되었는지 얼마나 오랫동안 기억하게 될까. 어쩌면 아무도 기억하려 하지 않을지도.

나는 창고로 들어가 사다리를 타고 올라갔다. 제일 꼭대기에 있는 초록색 오시리스 운동화를 내렸다. "조심해!" 내 자신에게 경고를 했다. 일 년 전, 손님을 놓치지 않으려고 급하게 운동화 상자를 내리다 뾰족한 코너로 굴러떨어지는 박스에 얼굴이 찢겼다. 깊게 찢긴 상처는 마치 칼자국처럼 아직 내 얼굴에 남아 있다. 그러한 경험은 사람을 피폐하게 만든다.

운동화 한 박스를 조심조심 내린 뒤 다시 올라가 같은 사이즈를 한 박스 더 내렸다. 초록색의 오시리스 사이즈 6. 그리고 짙은 핑크와 형광 보라색의 끈을 한 쌍씩 집어 들었다. 한 짝엔 짙은 핑크를, 다른 짝엔 형광 보라색을, 다른 한 컬레 운동화엔 그 반대로, 각각 엇갈린 색으로 운동화 끈을 꿴 후 밖으로 나가 트럭에 실었다.

나는 트럭에 올라타기 전 보라와 핑크색이 각각 왼쪽과 오른쪽에 꿰어져 있는 운동화로 같이 신었다. 각기 다른 색의 끈을 매는 유행이 십대들에게 한창 유행이다. 트럭의 트레이가 부서지는 소리를 냈다. 지우가 몰았던 유틸리티 트럭은 주택가의 과속방지턱을 넘을 때마다 부서지듯 요란한 소리를 냈다. 나는 트럭에게 조용히 하라고 명령하며 버럭 화를 냈다.

장애인 보호 센터 출입문으로 곧장 들어가지 못하고 문앞에 서서 운동화 코를 한동안 응시했다. 나는 이유 없이 긴장하고 있었다. 캔을 생각하다 문득 스쳐 간 아픔들과 실망들과 외로웠던 갖가지 괴로운 경험들이 떠올랐다. 나는 고개를 세차게 흔들었다. 우리가 알지 못하는 그리고 알 수 없는 일들, 나는 억지로 입술을 비틀어 웃어 보았다. 그리고 용기를 내어 출입문을 밀었다.

캔의 첫마디는 집에 '가고 싶다'였다. 그는 새엄마와 의붓형과 아버지와 함께 살고 있었다. 캔의 외할아버지는 마약 딜러였다. 마흔두 살에 죽은 그는 마약이 섞인 한 톨의 피를 세상에 남겨 두었다. 잠재되어 있던 유전자는 한 세대를 건너뛰어 캔에게 장애자란 유산을 남겼다. 캔이 아기 때 사라진 기억에 없는 엄마, 캔의 눈동자에 돌연 한 풍광이 아지랑이처럼 어룽거렸다.

눈보라가 몰아치는 으스름한 저녁, 지칠 대로 지친 한 소년이 몸을 웅크린 채 길을 걷고 있었다. 얼굴을 푹 숙이고 가던 그의 시선에 우연히 와 닿은 환하게 열린 창문. 그 불빛속에 보이는 김이 오르고 있는 뜨거운 저녁 밥상. 식당의 한 벽면에서 장작 난로가 탁탁 소리를 내며 타고 있었다. 분주하게 수저를 놀리며 왁자하게 떠들고 있는 가족들의 웃음소리. 캔의 눈 속에서 사무친 그리움이 일어섰다.

나는 빠른 손놀림으로 가방에서 운동화를 꺼냈다. 같은 발 사이즈를 가진 캔과 나, 왼쪽은 핫핑크, 오른쪽은 형광 보라색의 운동화 끈이 꿰어진 오시리스 초록색 사이즈 6을 받아 든 캔이 "워키토키!" 하고 외쳤다. 얼굴이 균형을 잃고 완전히 왼쪽으로 찌그러졌다. 우리는 어깨동무를 하고 그의 오른발과 나의 왼발을 쌍기역 자로 높이 올려서 찰칵, 다시 캔의 왼발과 나의 오른발을 셀카로 찍었다.

돌아오는 길, 트럭의 트레이가 골목길의 과속방지턱을 넘으며 날 선 소리를 낸다. 그리고 정의의 저울에 올라 있는 죽은 딜러의 붉은 심장이 환각처럼 눈앞을 가로막았다. 순간 도무지 참을 수 없이 오줌이 마려웠다. 나는 갓길에 트럭을

삐딱하게 세워 놓고 맹그로브 숲을 향해 뛰었다. 치마를 우
산처럼 펴고 앉아 시원하게 배뇨를 했다.

중독

1

제수가 집에 도착했을 때 태양이 막 작은 산꼭대기 아래로 떨어졌다. 그는 바람에 몸이 떠밀리는 것처럼 옆으로 살짝 몸을 기울이고 현관문을 밀었다. 문이 쉽게 열렸다. 그가 현관으로 들어서자 마누라가 반색을 했다.

"당신 기다리다 죽는 줄 알았어요. 밥 먹읍시다, 밥! 밥만 푸면 돼요."

마누라가 뱃가죽을 문지르며 말했다.

"그렇지, 밥 먹을 시간이지. 혼자 먼저 먹지 않고. 난 통 밥 생각이 없어."

"해가 서쪽에서 뜰 일이네! 밥을 굶을 만큼 뭔 좋은 일이라도 생겼수?"

"허, 그럴 일이 있어."

재수는 냉수 한 잔을 마시고 밥을 푸고 있는 마누라를 뒤로한 채 안방으로 들어갔다. 잠시 뒤 방문 틈으로 마누라의 목소리가 새어 들었다.

바닷가의 묘지

"또 잡혔군, 또 잡혔어, 인간 말종들….."

마누라 욕설하는 소리를 듣고 재수는 발끝을 세우고 살그머니 거실로 나갔다. 마누라 뒤로 다가가 숨을 죽이고 티브이 화면을 응시했다. 저녁 7시 지방 뉴스였다. 경찰이 동양 사내 둘을 앞세우고 걸어가는 대단지 비닐하우스 농장이 보이고, 농장 한구석에서는 산더미처럼 쌓여 있는 대마초를 불태우고 있었다. 채소 농장으로 가장해 재배하다 들통이 나 체포된 것이었다.

재수는 같은 수법으로 대마초를 재배하다 교도소에 간 베트남 친구의 얼굴이 떠올랐다. 대마초가 타오르는 화면 속 불길에 친구의 실루엣이 오버랩되자 저절로 간담이 서늘해졌다. 죄 없는 TV에다 대고 욕설을 쏟아 놓던 마누라가 화를 못 참고 채널을 돌려 버렸다. 그 바람에 수갑 찬 사내들이 어느 국적인지 제대로 보지 못하고 말았다. 십중팔구 베트남인이겠지. 도둑이 제 발 저리다고, 마누라의 뒤통수를 보는 재수의 간담이 서늘했다. 마누라는 그때까지도 대마초 불법 재배 일당을 향해 욕설을 퍼붓고 있었다.

"인간쓰레기들. 죽어야 할 인간들….."

마누라가 계속 욕설을 쏟아 냈지만 재수는 못 들은 척했다. 하지만 오금이 저렸다. 재수는 슬그머니 안방으로 달아났다. 그리고 같은 뉴스를 다시 보려고 노트북을 켰다. 눈이 멀어 버린 것도 아닌데, 갑자기 가상현실이나 증강현실처럼 오늘 펍에서 본 어보리진 사내의 얼굴만 화면 가득 어른거렸다.

"분명 사내가 봉지당 '오 달러'라 했겠다! 이십 년 전 가격에 비하면 공짜나 다름없어. 세상 오래 살고 볼 일이야. 이번엔 지질하게 손바닥에 냄새 묻힐 것도 아니고. 푸시어pusher[1]에게 곧장 넘기면….."

재수의 뇌가 설레발을 쳤다. 그는 서랍에서 전자 담배를 꺼냈다. 그리고 담뱃대를 푹푹 빨아 대며 푸시어에게 전화를 걸고 싶어 안달했다. 한동안 방 안을 이리저리 맴돌던 재수는 자신도 모르게 전화를 걸었다. 전화는 바로 연결되었다.

"중요한 일이 생겼으니 만나자!"

"지금 출발할까?"

"지금은 안 돼! 아직은 준비가 안 되었거든."

재수는 푸시어에게 짜증을 내뱉으며, 내일 오후 세 시 헌터공원 릴리필리 울타리 한가운데로 사람들 눈을 피해 오라고 했다. 푸시어는 무슨 일인지 알고 싶어 미치겠다더니 갑자기 전화를 끊었다. 새끼가 눈치 하나는 빠르거든. 하긴 눈치까지 없다면 지금쯤 그 새끼도 베트남 친구와 같은 감방에서 썩고 있겠지.

쉰 봉지를 몽땅 푸시어에게 넘겨야 하나? 절반 정도를 쥐도 새도 모르는 곳에 숨겨 놓았다가 몰래 열 배 튀겨서 판다면? 재수의 과열된 뇌는 좀처럼 식을 줄 몰랐다. 그때 부엌에서 사기그릇 박살 나는 소리가 날카롭게 들렸다. 가슴이

---

1 푸시어: 마약 딜러를 칭하는 속어.

철렁 내려앉았다. 재수는 마누라가 점점 더 두려워졌다. 속된 말로 저승사자보다 더 무서웠다.

재수는 다시 오늘 있었던 일이 떠올랐다. 오후 두 시경 펍 안으로 들어서는데 처음 보는 어보리진 장정 셋이 눈에 띄었다. 평소 재수의 지정석을 떡하니 차지하고 있는 그들을 보자 부아가 끓어올랐다. 텅 빈 펍에 남아도는 것이 테이블인데 하필이면 내 자리를. 재수는 성질을 가라앉히려고 천천히 걸어가 코로나 매뉴얼까지 지켜 가며 그들로부터 한 테이블 건너에 앉았다. 맥주잔을 놓고 보니 그들과 정면으로 마주 보고 앉은 꼴이 되었다.

그들의 머리 위 모니터에서는 경주마 3번이 돌풍처럼 선두를 달리고 있었다. 재수는 말과 기수를 응시하다 벌침처럼 귀청을 쏘는 두 마디에 화들짝 놀랐다.

"똥(shit), 오 달러."

재수는 얼떨결에 마스크를 벗어 던졌다. 그렇잖아도 맥주를 마시려고 벗으려던 참이었다. 사내는 자신의 목소리 톤에 놀라 자라목을 빼서 주변을 휘휘 둘러보았다. 그 순간 재수의 눈과 초점이 딱 마주쳤다. 녀석의 놀라는 모양이 눈꼴사나워 재수는 피식 웃고 말았다. 그런 녀석의 꼴이 베트남 친구를 빼닮은 것 같았다. 잠시 뒤 자라목을 제자리에 넣은 녀석이 이번엔 마주 앉은 두 장정들을 손짓으로 불러 모아 고개를 숙이게 했다. 다시 펍의 내부를 휙 훑어본 뒤, 재수를 슬쩍 곁눈질하고 나서, 입가에 손바닥을 세우더니 쑥덕거리기 시작했다.

재수는 가늘게 눈을 뜨고 말 경주를 보는 척하며 그들을 계속 훔쳐보았다. 재수의 귀가 안테나처럼 뾰족해졌다. 그러함에도 그들이 도대체 무얼 시부렁거리는지 도통 알아들을 수 없었다. 하긴 굳이 어보리진 말을 알아들어서 뭐에 쓰겠는가? 하지만 그런 와중에도 두 단어, '쉿shit 오 달러'는 똑똑하게 들렸다. 사실 재수에게 그 두 마디 외에 다른 말은 들을 가치도 필요도 없었다.

재수가 자신이 다리를 심하게 떨고 있다는 것을 안 것은, 마약 딜러 세계에서만 소통하는 은어隱語 '쉿'을 한동안 곱씹은 뒤였다. 틀림없이 쉿 한 봉지가 '오 달러'라 했겠다. 재수는 마스크를 걸고 일어섰다. 확인을 하지 않고는 못 견딜 것 같았다. 하지만 사회적 거리를 안 지켜 벌금을 물고 싶진 않았다.

바쁘게 맥주를 따르고 있는 암갈색 피부의 바텐더 아가씨도 그들과 한 패거리로 보였다. 그렇지 않고서야 그들에게만 유난히 친절하게 굴고 맥주도 더 많이 따라 줄 리가. 잇몸을 뒤집어 가며 웃고 진한 농담을 주고받는 것이 재수에게 하는 것과는 전혀 달랐다. 언젠가는 녀석이 일어나겠지! 재수는 녀석이 일어설 때를 놓칠까 봐 맥주가 입으로 들어가는지 코로 들어가는지 분간이 안 갔다.

얼마간의 시간이 흘렀다. 재수는 맥주 한 잔을 더 시키고 싶었지만, 초조한 심정으로 어보리진이 일어나기만을 기다렸다. 드디어 녀석이 일어섰다. 하지만 몇 발짝 걸어가던 그가 일행에게로 되돌아가 손짓발짓을 해 가며 뭔가 한참 주의

바닷가의 묘지

를 주는 것 같더니 총알같이 후문으로 달아났다. 재수가 일어서서 마스크까지 끼고 기다리지 않았다면 녀석을 놓칠 뻔했다. 혼비백산 계단을 뛰어 내려간 재수는 사회적 거리 두기 규칙도 잊고 뒤에서 옷자락을 와락 잡아당겼다.

"정말 한 봉지에 오 달러 맞아?"

"그래, 한 봉지에 오 달러다." 어보리진이 대답했다.

"선불 아니면 후불, 어떤 것을?" 재수는 혀가 떨려 말이 헛돌았다.

"후불이면 돼, 몇 봉지나…?"

"열, 아니 스무, 아니 서른… 오십 봉지 주문한다."

"대금은 내일 바텐더 '나랑기'에게 맡긴 뒤 오십 봉지 직접 찾아 가면 된다."

녀석이 주변을 두리번두리번 살피더니 마치 수배자처럼 순식간에 내빼고 말았다. 재수는 멍하니 서서 달아나는 녀석의 티셔츠 등에 그려진 기저귀를 찬 왈라비[2] 그림이 그와 무척 어울린다고 생각했다. 그뿐만 아니라 삐딱하게 쓴 볼캡 하며, 구멍이 숭숭 뚫린 카키색 트렁크 바지 하며, 조금 전 보았던 조리 사이로 삐져나온 엿가락처럼 굽은 발가락까지…, 차려입은 꼴이 녀석의 비즈니스와 굿 하모니를 이루었다. 얼마나 쉿을 팔고 돌아다녔으면 발톱이 다 빠졌을까? 재수는 자신도 모르게 혀를 끌끌 찼다. 가까이서 보았던 녀석

2 왈라비: 캥거루과의 짐승.

의 피부는 암갈색보다는 흙색에 더 가까웠다.

재수는 펍에서 나와 가까운 현금인출기로 다가갔다. 돈을 손에 들고 시멘트 바닥에 꿇어 앉은 뒤 낡아서 바깥으로 삐딱하게 기울어진 오른쪽 구두를 벗고 안창을 들어냈다. 구린내가 지나쳐 똥 냄새가 풍겼다. 지폐를 구두 바닥에 편편하게 깐 뒤 다시 안창을 넣고 구두를 신었다. 그리고 벌떡 일어나 뜀뛰기를 몇 번 한 다음 중얼거렸다.

"아내는 물론 귀신도 이 돈을 찾진 못하겠지."

재수는 눈을 깜빡이며 하늘을 올려다보았다. 그런데 건물 지붕에 가려 하늘은 보이지 않고 시커먼 까마귀 한 마리가 실없이 눈을 잡아끌었다. 새는 푸시어가 전깃줄에 '마약 있음' 하고 암호로 걸쳐 놓은 운동화에 가느다란 다리를 딛고 서 있었다.

먹물 같은 호주의 커다란 까마귀를 본 재수의 머릿속으로 얼추 이십 년 전 과거가 저절로 떠올랐다. 그 당시 재수는 박쥐처럼 어둑한 곳만 찾아다니며 '대마초'를 피웠다. 지금 교도소에 수감 중인 베트남 친구 외에도 몇 명이 더 있었다. 그때 피우던 대마초가 안겨 주던 쾌감이나 행복감은 그 어떤 것으로도 바꿀 수 없을 것 같았다. 아무리 과로한 날도 한 대 빨고 나면 피곤이 싹 가시고 기분이 날아갈 것 같았다. 아닌 말로, 그런 순간은 선뜻 청부 살인이라도 할 것처럼 기분이 충천했다.

그러던 어느 날 아내에게 들키고 말았다. 말하고 싶지 않

바닷가의 묘지

지만 베트남 친구 그 자식 때문이었다. 이혼 서류에 도장을 찍기 직전이었다. 재수는 극단적 선택을 시도했다. 그 뒤로도 두 번의 극단적 선택을 더 시도한 끝에, 목숨보다 질긴 대마초를 끊을 수 있었다. 재수가 생각에 빠져 있다 고개를 들었을 때 상점 유리창에 한 사내가 보였다. 얼추 일흔은 되고도 남았을 꾀죄죄한 동양 남자가 총 맞은 구멍 같은 두 눈으로 자신을 쳐다보고 있었다. 재수는 얼른 눈길을 돌려 버렸다. 그리고 뒷머리를 탁탁 치며 뒤도 돌아보지 않고 집을 향해 발길을 옮겼다.

아내가 거실에서 뭘 하는지 조용했다. 재수는 방 안을 이리저리 빙빙 돌다 말고 노트북부터 껐다. 아내가 곧 들어올 것 같았다. 그리고 어보리진 녀석의 실루엣이 화면에 어른거려 도무지 한곳에 마음을 둘 수 없었다. 그러함에도 재수의 뇌는 좀처럼 식을 줄 몰랐다. 재수는 자신도 모르게 혼잣말을 시부렁거리고 있었다.

"이번엔 사용자가 아니라 어디까지나 비즈니스야. 이혼당할 일 있어? 다시 입에 붙이게."

그때 막 방으로 들어오던 마누라가 무슨 혼잣말이 그렇게 많으냐고 눈을 흘겼다. 재수는 간이 뜨끔했다. 재수는 헛소리를 더 하게 될까 봐 얼른 침대에 올라가 이불을 머리끝까지 덮어썼다.

길을 따라 양쪽으로 민들레가 흐드러지게 피어 있는 경마장이었다. 필드와 잔디밭 구석구석까지 발 디딜 틈 없이 말똥이 뒤덮여 있었다. 재수가 필드를 몇 미터 걸어가는데 펍에서 보았던 어보리진이 보였다. 구슬땀을 흘리며 말똥을 긁어모아 부대에 퍼 담고 있었다. 녀석을 보자 어찌나 반가운지 재수는 뛰었다. 하지만 마음만 설레발을 칠 뿐 진득한 말똥이 구두에 들러붙어 도무지 걸음이 떼어지지 않았다. 재수는 한동안 애를 먹다가 어찌어찌해서 어보리진과 마주하게 되었다.

녀석이 흘리는 땀 냄새와 누리끼리한 말똥 냄새가 뒤섞여 토할 것 같았다. 그런데 부지런히 삽질을 하고 있는 녀석을 코앞에서 큰 소리로 불렀는데도 반응이 없었다. 녀석은 고개조차 들지 않았다. 참다못한 재수는 그의 옆구리를 쿡 찔렀다. 그러자 순간 녀석이 민들레 씨앗처럼 허공으로 증발해 버렸다. 암전.

얼마나 시간이 흘렀을까. 부우웅~, 어디서 암말의 방귀 소리가 구성지게 흘러나왔다. 재수는 두리번거리며 찾아보았지만, 암말은 고사하고 수말 한 마리도 눈에 띄지 않았다. 그러니까 그 넓은 경마장에는 재수뿐이었다. 방귀 소리는 점점 더 크게 들려왔다. 귀를 쫑긋 세운 재수는 손뼉을 치며 살금살금 관중석으로 향했다. 평소 귀가 밝은 재수가 찾아가는 곳은 관중석 계단이었다. 가까이 다가간 재수가 문에 귀를 대자 안에서 누군가 신나게 디저리두[3]를 불고 있었다. 민

3 디저리두: 호주 원주민의 전통 관악기.

바닷가의 묘지

들레 씨앗처럼 사라진 어보리진 녀석의 연주라고 직감했다. 그런데도 왠지 부아가 끓어오른 재수는 창고 문에 대고 힘껏 발길질하고 말았다.

"사람 살려요!"

옆에서 자던 마누라가 비명을 질렀다. 재수는 놀라 벌떡 일어났다. 그는 방을 빠져나가 급한 김에 화장실로 피신했다. 그리고 입을 틀어막고 중얼거렸다.

"내가 꿈을 꾸었다. 똥… 똥… 꿈을."

"누구에게도 말해선 안 돼. 물론이지, 마누라한테도."

*

지난밤 신발장 깊숙이 숨겨 놓은 구두를 꺼내 신고 있는 재수의 등 뒤에서 마누라가 쏘아붙였다.

"아침도 안 먹고 어디 가요?"

"어, 어, 그냥…."

"그냥이라니요, 애인 생겼수? 새벽부터… 살다, 살다, 참 별일이네."

재수는 대답하지 않았다. 아니, 가슴이 뛰어 대답이 나오지 않았다. 무작정 걷다 그의 발길이 닿은 곳은 바닷가였다. 차가운 한겨울 바닷물에서 물개처럼 첨벙대는 서퍼들의 새까만 점, 점, 점, 바람에 넘어질 듯 휘청휘청 걷는 물새 떼들. 대양의 절규처럼 울어 대는 무역선의 뱃고동 소리… 여전히 꿈속 같았다.

재수는 물비늘처럼 휘청거리는 발길로 등대를 지나 한동안 해변을 돌아다녔다. 하지만 시간은 정지된 유튜브 화면 같았다. 재수는 360도로 경관을 볼 수 있는 전망대로 올라갔다. 그리고 펍의 위치를 대중 잡아 보며, 손목시계를 보다 굼뜬 시계에 대고 한숨을 터뜨렸다.

재수는 최대한 천천히 걸어서 펍에 도착했다. 그때까지도 펍 문은 굳게 닫혀 있었다. 재수는 한동안 고개를 갸웃거리다 건물 주변을 돌았다. 그러지 전날 어보리진이 달아났던 뒷문이 나왔다. 혹시라도 그를 만날 수 있을까 두리번거렸지만 녀석은 보이지 않았다. 대신 어디서 퀴퀴한 냄새가 진동했다. 지난밤 꿈에서 맡았던 것과 같은 냄새였다. 재수는 빙그레 미소 지었다. 지난밤 꿈을 떠올리자 저절로 어깨가 들썩거렸다.

계단 아래 곡식 자루 같은 것이 높이 쌓여 있었다. 재수는 한눈에 봐도 사오십 개는 족히 되어 보이는 곡식 자루 가까이로 다가갔다. 그러다 갑자기 으악 소리를 칠 뻔했다. 얼마나 냄새가 고약한지, 재수는 담배를 꺼냈다. 그리고 불을 붙이기 전 기계적으로 담뱃갑의 그림을 보고 말았다. 보지 않으려고 하면 할수록 매번 더 보게 되는 사진들은 끔찍했다. 썩어서 잘려 나간 발가락에서 피와 고름이 뚝뚝 떨어지고, 혓바닥에 암이 자라 더 이상 입을 벌릴 수 없고, 폐가 부어 서서히 죽어 가는 사진들이었다. 그러함에도 재수도 사람

116   바닷가의 묘지

들도 담배를 피운다. 중독이기 때문인 걸 어쩌겠는가. 인간이 강한 건지, 나약한 것인지. 재수도 마리화나 대신 담배를 피운다. 재수는 갑자기 마리화나가 간절했다. 한 대 피울 수 있다면 살인이라도 할 수 있을 것 같았다.

재수가 마리화나를 끊은 것이 이혼을 피하기 위해서였듯이, 담배를 끊지 않으면 안 될 날이 올 것을 각오하고 있다. 집에서는 마누라가 무서워 입안이 비릿한 전자 담배만 피운다.

드디어 이 층에서 문 열리는 소리가 들렸다. 재수는 담배를 발로 문질러 끄고 단숨에 계단을 뛰어서 펍으로 올라갔다. 그리고 바를 등지고 돌아앉아 신발을 벗고 돈을 꺼냈다. 똥 냄새가 진동했다. 돈을 받는 나랑기는 세어 볼 생각도 않고 손가락으로 계단을 가리켰다.

"계단 아래로 가 보시면, 오십 봉지 거기 있을 겁니다."

재수는 쉿을 찾으러 총알처럼 계단 아래로 뛰어갔다. 계단 아래 좁은 공간에 고여 있는 말똥 냄새에 정신이 아찔했지만, 입으로 숨을 쉬며 눈에 불을 켜고 구석구석을 확인했다. 눈이 먼 것도 아닌데 쉿은 씨알도 보이지 않았다. 짜증을 억누르며 발길을 돌려 다시 나랑기에게 따지려고 몇 계단을 뛰어 올라가다 퍼뜩 뭔가가 떠올랐다.

"맞아, 녀석이 사람들 눈을 피해서…!"

재수는 자신의 소리가 너무 커서 입을 틀어막았다. 그리고 지난밤 꿈을 떠올렸다. 손바닥으로 벽을 짚고 서서 말똥 부대 더미를 흐뭇하게 바라보며 안도의 한숨을 토하는데 저절로 미소가 터져 나왔다. 재수는 곧장 부대를 향해 돌진했다. 역시 위장술이 꾼이야! 실수하면 안 돼! 일생에 한 번 올까 말까 한 기회인데, 가슴이 벅차올랐다.

재수가 첫 번째 부대를 번쩍 들어 올려 바닥에 내렸다. 부대는 생각보다 무거웠다. 첫 번째 부대 아래, 두 번째 부대 사이에 쇳은 없었다. 실망스러웠지만 곧 마음을 고쳐먹었다. 첫 번째 부대 밑에 놓아 두는 바보가 어디 있겠어. 부대의 윗면을 쓱 쓰다듬던 재수의 손은 곧장 두 번째 부대를 들어 올렸다.

두 번째 부대를 들어 올리는데 심장 박동이 반 박자 더 빨라지는 것 같았다. 그러나 없었다. 세 번째, 네 번째 부대 사이에서 쇳을 발견하게 되리란 기대에 재수의 어깨가 반 뼘 더 올라가 있었다. 재수는 잽싸게 부대를 번쩍 들어 올렸다. 더 이상 말똥 냄새는 역겹지 않았다. 하지만 쇳은 없었다.

네 번째, 다섯 번째, 여섯 번째… 부대를 역으로 쌓아 올리는 재수의 팔뚝 근육이 울룩불룩 먹이를 삼키는 뱀 같았다. 어느새 재수의 얼굴은 말똥의 분진과 땀이 뒤섞여 흡사 흑맥주를 뒤집어쓴 꼴이다.

꿈의 영험이 달아나기 전에 서둘러야 해. 서른아홉…, 마흔여덟…. 확률적으로 마지막 부대 밑에 숨겨 놓을 수도. 마음이 설레발을 쳤다. 재수는 두 다리 사이를 45센티미터 정도 벌려 몸의 균형을 잡고 두 팔에 힘을 모아 부대를 들어 올

바닷가의 묘지

렸다. 재수의 얼굴은 피가 역류해 농익은 토마토처럼 붉었다. 재수는 다시 부대를 들어 올려 땅바닥에 내렸다. 마지막 부대 밑에도 없었다.

재수는 손바닥으로 콘크리트를 쓸어내리다 말고 다리를 뻗고 앉아 버렸다. 그런 뒤 비스듬하게 누워서 숨을 몰아쉬며 중얼거렸다.

"실망하지 마. 누가 쉿을 말똥 부대 사이에 끼워 놓겠어? 부대 속에 꼭꼭 숨겼겠지. 쉿 거래가 얼마나 위험한지 녀석이 모를 리 없을 텐데. 그 정도로 멍청한 녀석이라면 어떻게 쉿을 팔 수 있겠어. 단단하게 밀봉해서 말똥 속에다 교묘하게 파묻어 놓았겠지.

벌떡 일어난 재수는 먼저 부대의 표면을 손가락으로 콕콕 여러 번 찔러 본 다음 주변을 두리번거리며 칼을 찾았다. 칼을 발견하지 못한 재수는 바지 주머니에서 차 키를 꺼냈다. 단숨에 부대를 북 찢었다. 그동안 뒤집어 놓은 쉰 번째 부대였다. 찢은 부대를 뒤집어엎어 바닥에 모두 쏟았다. 그리고 손으로 말똥을 샅샅이 휘저었지만 쉿 뭉치는 어디에도 없었다.

어쩌면 마흔아홉 번째 부대에? 하지만 마흔아홉 번째에도 없었다. 재수는 다시 부대들을 한 부대씩 찢고 손으로 속을 샅샅이 휘젓고 다시 찢고…, 마흔여덟, 마흔일곱, 마흔여섯… 쉿은 쉽게 나오지 않았다. 절반쯤 작업을 해 나가던 재수는 어깨의 고통을 견디지 못하고 악, 하는 소리를 내뱉었다.

재수는 호주에서 사십 년 목공 일을 했다. 나이 일흔이면 아직은 청춘인데…. 재수는 말을 마치지 못하고 픽 쓰러지면서 말똥 부대에 얼굴을 파묻었다. 의식이 반쯤 달아나 버린 재수의 얼굴과 목에는 말똥이 떡고물처럼 달라붙어 있었다.

한참 뒤, 재수가 끙 하는 소리를 내며 일어나 앉았다. 세상에 쉬운 일이 어디 있어! 돈 벌기가 어디 쉬운가? 재수는 두 손으로 바닥을 짚고 무릎을 일으켰다. 그리고 말똥을 향해 힘껏 차 키를 들이댔나. 새수는 터진 말똥 부대를 손으로 휘저있다. 스물다섯, 스물넷, 스물셋…. 찢어진 부대를 거꾸로 흔들고 털었지만, 팔할 정도 건조된 말똥 외엔 아무것도 나오지 않았다. 말똥 가루를 공기처럼 들이마신 재수의 허파가 펑 하고 터져 버릴 것 같았다.

그때 다급한 발소리가 위로부터 아래로 떨어졌다. 계단을 뛰어 내려오던 발소리가 재수 앞에서 멈추었다. 나랑기였다.

"오 마이 갓! 도대체 당신 뭐 하는 겁니까?"

"그것, 여, 여기 없는데요."

"뭐라고요? 당신 발밑에 난장판이 된 그건 뭡니까. 쉿, 오십 봉지. 봉지당 오 달러."

나랑기가 찢어진 말똥 부대를 하이힐로 걷어차며 소리쳤다.

바닷가의 묘지

샌드위치 북카페

—나는 담비에게 눈총을 준다

이른 아침 나는 쇼핑센터의 벽에 붙어 있는 빵 그림을 바라보고 있었다. 치아바타, 비엔나, 브리오슈, 바게트…. 베이커리를 선전하기 위해 커다랗게 그려 놓은 빵들에서 뽀글뽀글 소리가 들리는 것 같았다. 빵들은 저마다 토실토실하고 포근해 보였다. 하지만 수많은 빵 가운데서 유독 식빵만이 내 눈길을 잡아끌었다. 검지로 통통한 식빵 그림을 콕콕 찔러 보자 위장에서 꾸르륵 소리가 들렸다. 어느덧 나는 침을 꼴깍꼴깍 삼키면서 빵을 물어뜯는 상상을 하고 있었다. 갑자기 송송 뚫린 식빵의 구멍에서 까만 활자들이 뛰쳐나오는 환영이 보일 때에서야 나는 화들짝 놀라 뒷걸음을 치며 그곳을 떠났다. 유학 초기 때였다.

카페 문을 닫은 날로부터 일주일이 지났다. 카페는 내 유학비로 마련한 것이었다. 도서관학을 전공한 아내 담비는 일자리를 구하지 못했고 나는 전망 없는 유학을 포기했다. 때를 기다렸다는 듯 담비가 재빨리 비즈니스 카드를 꺼내 들었다.

"공부만 들이파면 뭐 해, 취직이 안 되는데."

바닷가의 묘지

"…."

"책도 팔고 샌드위치도 파는 거야. 카페니까 물론 커피도 팔아야겠지."

내가 반대를 하자 그녀가 열을 올렸다. 쉽게 설득당하지 않는 내 앞에서 담비가 팔을 걷어붙였다.

"자기는 가만히 앉아 책만 팔아, 내가 샌드위치를 만들게. 커피도 내가….."

담비와 나는 이태리 노부부가 운영하던 카페 '피아니시모'의 낡은 간판을 뜯어냈다. 그리고 '샌드위치 북카페'의 새 간판을 1미터 더 높이 매달았다. 이마의 땀을 닦으며 고개를 들자 하버브리지 아래로 해가 지고 있었다. 나는 한숨을 쉬었다.

담비가 카페를 소개하는 사진과 글을 인스타와 페북에 올렸다. 샌드위치의 유래가 어쩌고, 존 몬태규 백작이 어쩌고, 독서의 진실이 어쩌고…. 누군가의 글을 패러디한 카피는 지나치게 장황하고 과장되어 보였다. 그러한 담비의 노력에도 책은 도무지 팔리지 않았다.

카페에서는 오렌지 껍질을 손가락 가는 대로 찢어 던져 놓은 것 같은 시드니 오페라 하우스의 지붕이 한눈에 내려다 보였다. 멀리 보이는 물새들이 우는 소리가 끼룩끼룩 귀에 들릴 정도로 가게가 한가했다. 어쩌다 손님이 들어오면 담비는 쓸데없이 말이 많았다. 하지만 정작 손님들은 대꾸하지 않았다. 가게가 자리한 시티에는 온갖 인간의 욕망이 뜨거운 버터처럼 녹아내렸다.

"책 한 권을 사시면 커피는 무료입니다."

책을 거들떠보지 않는 손님들에게 담비가 아침부터 기대에 찬 눈빛으로 다그쳤다. 하지만 그들은 청각장애가 있기라도 한 양 담비를 빤히 쳐다보다가, 한참 후 입술을 위로 당기며 씩 웃기만 했다.

"미안합니다. 다음 기회에….

담비는 손님들의 미소 뒤에 숨은 진짜 마음을 읽지 못하고 혼자 속을 태웠다. 그러나 담비의 눈빛은 손님들의 의뭉스러움에도 흔들리지 않았다. 그녀는 이유를 따서 묻고 싶은 듯 입술을 달싹달싹 하다가, 끝내 적합한 말을 찾지 못하고, 날개를 접고 앉은 오페라하우스 지붕의 물새를 쳐다보며 한숨을 쉬었다. 내가 보기에 손님들을 향한 담비의 다그침은 적절하지 않았다. 내 귀에는 마치 심문이나 고문하듯 조마조마하게 들렸다.

나는 카페 구석 자리에 앉아 번역을 끼적이다 눈꺼풀이 무거워지면 자리에서 벌떡 일어나 담비에게 다가갔다. "책을 어디서 구해 오는 거야?" 내 물음에 담비는 귀머거리 흉내를 내며 내 어깨를 토닥토닥 두드렸다. 나는 담비가 샌드위치를 만들거나 커피를 내리거나 설거지를 할 때도 번역을 하는 척 꿈쩍하지 않았다. 반면 담비는 점심시간이 가까워 오면 음악의 볼륨을 끝까지 높이고 출입문에 걸터앉아 행인들을 쳐다보며 아작아작 오이를 씹었다.

"우리가 남이야? 동업자야! 동업자!" 담비가 말했다.

바닷가의 묘지

담비는 양상추, 아보카도, 토마토 등속을 썰다 말고 자주 불퉁거렸다. 나는 대꾸하지 않았다. 물론 일을 돕는 시늉도 하지 않았다. 카페를 연 지 1년이 되었다. 책들이 진열대에 늘어나는 숫자가 빠르게 불어났다. 하지만 책은 도무지 팔리지 않았다. 샌드위치와 커피만 팔아서는 렌트비를 지불하기도 벅찼다.

나는 볼품없이 야윈 몸에 회색 추리닝을 헐렁하게 걸친 채 수많은 책에 둘러싸여 번역에만 몰두했다. 날이 갈수록 적자가 늘어났다. 나는 적자를 메워 보겠다고 번역 아르바이트를 점점 더 늘렸다. 그리고 간간이 핏발 선 눈알을 잠자리처럼 굴리며 담비를 흘끔거렸다.

석 달째 렌트비를 지불하지 못했다. 그러함에도 담비는 풀이 죽지도 않았고 어깨를 축 늘어뜨리지도 않았다. 물론 흐느끼지도 않았다. 담비는 티라노사우루스 모양으로 접은 냅킨을 유리 선반 곳곳에 진열해 놓고 손님들 눈길을 끌려고 애를 썼다. 또 베이컨, 아보카도, 토마토, 크라상… 샌드위치마다 이름표를 달았다. 그런 다음 커피잔을 부서져라 닦아 댔다.

소나기라도 내릴 것처럼 하늘에 짙은 구름이 잔뜩 낀 날, 담비가 고지서를 뚫어져라 들여다보며 중얼거렸다.

"카페가 망한다고 설마 홈리스가 되기야 하겠어?"

"홈리스가 되기 딱이지."

"그러니까, 이러고만 있을 게 아니라 샌드위치나 커피 손님에게 책을 사은품으로 주자고."

나는 낡은 테이블에 앉아 책장을 넘기며 세차게 고개를 저었다. 가까이 다가온 담비가 내 귀에 입을 바싹 붙인 채 말했다.

"책이 줄어드는 건 시간문제라니까."

나는 마른세수를 했다. 그때를 놓칠세라 담비가 허리에 두 손을 받치고 침을 튀기며 설득에 나섰다. 샌드위치나 커피 손님에게 책을 주기로 했다.

"이상하지 않아? 사은품으로도 환대를 받지 못하는 책이." 담비가 투덜댔다.

전혀 이상한 일이 아니었다. 손님들이 떠난 자리엔 엉덩이의 훈기와 책이 남아 있었다. 나는 가게 유리문을 통해 자발적 착취에 여념이 없는, 샌드위치를 씹으며 동시에 킨들을 읽고, 대낮에도 포르노를 시청하며, 노래를 들으며 게임을 하는 스마트폰 좀비들을 구경했다. 담비는 다짜고짜로 그들의 앞을 가로막고 책을 강매하려고 했다. 담비를 지켜보던 내가 제안했다.

"카페를… 팔아야겠어. 경력을 쌓았으니 이제 취직을 해야 해."

*

카페를 접는 일은 혹독한 경험이었다. 이른 아침부터 밤

126   바닷가의 묘지

늦은 시간까지 책들을 포장했다. 큰 책들은 대여섯 권씩, 작은 책들은 열 권씩 비닐로 단단하게 묶었다. 일부는 맨살을 드러낸 채 타운 하우스에 도착했다. 갑자기 집 안이 물류 창고로 변했다. 딩크족인 담비와 내가 사는 열 평 남짓한 집 안의 천장 끝까지 책이 쌓였다. 심지어 더블베드 위에도 책이 가득했다. 담비와 나는 딱딱한 방바닥에 누워 뜬눈으로 밤을 새워야 했다. 책 냄새 때문에 속이 울렁거린 탓이었다.

다음 날 정오가 지나도록 담비는 책 틈에 적요하게 누워 있었다. 잠이 든 것도 아니었는데 도마뱀처럼 납작하게 엎드린 채 죽은 듯 꼼짝 하지 않았다. 오후가 되자 일어난 담비는 발끝을 세우고 조심조심 걸어가 냉장고를 열었다. 그리고 오이를 꺼냈다. 아작아작 오이를 씹으며 내 눈치를 살폈다. 나는 식탁에 앉아 책의 역사 두 줄을 번역했다.

'알바스 왕조의 칼리파 알 마문은 그리스어에서 아랍어로 번역된 책의 무게에 따라 번역가에게 금화를 던져 주었다. 따라서 9세기 바그다드와 서아시아 일대에서는 미친 듯이 책을 번역하고 출판하게 되었다.'

원문의 이해가 충실하게 번역되었는지…, 이해한다고 믿는 것만을 이해하는 사람들의 애매모호한 기준을 어떻게 번역해야 할지…. 나는 정수리를 긁적거렸다.

"빵이 있어야지!" 담비가 소리쳤다.

꼬박 이틀을 굶은 까칠한 목구멍에서 나오는 소리가 너무 커서 나는 화들짝 놀랐다. 뒤이어 그녀가 한숨을 토하더니 체머리를 흔들었다. 그러고선 내게로 눈길을 돌리고 두 손바닥을 높이 쳐들었지만 나는 모른 척 고개를 떨어뜨렸다. 곧 체념한 담비는 엉덩이를 내민 채 냉장고 깊숙이 머리통을 밀어 넣었다. 어떻게 해서든지 빵을 구해야 할 일이었다.

담비가 냉장고를 닫고 현관으로 걸어갔다. 쾅 하고 현관문이 닫혔다. 빵을 사러 갔을지도. 나 몰래 책을 구해 오는 것처럼 어떻게 해서든지 그녀가 빵을 들고 나타나길 기다렸다. 담비가 사라진 현관문을 보며 한숨을 쉬었다.

빵을 사려고 나는 더욱더 번역에 열을 쏟았다. 그 때문에 머릿속을 누군가 바늘로 찌르는 것 같은 통증이 끊일 날이 없었다. 어쩌면 공복 때문일지도. 내가 엄지로 관자놀이를 문지르며 통증을 진정시키고 있을 때 현관문이 열렸다. 담비였다. 담비의 뒤로 머리가 희끗한 여자가 따라 들어오며 과장되게 웃어 대고 있었다. 담비는 샌드위치를 살짝 쳐들어 보이며 내게 눈을 깜빡거렸다.

"오늘이 '샌드위치 데이'라고 하네, 11월 3일."

"….."

"자기, 메리에게 인사해."

"메리, 이쪽은 내 반쪽 광은이." 담비가 내 옆에 붙어서며 말했다.

"헬로." 내가 인사했다.

"그다잇 마이트G'day, mate."

"메리는 주말이면 야외 마켓에 나가 꽃과 화분을 판대."

128   바닷가의 묘지

담비가 말했다.

"마이 굿네스, 무슨 책이 이렇게나 많아."

책더미를 쳐다보는 메리의 입이 쩍 벌어졌다.

때를 놓치지 않고 담비가 메리에게 물었다.

"이 책들 마켓에서 팔 수 없나요?"

나는 재빨리 담비와 메리 사이에 서서 도리질을 쳤다.

"못 팔 건 없지. 주말 마켓에선 뭐든지 팔 수 있어. 이 앙상한 가이guy만 빼고." 메리가 울퉁불퉁한 손가락으로 내 팔을 쿡 찌르며 말했다.

"유레카!" 담비가 주먹을 불끈 세우며 외쳤다.

내가 우는 표정을 짓자 담비가 배꼽을 잡고 웃었다. 내가 무슨 말을 하려고 하자 담비가 반쯤 먹다 남은 샌드위치로 내 입을 틀어막았다. 샌드위치는 내 위장의 텅 빈 동굴을 향해 으스대며 굴러갔다.

잠시 뒤 메리가 유령처럼 사라졌다. 그때부터 담비는 깨금발로 뛰어다니며 콧노래를 흥얼거리기 시작했다. 그 바람에 책장이 펄럭거려 온 집 안에 먼지가 날아올랐다. 나는 잇달아 재채기를 하며 번역에 열을 올렸다.

*

담비의 바람대로 책을 팔러 가는 토요일이 되었다. 새벽부터 일어나 야단법석을 떨던 담비가 밤새 깔고 잤던 방바닥의 꽃무늬 담요를 개키며 코맹맹이 소리로 말했다.

"기운을 내라고, 책을 파는 것도 섹스도 부끄러워할 일이
아냐. 흠, 지난밤 두 번이었잖아. 두 번. 자기도 좋았어, 응?"

담비는 내 어깨를 토닥이며 지난밤 오르가슴을 환기시켰
다. 카페를 접고 난 후 처음 하는 섹스였다. 처음엔 그녀가
내 위에 토실하게 포개졌다. 금세 내 성기가 바게트처럼 딱
딱해졌다. 담비가 오이 피클 씹는 신음 소리를 냈고 잠시 뒤
그녀의 몸이 내 배 아래서 종이처럼 납작해졌다. 한동안 두
육체가 발산한 향기가 책갈피마다 향수처럼 스며들었다. 우
리는 버터를 듬뿍 바른 부드러운 식빵 두 장처럼 꼭 껴안고
잠들 수 있었다.

책을 가득 실은 트렁크에 담비가 꽃무늬 담요를 덮었다.
그리고 조수석에 훌쩍 올라앉으며 말했다.

"출발이다, 출발!"

자동차가 속도를 냈다. 잘 익은 토마토 같은 해가 시골
길을 따라오고 길가의 올리브 가지가 바람에 손을 흔들었다.
코발트빛 하늘에서 탈색한 반달을 발견한 담비가 목에 파란
핏줄을 드러내며 동요 한 곡을 뽑기 시작했다. 담비가 내 팔
을 꼬집으며 따라 부르라고 졸랐다.

"아파." 나는 그녀의 손을 털어 냈다.

그때 맞은편에서 달려오는 끝이 보이지 않는 자동차 행렬
을 본 담비가 입을 크게 벌리고 외쳤다.

"올드 카, 저기 올드 카들이 지나간다. 와, MG, 도지,

130

포르쉐, 머스탱…, 멋지다….”

"에이 바보. 저건 '클래식 카'야. 바퀴가 굴러가면 갈수록 시간이 흐르면 흐를수록 값이 부풀어 오르는 희귀 자동차들.”

"책 팔아서 우리도 '클래식 카' 사자.”

담비의 말에 헛웃음이 터졌다.

*

바다를 에두른 공원이 마켓이었다. 담비와 내가 꽃무늬 담요를 마주 잡고 펼쳤다. 그러자 감청색 하늘이 기다렸다는 듯 훌쩍 뛰어내려 담요에 엎드렸다. 담비가 가위로 책의 노끈을 끊다 말고 기지개를 켜자 가윗날에 햇볕이 올라타고 탱고를 추었다. 책을 진열하는 것은 그다지 어렵지 않았다. 담요에 책을 넓게 펼쳐 놓기만 하면 되는 일이었다. 수평선에서 달려온 해풍에 책장이 들썩거리자 담비가 쪼르르 달려가더니 치마폭에 조약돌들을 한가득 담아 왔다. 내가 그걸 한 개씩 책 위에 올리는 걸 지켜보던 담비가 말했다.

"조약돌이 배꼽이 됐네. 책의 배꼽.”

담비는 오늘이야말로 우리의 의미심장한 시작점이 될 막연한 예감이 든다느니, 책의 출생이 어쩐다느니 하는 말들을 쏟아 냈다.

"들어 봐, 책의 첫 울음 소리를.”

내가 듣기엔 모두 실없는 말들이었다. 바람이 불자 나뭇

잎들이 떨어져 책표지 위에 뒹굴었다. 마치 오래된 사진첩을 넘기는 것 같았다. 고개를 들어 그림문자 같은 구름들의 나른한 움직임을 읽다 말고 나는 책 세 권을 포개어 베고 벌렁 누워 버렸다. 햇빛이 강하게 눈을 찔러 눈꺼풀이 저절로 닫혔다. 그러자 수많은 생각에 머리가 아팠다. 나는 갓 태어난 아기처럼 기억 맑은 인간으로 돌아가 세상 모르고 잠들고 싶었다.

"심심하다."

담비가 조약돌을 던져 내 눈을 맞혔다. 나는 아얏 소리를 내며 번쩍 눈을 떴다. 아픈 눈두덩을 문지르고 있는 내게 담비가 책의 미래에 대한 억측을 쏟아 냈다.

"독서의 진실을 잃어버린 인간들, 이건 문명의 종말을 예고하는 거야."

때를 기다렸다는 듯 일행으로 보이는 세 남자가 어슬렁거리면서 다가와 책을 만지작거렸다. 나는 놀라 벌떡 일어났다. 담비는 손님을 놓칠세라 설득에 열을 올리기 시작했다. 수천 년 동안 인류의 기록을 담아 온 책은 경이로운 존재가 어쩌고 하며 머리가 파뿌리처럼 하얀 손님의 팔을 붙들고 흔들었다. 하지만 일행 중 한 사람은 손가락을 머리 위로 올려 뱅뱅 돌리고 한 사람은 벌써 꽤 멀리까지 달아나고 있는 중이었다.

파뿌리마저 팔을 뿌리치며 세차게 고개를 저었다. 그러고선 화난 눈초리로 담비를 쏘아보았다. 담비도 지지 않고

　　　　　　바닷가의 묘지

그의 앞을 가로막았다. 그러자 그가 지팡이를 흔들었다. 그 바람에 담비가 강매하려고 들고 있던 책 한 권이 바닥으로 책 장을 까뒤집으며 떨어졌다. 담비가 떨어진 책을 집으려고 허리를 숙이는 사이에 파뿌리가 꼬부랑 지팡이를 높이 쳐들어서 담요 위의 책들을 내리쳤다. 책들이 파르르 전율하다 뒤집어졌다. 만류해도 소용없었다. 그는 책을 내려치다 스스로 지쳐 지팡이를 내던지고 바닥에 주저앉았다. 파뿌리가 숨이 넘어갈 것처럼 헐떡이다 말고 엉금엉금 기어가 책 두 권을 왼손과 오른손에 올려 저울질을 하다 깜짝 놀랐다. 갑자기 그의 눈이 상어의 눈알만큼 커졌다.

"오케이… 하우 올드?" 파뿌리가 물었다.

"나요?" 담비가 눈을 치뜨고 대답했다.

"아니, 아가씨 말고 이 책." 파뿌리가 책에 코를 박고 개처럼 킁킁대며 말했다. 그가 들고 있는 책은 『베이 시편집』이었다. 그는 불신이 가득한 시선으로 열쇠 구멍을 들여다보듯이 담비의 얼굴을 살폈다. 담비는 그 시선을 피하며 심하게 말을 더듬었다.

"굳이… 초판본이어야… 중요한… 음, 원본이라 가정하면… 이곳 행성에서 가장 값비싼 책이죠."

나는 어떻게 담비를 도와야 할지 몰라 멀뚱하게 서서 입술을 달싹거리고 있었다. 어쩐지 파뿌리는 고서古書에 미친 사람처럼 보였다. 내 말이 먹힐 것 같지 않았지만 참다못한 내가 끼어들었다.

"앞으로 계속 가격이 올라간다고 봐야죠."

그럴싸한 말이라며 담비가 칭찬을 했다. 갑자기 우쭐해진 나는 뭔가를 더 설명하려다 아무래도 파뿌리가 말이 통할 부류로 보이진 않아 입을 닫았다. 그러자 파뿌리가 가늘게 뜬 눈으로 내 얼굴을 쏘아보며 사람들이 거짓말을 할 때와 진실을 말할 때 정도는 구분할 줄 안다며 도리어 호통을 쳤다.

파뿌리가 마법을 불어넣은 것으로 해석할 수밖에. 그가 꼬부랑 지팡이를 들고 책들과 과거로의 시간여행을 하고 돌아온 거라고. 마법에서 깨어난 책들이 산불처럼 팔려 나가기 시작했다. 담비의 무릎걸음이 경주마처럼 빨라졌다. 순식간에 꽃무늬 담요 가득 펼쳐 놓았던 책들이 모두 돈과 교환되었다. 마침내 담비가 벌떡 일어서서 두 팔을 쭉 펼쳐 알바트로스처럼 휘저었다.

"더 많이 가지고 와야 했어."

담비가 무르팍을 주무르며 계속 입맛을 쩝쩝 다셨다. 책이 모두 팔리고 조약돌들만 남아 꽃무늬 담요 위에 뒹굴었다. 파뿌리가 헐레벌떡 나타난 건 담비가 손 갈고리를 만들어 조약돌을 한데 끌어모으고 있을 때였다. 그가 허리를 굽혀 담비의 귀에 대고 속닥거렸다. 내 눈에는 피에로 같은 그의 몸짓이 황당하기 짝이 없어 보였다. 그런데 그의 말을 듣고 있는 담비의 표정이 오븐에서 익어 가는 식빵처럼 부풀어 오르고 있었다. 나는 담비가 파뿌리와 피스트 범프Fist Bump를 하는 것을 보다 고개를 돌려 버렸다.

134 　　　　　　　　　　　　　　　　바닷가의 묘지

담비가 조수석에 몸을 접어 앉은 뒤 찢어지게 하품을 하며 멋진 날이었다고 씨부렁거렸다. 나는 한여름 오후의 강렬한 햇볕에 눈이 멀어 버릴 것 같아 찡그린 채 도움을 청했다.

"선글라스 좀 벗어 주라."

이미 담비의 고개는 푹 꺾여 있고, 선글라스와 100년 묵은 『샌드위치의 모든 것』이 발밑에 떨어져 뒹굴고 있었다. 책은 담비의 보물 1호이고 샌드위치 북카페를 할 때부터 한 번도 담비의 손에서 떨어진 적이 없었다.

담비가 잠꼬대를 했다. 나는 귀를 쫑긋 세웠다.

"그. 렇. 게. 나. 많. 은. 책을 사겠다고…?"

파뿌리에게 책을 주문받은 것이리라 짐작되었다. 내 의문 한 가지가 풀렸다. 담비의 의뭉스러움은 통하지 않았다. 나는 미소를 지었다. 그래서 그녀가 책을 어디서 어떻게 구해 왔는지 당분간 묻지 않기로 했다. 타이밍이 중요할 것이니까. 나는 담비의 보물 1호를 엉덩이 밑에 숨겼다.

집에 도착했을 땐 태양과 지평선의 간격이 한 뼘 정도 떨어져 있었다. 담비가 물 한 방울 마시지 않고 트렁크에 책을 싣기 시작했다.

"책 배달 갔다 올게." 담비가 말했다.

"곧 밤이야, 내일 아니, 모레 나랑 같이 가자."

담비가 내 눈길을 피했지만 입술을 앙다문 표정이 물러설 것 같지 않았다. 더 만류하려다가 말을 아꼈다. 위신과 체면 때문이었다. 나는 갑자기 오줌이 마려워 화장실로 뛰어들었다. 허겁지겁 변기 물을 내렸다. 한 손으로 바지 지퍼를 올리며 다른 손으로 문을 열었을 때 담비는 그림자도 보이지 않았다.

담비가 떠난 집은 씨앗이 터진 빈 완두콩 껍질처럼 쓸쓸했다. 나는 계속 물을 마셨다. 푹 꺼진 배에서 개울물 흐르는 소리가 들렸다. 달리 할 일을 찾지 못한 나는 번역할 책을 펼쳤지만 도무지 눈에 들어오지 않았다. 외롭고 고독하고 쓸쓸했다. 초라한 심정을 억누르며 체면을 접고 담비에게 전화를 걸었다. 삐 기계음이 울리다가 메시지로 넘어갔다. 문자를 보내 놓고 액정이 깨져라 들여다보았지만 담비는 문자를 확인하지 않았다. 다시 전화를 걸었고 삐 다시 삐…, 담비는 계속 잠수를 탔다. 문이 마치 자석인 것처럼 내 눈알을 끌어당겼다. 마침내 나는 신경안정제 두 알을 입에 털어 넣은 후 책을 펼쳐 번역을 시작했다.

'고대인들은 책의 형태가 아닌 책을 읽는 것에 익숙해지기까지 상당한 시간이 필요했다. 일부 사람들은 펼치거나 읽을 수 없는 책을 놓고 고민했다. 그러한 책을 놓고 갈등하던 역사 속의 몇몇 지배자들이 책과 도서관에 불을 질렀고…. 그들은 읽을 수 없는 책을 읽으려고 애쓰는 대신, 책이 불타는 아주 잠깐 동안 얻을 수 있는 일말의 온기를 빌려 욕망을 불태웠다.' 책은 딱 그만큼의 쓸모가 있는지도 몰랐다. 나는 목을 꺾으며 기지개를 켰다.

바닷가의 묘지

"덜떨어진 인간 같으니라고, 완전 맛이 갔어."

헐레벌떡 현관문으로 들어서는 담비의 눈꺼풀이 바들바들 떨렸다.

"성폭행당한 거야?"

"하나도 안 웃겨. 아, 말할 기운도 없네. 우선 배부터 채우고 보자고."

땅에 닿을 것 같이 늘어진 그녀의 초록색 쇼핑백엔 식품이 그득했다.

"식빵 찌부러뜨리면 안 돼." 담비가 말했다.

식빵을 선두로 햄, 토마토, 오이, 양상추, 아보카도, 버터… 끝없이 쏟아져 나왔다. 내 텅 빈 위장의 동굴에 빛 한 줄기가 뻗어 왔다. 마지막으로 담비가 가방에서 와인 두 병을 꺼내 높이 쳐들며 V를 만들었다.

"아, 샌드위치 요리책 어디 갔지? 아, 어디 갔지? 잃어버린 것 같아."

담비가 우는 시늉을 하며 잃어버린 책을 찾았지만 나는 끝까지 책을 주지 않았다. 샌드위치 만드는 데 책 같은 건 필요하지 않을 것 같았다.

"걱정 마, 내가 빵에 버터와 아보카도 바를 테니까, 넌 야채를 썰어." 내가 말했다.

"좌우지간 멋진 샌드위치를 만들 수 있겠다. 신기하네,

그러니까 책이 빵이 되었네. 하지만 내 요리책, 내 요리책 어디 갔지?"

내가 나이프를 손에 들자 담비가 빵을 세기 시작했다.

"투, 포, 식스, 에잇, 텐. 어, 한 장은 짝이 없네. 홀수 빵으로 카나페 샌드위치를 만들어야지. 아무튼 빵의 기포가 다치지 않도록 조심해." 담비가 말했다.

나는 나이프를 25도 각도로 눕혀 다섯 장의 빵엔 버터를 다른 다섯 장엔 아보카도를 각각 평평하게 발라 쟁반에 쌓았다. 담비가 얇게 썬 재료를 버터 발린 식빵에 차곡차곡 올리면 나는 잽싸게 아보카도 발린 빵으로 덮었다. 손뼉을 칠 때처럼 샌드위치가 짝짝 만들어졌다. 담비가 익숙한 솜씨로 샌드위치를 삼각형으로 자르며, 아무 일도 없었다는 듯 콧노래를 흥얼댔다. 샌드위치의 단면은 내용이 충실한 책처럼 꽉 차 보였다. 나는 샌드위치가 잘릴 때마다 침을 꿀꺽꿀꺽 삼켰다.

"잠깐, 내일 마켓에 가져갈 샌드위치."

담비가 밀폐용 유리 컨테이너에 샌드위치를 차곡차곡 담았다. 종이 한 장도 안 들어갈 만큼 샌드위치가 꽉 채워졌다. 담비가 와인으로 병나발을 불며 볼이 미어터지도록 샌드위치를 밀어 넣기 시작했다. 나는 한숨을 쉬었다. 콧등이 시큰해졌다. 타일 바닥에 떨어진 햄 조각을 집어 먹고 손가락을 빨며 담비가 말했다.

"아, 행복하다. 취하고 배부르니까 분이 절로 삭네."

그 순간 내 눈물보가 터졌다. 내친 김에 소리 내어 펑펑

바닷가의 묘지

울어 버렸다. 그녀가 놀라며 내 허리를 껴안고 간지럼을 태웠다. 내가 울음을 그치자 담비가 싱크대 안으로 윗몸을 집어넣었다. 한참을 버스럭거리던 담비가 낡고 초라한 LP판을 찾아내 턴테이블에 걸었다. 실로 오랜만에 듣는 LP판 소리였다. 담비가 눈물을 글썽이며 말했다.

"50년은 족히 된 아빠 LP판이야. 우리 아빠 살아 계실 땐 차이콥스키를 듣는 사람이었다고."

소리가 바래지지 않았을까 염려했는데, 음반에서 곱고 따뜻한 소리가 흘러나왔다. 판이 지글지글 돌아가는 걸 지켜보던 담비가 벌떡 일어나 춤을 추기 시작했다.

리듬에 맞지도 않게 갈지자로 엉덩이를 흔들어 대는 담비의 꼴을 보던 나는 그만 폭소를 터뜨리고 말았다. 나는 계속 울다가 웃었다. 그리고 담비는 계속 춤을 추었다. 그때 고개를 돌리자 검은 창에 비친 내 꼴이 영락없는 괴물 같았다. 담비가 춤을 멈추며 내 마음을 스캔한 것처럼 외쳤다.

"기이한 괴물이었어."

"헹!" 나는 세게 코를 풀었다.

담비가 비틀거리며 와인 병목을 움켜잡는 것을 본 나는 병을 잡아챘다. 그 바람에 담비가 내 무릎에 자빠지면서 혀를 깨물었고 입안에서 피가 떨어졌다. 나는 벌떡 일어나 바지를 적신 레드와인과 피를 손바닥으로 탁탁 털어 냈다.

"드디어 미쳤군." 나는 작은 소리로 말했다.

"내비에도 안 잡히는 집이더라." 담비가 입술에 묻은 피를 훔치며 말했다.

술이 들어가면 평소보다 백배 말이 많아지는 담비.

"홀로 불을 밝힌 외딴집이었어. 딸꾹. 커튼 사이로 책이 불타오르고 있는 벽난로를 보고 놀랐는데 절벽에서 떨어지는 스릴이더라. 딸꾹. 무섭더라. 빠르게 몸을 숙여 창문 아래 숨었어. 탱고와 불빛, 무덤에서 깨운 죽은 자와 탱고라도 출 것 같은 탐욕스러운 불길, 귀신에 썬 것처럼 몸을 꼼짝할 수 없는 거 있지."

담비의 말은 나를 조롱하는 것처럼 들렸다. 나는 질투심을 억누르며 물었다.

"어떤 괴물이야?"

"책 소살燒殺하는 괴물이라고 해야겠지. 설명하자면, 검고 긴 가발 아래 왕송충이 속눈썹과 붉은 인조 손톱, 시뻘건 입술이 좀비가 시체를 뜯다 나타난 것 같더라. 어찌나 분을 도탑게 발랐는지 피부가 크림빵 같았어. 괴물이 빙글빙글 춤을 추다 욕정을 감당하지 못하는 돈 주안처럼 야압, 하고 구령을 외치며 불 속에 책을 던져 넣는 동작. 자기는 내가 착시나 정신착란을 일으켰다고 생각하는 거야? 천만에, 차라리 정신의 몰입이 불러온 현상이라고 해야겠지. 솔직히 말해 그자의 요염함이 여귀를 뺨치겠더라. 하지만 아무리 변장을 한들 속일 수 없는 것이 있더라. 당연히 몸피와 손짓 그리고 뼈들의 율동 아니겠어?"

"뭐 하러 지켜보고 있었어? 줄행랑을 놓아도 모자랄 판

　　　　　　　　바닷가의 묘지

국에."

"마음이 덫에 걸린 것 같더라고 했잖아. 드레스가 엉덩이에서부터 발목까지 강줄기처럼 찢어져 있더라니까. 책을 들고 불 속으로 뛰어들 것 같은 비언어! 운명을 던지는 부나비의 몸짓이 따로 없었어. 그가 책의 코트를 벗기고 책의 표지를 탁탁 손바닥으로 두드리는 행위는 주법呪法 그 자체더라. 딸꾹. 마치 괴이한 다비식을 보는 것 같았다니까. 거기다 바닥엔 와인 병들이 즐비하게 뒹굴었어."

"거짓말. 그걸 나더러 믿으라고?"

"벽난로 안에서 책이 얼마나 오만하게 몸을 뒤틀던지. 그것들이 뿜어내는 밝은 오렌지빛이 어찌나 내게 동경을 불러일으키던지. 죽어 가는 크고 작은 이름들의 마지막 몸부림이 진정 애처롭더라. 숨이 끊어지기 직전 잠시 원기를 되찾는 목숨들의 섬광, 책의 회광반조랄까. 생명을 움켜쥐려는 불멸의 이름들 모두 불새로 환생하길 기도했어. 그나저나 그렇게 잔혹한 화형식은 난생처음이었다니까."

"그 작자에게 감정이 전이된 거야? 미친 짓을 과대 해석하고 있잖아."

"꿈틀거리며 타는 붉은 빛은 우리가 허니문 갔을 때 마주 본 에어즈락의 석양과 동색이더라. 뜨거운 오렌지색 화염 덩어리. 딸꾹"

"그만해. 누가 그 말을 믿겠어?" 나는 소리쳤다.

한번 열린 담비의 입은 다물어질 줄 몰랐다.

"내 눈앞의 광경을 믿으면서 또 못 믿겠더라. 정신을 차리려고 입술을 깨무는데 그 인간이 다리를 번쩍 들어 올리더라. 침을 삼키면서 보지 않을 수 없더라. 다리를 뒤덮은 털을 보고 파뿌리임을 확신했지."

"미친놈이군." 나는 온몸에 돋은 닭살을 문지르며 소리쳤다.

"자기가 봤으면 놀라서 두 눈을 안구 세정제로 닦아야 했을걸? 딸꾹. 괴물이 불타고 있는 책들을 향해 욕정을 추스르지 못하는 살난 꼴을 같이 봤어야 했는데."

"점점 더 가관이군. 누굴 애타게 기다린 것이 아닐까? 파트너라도."

"다른 괴물? 그 상황에 뭐가 더 필요하겠어? 책 화형에 미쳐서 지구가 두 쪽 나도 모르겠던데. 조금만 더 지켜보다간 안으로 빨려 들어가 그 인간을 불 속에 밀어 버릴 것 같은 심정이었다니까. 엽기적인 힘이 솟구치더라고. 딸꾹. 책의 혼들이 작당해서 나에게 살인을 부추긴 것이 아니었을까? 건데 그때 파뿌리가 고개를 홱 돌리는 거 있지."

"어휴, 살인 날 뻔했네. 그건 끔찍한 생각이야." 내가 말했다.

"생각이 아니고, 느낌… 느낌이었다니까."

나는 남은 와인을 목구멍으로 털어 넣었다. 혈관 깊숙이 술기운이 돌았다. 담비는 내가 듣든 말든 주저리주저리 계속 엮어 나갔다. 종일 쌓인 무거운 피로가 몸을 덮쳤다. 바위 밑

바닷가의 묘지

에 깔린 것처럼 잠이 쏟아졌다. 나는 유칼립투스를 껴안고 잠든 코알라 흉내를 내다 뻗어 버렸다.

거친 바다 한가운데 수십 척의 요트가 떠 있었다. 초저녁 별빛만으론 요트의 이름을 한 자도 읽을 수 없었다. 희미하게나마 불빛을 받은 선체에 어마어마한 분량의 희귀본이 적재되어 있는 것을 본 순간 내 눈이 뒤집히는 줄 알았다. 옥션에서 거래될 가격을 어림잡아 보려고 스마트폰을 꺼내려는데 산더미 같은 파도가 요트를 덮쳤다. 나는 소리를 지르며 잠에서 깨긴 했지만 충격적 영상을 놓치고 싶지 않아 한동안 눈을 뜨지 않았다. 그 희귀본들의 심장을 한 번만이라도 만져 보고 느껴 보고 싶은 욕망에 몸을 떨었다. 역사, 종교, 철학, 극본…, 희세의 값비싼 고서들이었다.

*

다음 날 이른 새벽, 창밖에서 처음 보는 차에 책을 싣고 있는 담비가 어렴풋이 보였다. 내가 창문을 열자 담비가 소리쳤다.

"메리가 오늘 마켓에 가지 않는대. 차고에서 잠자던 차를 빌려줬어. 족히 40년은 된 것 같지만 굴러가긴 할 거래. 클래식 정도는 아니고, 말하자면 올드 카야. 그래도 포드잖아."

"오늘은 마켓에 가지 않는 게 좋겠어. 그 괴물이 올 것 같아." 나는 지난밤 꿈을 떠올리며 담비에게 소리쳤다.

"괴물? 자기가 무슨 말을 하는지 난 전혀 모르겠네." 담비가 대답했다.

담비가 깨금발로 서서 금전 한 개를 높이 던져 올렸다.

"점괘가 대박이라는데?"

담비가 팔을 들어 손바닥의 금전을 보여 주었지만 어두워 잘 보이지 않았다. 담비를 설득하려 집 밖으로 뛰어나갔지만 내가 무슨 말을 해도 담비는 귀먹은 흉내만 냈다. 참다 못한 내가 그녀의 이어폰을 잡아 뺐다. 이어폰에서 노래가 흘러나왔다.

'벼락과 번개, 아주, 아주 무섭다….'

한참 뒤 담비가 포드 조수석에다 샌드위치 컨테이너를 실었다. 그리고 착착 접힌 텐트 속 깊이 샴페인을 쑤셔 넣었다. 샴페인을 터뜨리며 대박을 축배할 거라는 담비의 장담은 믿지 않았다.

담비가 운전하는 포드가 앞서 출발했다. 나는 포드가 내뿜는 매연에 기침을 하며 창문을 올리고 에어컨을 켰다. 메리의 올드 카는 다섯 번 엔진이 멈췄고 그래서 우리는 길에서서 다섯 번 삿대질을 하며 싸웠다.

마켓에 도착했을 땐 둘 다 제정신이 아니었다. 거기다 삼면이 공동묘지로 에둘린 언덕은 책을 펼치기에 적절한 장소가 아니었다. 언덕의 고사목에 앉은 백목련 같은 코카투 무리가 그악스럽게 울어 대며 내 행동을 주시했다. 나는 잠시 호흡을 가다듬으며 고개를 길게 뺐다. 언덕 아래 묘지에서

바닷가의 묘지

는 알록달록한 조화들이 바람에 몸부림쳤다. 잠시 뒤 코카투 무리가 시끄럽게 날아갔다. 책을 눌러놓은 조약돌들이 핑핑 날아올랐다.

"책 거두자, 폭풍 징후야. 하늘을 봐." 나는 두꺼운 잿빛 하늘을 쳐다보며 소리쳤다.

"뭔 하늘? 난 아무것도 안 보이네."

짙은 먹구름이 담비의 눈에 보이지 않는 것이 이상했다. 담비는 아랑곳하지 않고 무릎걸음으로 계속 책을 펼쳤다. 책장이 새의 날개처럼 펄럭였다. 잠시 뒤 주변을 돌아보았을 때 사람들은 모두 사라지고 없었다. 거짓말처럼 주변은 텅 비어 있었다. 그들은 언제 사라진 것일까. 마치 땅속으로 꺼져 버렸거나 공중 부양으로 솟구쳐 버린 것 같았다.

천둥과 번개가 번갈아 빛과 소리로 위협했다. 책이 젖는 것을 보고서야 담비가 발작적으로 책을 껴안으며 비명을 질렀다. 내가 보기엔 불필요한 행동이었다. 그때 순식간에 텐트가 몸을 뒤집으며 날아갔다. 반사적으로 담비가 텐트를 향해 달렸다. 잠시 뒤 빈손으로 돌아온 담비가 물에 젖은 책을 움켜쥐고 흐느끼기 시작했다. 나는 담비를 안아 줄 수도 달랠 수도 없었다. 그 순간 고사목에 벼락이 꽂혔다. 담비가 총 맞은 것처럼 놀라 언덕 아래로 미끄러졌다. 담비를 잡으려던 나도 아래로 굴렀다.

진흙 구덩이에 빠져 버린 담비의 허리를 껴안고 힘껏 끌어당기자 간신히 담비의 한쪽 맨발이 빠져나왔고 다시 한번 잡아당기자 나머지 발이 빠져나왔다. 자신의 발을 쳐다보던 담비가 덜덜 떨며 소리쳤다.

"나, 신발! 신발. 발바닥에 해골 밟혀."

나는 담비에게 내 운동화를 벗어 주며 말했다.

"해골이 어디 있다고? 혼자 용감한 척 하더니. 차 키나 내놓으시지. 슬리퍼 꺼내 오게."

"차 키는 차 안에 있잖아."

차는 멀지 않은 곳에 있었다. 나는 손으로 빗줄기를 휘저으며 맨발로 걸어갔다. 그리고 포드의 문을 힘껏 잡아당겼다. 40년 된 포드 문은 꼼짝하지 않았다. 나는 다른 차의 문을 당겼다. 역시 꼼짝하지 않았다. 열쇠는 둘 다 포드 안에 들어 있었다. 두 대의 차 사이엔 와인 병과 샌드위치 컨테이너가 뒹굴고 있었다. 문을 닫기만 해도 자동으로 잠기는 포드를 발로 차며 고개를 들었다. 폭우가 쏟아지는 검은 하늘이 노랗게 변해 있었다. 마치 전기가 나간 것처럼 머리가 칠흑같이 새까매져 한 발짝도 더 내디딜 수 없었다. 담비가 큰 소리로 불렀다. 하지만 꼼짝할 수 없었다.

주머니의 스마트폰을 꺼냈다. 후레쉬 앱을 켰다. 그런데 비디오였다. 담비를 찍기 시작했다. 긴 생머리가 서 있었다. 비바람이 생머리를 할퀴고, 다리에는 흙이 피처럼 흘러내렸다. 그 뒤에는 책들이 죽은 영혼들처럼 비바람에 이리저리 날아다녔다.

담비가 자동차 문을 열어 보겠다고 끙끙댔지만 젖은 나

바닷가의 묘지

뭇가지는 창틀에 들어가기도 전에 부러졌다. 그녀의 노력은 터무니없었다. 선택은 한 가지밖에 없었다.

어렵사리 24시간 출동 서비스와 연결이 되었다. AI 같은 여자의 목소리가 전화기에서 들렸다. "1979년 포드 그라나다." "공. 동. 묘. 지?" "오 마이 갓." 여자가 내 말을 그대로 따라하다 놀라는 척했다. "550달러." 몇 초의 정적이 흘렀다.

"죄송합니다. 지금은 그곳에 갈 차량이 없습니다. 기다리셔야 해요." AI 여자 목소리였다. 내 입에서 뜨거운 입김이 연기처럼 피어올랐다.

"얼마나요?"

"우리도 모릅니다. 상황에 따라 빠르거나 늦어집니다."

"여긴 공동묘지입니다."

"알아요, 하지만 시간을 말해 줄 순 없습니다. 특히나 오늘 같은 날은."

"우리는 지금 너무 위급합니다."

"하지만 방법이 없습니다."

"무작정 기다리라고요?"

"서비스 맨이 직접 연락을 드릴 겁니다."

"대충이라도…."

전화가 끊어졌다.

얼마나 시간이 흘렀을까. 갑자기 유리 조각에 반사된 것 같은 날카로운 햇빛이 하늘에서 쏟아졌다. 태양의 열기를 받은 책들이 그로테스크하게 몸을 비틀며 마르기 시작했다. 책들을 응시하고 있는 내게 담비가 말했다.

"책들 좀 봐. 저건 살려는 몸부림일까, 죽으려는 몸부림일까?"

"….."

"그럼, 저걸 수장이라고 해야 할까, 풍장이라고 해야 할까?" 담비가 다시 말했다.

"뭘? '수풍장'이라고 하든지."

내 시들한 반응에 잠시 소용해신 담비가 텐트를 찾아보자고 제안했다. 각각 방향을 나누어 찾자고 말하는 담비를 향해 나는 버럭 화를 냈다. 공동묘지에는 깨진 유리조각이 흩어져 있었고 작은 돌들이 나뒹굴었으며 곳곳에 잡초들이 웃자라 있었다.

"이런 맨발로? 운동화를 벗어 주든가, 혼자 찾아보든가."

우리는 한참 싸우다가 결국 내가 담비를 등에 업고 텐트를 찾아 나서기로 했다. 담비는 내 등에서 식초 냄새가 난다고 불평을 쏟아 내면서도 〈희망의 찬가〉를 불렀다. 아버지가 가르쳐 준 노래라고 뽐내면서. 묘지 깊숙이 들어갈수록 묘비들은 깨지거나 넘어져 있었다. 담비가 호주 대륙을 발견한 캡틴 쿡처럼 소리쳤다. 동쪽 끝 넘어진 묘지에 텐트가 걸린 걸 발견한 담비가 내 등에서 춤을 추었다. 담비를 땅에 내려놓고 텐트를 조심해서 걷어 냈다. 옆이 조금 찢어진 것이 보였지만 텐트는 멀쩡했다. 그렇지만 폴대가 없었다.

간신히 깨끗한 묘비 두 개를 찾아냈고 그곳에 텐트를 걸치기로 했다. 사오 미터 떨어져 있는 부부 비석 중 한 곳에 티셔츠를 벗어 걸었다. 오른쪽 묘비 주인인 피터 코넬리에게 인사하고 왼쪽 수전 코넬리에게 용서를 구한 다음 영어 비명을 우리말로 큰 소리로 읽었다.

"오래 살다 보니 이런 날이 올 줄 알았다." 피터의 묘비명이었다.

"여보, 내가 아프다고 했잖아." 수잔의 묘비명이었다.

인생을 한갓 오만한 농담으로 판단하는 기이한 부부란 생각이 들었지만 곱씹을수록 묘비명은 의미가 깊었다. 텐트를 설치하자 담비가 샴페인과 샌드위치 컨테이너를 들고 안으로 들어갔다. 나는 고독한 마음에 혼자 어둠이 내리는 묘지 사이를 이리저리 돌아다녔다. 내가 텐트 안으로 들어가자 담비가 병나발을 불다 말고 말했다.

"때가 되면 사람이 오겠지. 먹기나 하라고."

나는 고개를 저었다. 속이 거북했다. 샴페인을 한 모금 마시고 기도하는 자세로 전화기를 들었다.

"당신은 이미 접수된 고객입니다. 기다려주십시오." AI 여자 목소리가 반복되었다.

녹음 정보를 들으며 침을 삼키자 목젖이 떨렸다. 그때 내 옆모습을 지켜보던 담비가 와락 휴대폰을 빼앗아 비디오를 켰다. "이 여자 나 맞아?" 담비가 폭우에 젖은 자신의 영상을 보고 뒤집어졌다. "인스타에 올리자. 당장." 설레발을 치는 담비에게 나는 일부분을 필터로 뭉개고 화면을 조절하고 캡션을 달면 훨씬 더 엽기적인 장면이 될 수 있다고 설득했다. 나 또한 어렸을 때 엄마가 즐겨 보던 《여고괴담》의 한 장면을 근사하게 편집할 수 있겠다는 자신감에 한시 바삐 집으로 돌아가고 싶었다.

폭우가 쏟아지는 어둑한 묘지에 젖은 책들이 뒹굴고, 가파른 언덕 아래 생머리로 반쯤 얼굴이 가려진 여자가 비를 맞으며 서 있고, 몸에서는 검은 피처럼 진흙이 흘러내렸다. 나는 그것들 중 무엇이 어떻게 누리꾼의 가슴을 화살처럼 찔러 푼크툼 현상을 일으킬지 궁금했다. 잘하면 대박을 터뜨릴 것 같은 예감에 벅차오르는 가슴을 쓸어내렸다. 그때 담비가 말했다.

"말 안 한 게 있어. 있잖아, 나 파뿌리 거시기 봤다"

"잘하시는군."

"농담이야. 핫핑크 팬티를 입고 있는 그곳이 불뚝 섰더라고."

"그만해. 그 새끼 책과 뭘 한 거야?"

"뭘 하긴? 것도 몰라? 책 화형식을 통해 인간의 본성 깊숙이 억압되어 있는 욕정을 불사른 거지."

"그걸 말이라고 해?"

"근데 진짜 말 안 한 게 있다. 흠 흠 흠…, 저 사라지는 책들… 모두 사서가 줬어. 현장 실습 갔을 때 장서 관리 담당 사서가 나를 엄청 좋아했거든. 사실 도서관엔 책이 처치 곤

바닷가의 묘지

란이야." 담비가 히죽 웃으며 덧붙였다.

"하지만 중요한 건 이 정도의 경력이라면 이제부터 진짜 우리의 위대한 미래를 펼쳐 갈 수 있다는 거지."

어둑한 묘지에 고요한 정적이 흘렀다. 잠시 뒤 쓰러진 담비가 코를 골았고 오이를 씹는지 입을 옴질옴질하다 이를 빠드득 갈았다. 팔을 휘젓더니 흙이 묻은 발로 빈 병을 걷어찼다. 담비의 침에서 시큼한 샌드위치 냄새가 흘러나와 텐트 안을 채웠다. 나는 너무 피곤한 나머지 반쯤 죽은 기분이 들었고, 탈진된 뇌는 더 이상 아무 생각도 하지 않으려고 했다. 그때 찢어진 텐트 사이로 까만 점 두 개가 보였다. 작은 눈이었다. 나와 눈싸움을 하던 두 눈이 움찔하다 돌아섰다. 나는 급히 샌드위치 한 조각을 텐트 밖으로 던졌다. 긴 꼬리를 흔들며 달아나는 포섬의 등에 탄 새끼의 배가 사선으로 내려쬐는 달빛에 홀쭉했다.

나는 감겨 오는 눈꺼풀을 문질렀다. 바람에 묻어오는 비릿한 책 냄새를 맡으며 살포시 잠이 들었다. 그때 휴대폰이 자지러졌다. 담비가 악몽에서 깨어난 것처럼 어깨를 부르르 떨었다. 서비스 맨이 막 출발했다고 알려 왔다. 담비는 정말 무서운 꿈을 꾸었다고 말했다.

서비스 맨을 기다리는 시간이 더디게 흘렀다. 담비가 땅바닥에 귀를 붙였다.

"바퀴 구르는 진동이 들려! 들린다니까."

내 귀는 아무 소리도 듣지 못했다. 초조한 시간이 흐르고 달빛이 내리쪼이는 어두운 묘지에서 불어오는 바람이 기괴했다.

마침내 모터 소리가 휘파람 소리처럼 가늘게 들려왔다. 기어 오는 트럭의 긴 하이빔을 본 담비가 벌떡 일어나 블라우스를 벗어 흔들었다. 진흙으로 얼룩진 블라우스가 달빛을 받아 포로의 깃발처럼 평화를 부르짖었다. 우리를 향해 달려오는 헤드램프에 눈이 멀 것만 같았다.

바닷가의 묘지

당신들 누굽니까

아침부터 TV에 나오는 북극곰을 보고 짖어 대는 오필리아가 오늘은 아무래도 비정상이다. 곰이 먹이를 찾아 주택가를 어슬렁거리는 화면을 보고 악을 써 댄다. 사람이 오면 짖어야 할 녀석이 엉뚱한 곳에 관심을 쏟고 있다.

그때 휴대폰이 호들갑스럽게 진동했다. 놀란 남자가 휴대폰을 떨어뜨렸다. 그 바람에 전화는 꺼져 버렸다.

"다시 걸려 오겠지. 사람이 오는 모양이야."

한참을 기다려도 다시 전화가 걸려 오지 않자 남자는 통화를 시도해 본다. 오랜 발신음에도 연결이 되지 않는다. 남자는 전화기를 내려놓고 창밖으로 시선을 돌린다. 언제 몰려왔는지 목장의 소와 양들이 집을 에둘러 점거한 것이 보인다.

"염할 사람들이 오기 전에 너희가 먼저 와서 애도하며 기다리고 있구나."

오필리아가 다시 짖어 댄다. 남자가 다리를 질질 끌며 대문으로 다가간다.

"거 누구요? 분명 차 소리가 들렸는데."

남자가 대문을 열고 밖으로 나가 주변을 돌아본다. 집 안으로 되돌아온 남자는 금방이라도 쓰러질 것 같다. 흰자위가 벌겋게 충혈된 눈으로, 침대 위에 누워 있는 반라半裸의 여자를 바라본다.

두 손과 발이 침대에 묶인 여자의 얼굴은 넙데데한 데다 아직도 두 볼에 욕심이 가득하다. 남편은 여자의 얼굴을 뜯어보며 손등으로 눈물을 훔친다.

"저 많은 화장지를 두고 억울해서 어떻게 떠났담. 저것들을 지키겠다고 머리맡에다 산탄총까지 두고 잠자던 사람이."

산탄총은 아직도 여자가 이전에 세워 놓던 그 자리에 서 있다. 남자는 집 안의 벽이란 벽마다, 바닥에서 천장까지 빈틈없이 쌓여 있는 화장지 더미를 흘겨본다. 그 바람에 갑자기 천장이 빙그르르 돌아간다. 그는 손을 뻗어 다탁 위에 올려놓았던 고글을 얼굴에 쓴다. 그러자 고글을 통해 흐릿하게 보이는 화장지가 여자가 좋아하던 흰밥으로 보이기 시작했다. 차라리 저 화장지가 모두 밥이라면. 아니지, 절반은 밥, 절반만 화장지라면! 두 사람이 먹고 화장실….

*

그날 여자는 거실 소파에 앉아 TV를 쳐다보며 아침을 먹고 있었다. 화면에 텅 비어 있는 슈퍼마켓 진열대가 나타났다. 그 앞에서 화장지를 사려고 혈안이 된 긴 줄을 이룬 구매자들이 웅성댔다. 카메라는 사람과 빈 진열대를 번갈아 비추고, 뉴스 캐스터는 화장지를 구입하지 못한 사람들이 공황 상태에 빠졌다고 떠들고 있었다. 그때 여자는 벌떡 일어나 티브이를 끄고 한달음에 농장 창고로 달려갔다. 잠시 뒤 여자가 낡은 트럭을 끌고 나왔다. 달달 떨어 대는 디젤 트럭의 꽁무니에서 시커먼 매연이 호주 사막의 파리 떼처럼 뿜어 나왔다. 그걸 보던 남자가 여자를 향해 소리 질렀다.

"당신이 많이 먹고 많이 싸는 줄은 알지만, 화장지를 트럭으로 사 날라야 할 것까진 없잖아."

남편의 농담을 귓등으로 흘린 여자가 차창으로 고개를 쑥 빼고 한마디 받았다.

"사람들이 움직일 땐 남보다 한발 빨라야 살아남는 것 몰라요? 가만히 있으면 우리만 손해라고요. 당신은 가만히 지켜보기나 하라고요."

그날부터 화장지 구매는 여자가 사는 목적이 되어 버렸다. 그렇게 화장지를 사다 날라 대던 어느 날이었다. 그날도 화장지를 트럭 가득 싣고 돌아온 여자가 티브이를 시청하며 거실에서 저녁을 먹고 있었다. TV에서는 강도로 돌변한 시민들이 총을 들고 주택가를 돌아다니며 화장지를 강탈하는 사건이 보도되고 있었다. 여자는 먹던 숟가락을 던져 버리고 농장 창고로 달려갔다. 잠시 뒤 집 안으로 들어오는 여자의 손에는 낡은 산탄총이 들려 있었다. 총은 짤막한 여자와 키 높이가 같았다.

바닷가의 묘지

산탄총은 아이리시 남자 조상 대대로 목장과 함께 대물림해 온 것이다. 호주의 야생 개 딩고로부터 소와 양을 보호하던 일종의 장비나 연장 같은 것이었는데 바이러스가 창궐하는 바람에 총이 화장지를 지키는 무기로 변신하게 되었다. 여자는 집 안에서 가끔 공포탄을 쏘았다. 주로 자기 전, 거실 벽에 그려 붙인 표적지에 몇 번 공포탄을 발사하고 나서야 잠을 잤다. 그런 다음 날이면 트럭을 몰고 종일 돌아다니며 화장지를 가득 싣고 저녁 늦게 돌아오는 날이 이어졌다.

그로부터 일주일이 지났다. 화장지를 사러 갔던 여자가 끌고 온 트럭은 비어 있었다. 대신 그녀는 머리에 깊은 상처를 입고 돌아왔다. 상처는 생각보다 심각했다. 그날 저녁 마지막 뉴스에 여자가 나왔다. 남자는 놀란 가슴을 쓸어내리며 TV를 지켜보았다.

'대형 슈퍼마켓에서 화장지 판매를 통제하던 경찰이 잠시 자리를 비운 사이에 몸싸움이 일어났습니다. 동양 여자가 진열대에서 마지막 24개들이 화장지를 잡는 순간, 동시에 피지 출신의 키가 큰 남자도 화장지를 붙들었습니다. 두 사람이 동시에 마지막 화장지를 붙들고 밀고 당기다 여자가 남자에게 밀리고 말았습니다. 남자가 화장지를 트롤리에 싣는데 여자가 다시 달려들어 화장지 비닐봉지를 잡고 매달렸습니다. 그러자 남자가 여자를 밀쳐 버렸습니다. 뒤로 넘어진 여자는 재빨리 일어나 남자의 팔목을 물었습니다. 남자가 비명을 지르며 뒷발로 여자를 차 버렸고, 여자는 금속 재질의 진열대 모서리에 머리를 찧고 기절해 버렸습니다. 뒤늦게 화장실에서 돌아온 경찰이 생수를 여자의 얼굴에 들이붓고 심폐소생술을 시도한 끝에 무사히 집으로 돌려보냈….'

아내가 화장지 싸움을 벌인 상대는 암갈색 피부에 낙타처럼 근육이 발달한 남자였다. 남자에 비해 피부가 노랗고 몸집이 작은 아내가 남자에게 화장지를 빼앗기던 뉴스 장면을 보고 나서, 남편은 신음을 하며 침대에 누워 있는 아내에게 다가가 벌컥 화를 내고 말았다. 평소 누구보다 강직한 아내가 남태평양 섬나라 남자에게 당한 것이 도무지 믿어지지 않아서였다.

*

남자는 숟가락 뒷등을 닮은 볼록한 손등으로 눈가를 훔친다. 그리고 반라로 침대에 묶인 여자에게로 시선을 돌린다. 남자는 화장지 사건 날, 집으로 돌아온 아내가 병원에 실려 가지 않은 것만도 천만다행이라 위로했다. 하지만 이틀이 지나고 삼 일째부터 고열과 기침이 시작되었고 해파리 같은 가래를 쉬지 않고 뱉어 냈다. 여자와 남자는 각각 쉰일곱과 쉰다섯, 소와 양을 키우며 삼십 년 부부로 살아왔다. 그가 얇은 입술을 위로 당기며 여자와 밥을 먹었던 지난 기억을 푼다.

바닷가의 묘지

"그런데, 그들이 와서 아내 이야기를 하라면 어떡한담?"

그는 가슴을 쓸어내리며 현관문을 뚫어지게 쳐다본다.

"나는 아내의 무엇을 알고 또 무엇을 모르는가? 가령 아내는 소나 양은 좋아했지만 개는 싫어했다. 아무리 어릴 때 개한테 물렸기로서니, 제 집에서 가족처럼 함께하는 오필리아까지 구박할 게 뭐람. 질투하는 것도 아니고."

오필리아! 남자가 지은 이름이다. 남자는 휴대폰을 턱과 어깨로 고정하고 전신 보호복의 허리끈을 바짝 졸라맨다. 고글도 위로 올려 바로잡는다. 그때 오필리아가 가까이 오자 남자는 개의 머리를 쓰다듬는다.

"오필리아. 아무래도 그들이 좀 늦는 모양이다. 그들이 오기 전에 내가 할 일이 뭘까? 뭐라도 조금 해 두어야지. 정부의 규정은 숨이 끊어진 시간으로부터 12시간이라고 했어. 그 전에 그들이 와서 직접 염해서 냉동차에 싣고 간다고 했다니까."

남자는 전화기를 내려놓고 먼저 화면의 밝기와 볼륨을 조절한다. 고무장갑 낀 손가락이 마우스 위에서 내리 미끄러져 가까스로 여자의 전신을 화면에 맞추어 넣는다.

"그들이 오기 전에 줌 녹화 준비를 해 놓으라고 했거든."

오필리아가 남자를 향해 컹컹 짖었다.

"사람들이 곧 들이닥칠 것이다. 곧."

남자가 말을 할 때마다 오필리아가 컹컹 대답한다.

아내가 코비드에 걸렸다는 소문이 퍼지자 이웃 목장들은

굳게 문을 닫아걸었다. 남자는 평소 그렇게 가까웠던 이웃이 돌변한 걸 보고 머리로는 이해했지만, 가슴이 아팠다. 친척들도 전화를 받지 않고 문자를 보내도 회답이 없다.

남자가 생각에 빠져 마우스를 잘못 건드렸는지 화면에 여자의 발가락이 잘려 나가 있다. 남자는 화면을 조절해서 여자의 전신이 잘 들어가게 조정한다. 아내가 숨을 거두자 남자는 가장 먼저 눈부터 감겼다. 그리고 컴퓨터를 켜고 코비드 장례 매뉴얼대로 밧줄을 사용해 시신의 팔과 다리를 침대에 묶었다. 굳어지기 전에 다리를 바르게 편 뒤 발바닥을 바짝 치켜세워 공업용 테이프로 엄지발가락을 나란히 맞대어 놓았다. 아내가 평소 없으면 못 산다던 흰쌀을 두세 줌 입 안에 넣는 것도 잊지 않았다.

여자는 자신의 삶에 관해서라면 병적일 정도로 집착이 강했다. 호주의 웃음물총새 쿠카바라[1]는 비 오는 걸 알리려고 웃어 대지만 아내는 시도 때도 없이 되바라지게 웃어 댔다. 그뿐만 아니라 앵돌아져 남을 비웃는 것처럼 보이는 찢어진 눈, 마치 싸우는 것처럼 들리는 체스판처럼 각진 영어…. 문득 남자는 물속처럼 적요寂寥한 현재가 믿어지지 않아 부르르 진저리를 친다.

반면 남자는 친절이야말로 조용히 살기 위한 가장 편안

---

1 쿠카바라: 비가 오려고 하면 요란하게 웃어 일기를 예보해 준다. 호주에서만 서식하며 '부시맨의 알람'이라는 별명을 가지고 있다.

바닷가의 묘지

한 방법이라 믿었다. 가능한 한 코알라처럼 멍청하고 조랑말처럼 순해 빠진 표정으로, 시시풍덩한 이야기를 늘어놓으며 여자의 비위를 맞추려고 애를 쓰며 살아왔다.

시간이 흐를수록 초췌해지는 남자는 긴 속눈썹을 깜빡이며 다시 여자가 누워 있는 침대로 시선을 돌린다. 땅딸막한 체구, 지금은 감고 있는 올망했던 눈…, 살짝 눌린 몽땅한 장딴지에는 아직도 알통이 탱탱하다. 여자는 무슨 일에나 '빨리빨리' 하고 외쳐 댔다. 그런 여자의 뒤를 허겁지겁 뒤따라 걷다 보면, 여자의 장딴지에서 꿩 알 같은 것이 튀어나올 것 같았다. 어느 날부터 남자는 두 손바닥을 국자처럼 오목하게 하고 여자의 뒤를 따라 걸었다. 알이라도 받아야 한다는 듯.

오필리아가 짖어 댄다.

"거 누구요? 몰래 대문을 두드리는 당신은 누구요?"

남자는 대문 쪽을 바라보며 있는 힘을 다해 소리친다. 남자는 다시 어딘가로 전화를 건다. 하지만 곧장 메시지 모드로 넘어가 버린다. 남자는 다시 몇 번을 걸다가 포기한다. 그리고 허물어지는 담처럼 힘없이 바닥에 주저앉아 버린다.

"너무들 하십니다. 코비드 장례식 매뉴얼에 맞추려면…, 이제 15분도 채 안 남았어요. 아무리 감염 공포증에 심리가 마비되어도 그렇지요. 사람이잖아요. 사람이 죽어 있는데 법만 앞세우고, 어쩌란 말입니까?"

남자는 소리 내어 엉엉 울기 시작했다. 그러자 오필리아가 남자 머리에 두 발을 올리고 긁어 대며 끙끙 소리를 낸다.

한동안 울다 지친 남자가 어깨를 추스르며 끙 하고 일어났다. 그리고 비닐에 담긴 나프탈렌을 여자의 반라에 뿌리기 시작한다. 여자가 옷장마다 넣어 놓은 것을 남자가 일일이 찾아 손수 찢어 놓은 것이다.

"구더기 방지용 나프탈렌 뿌리는 작업을 미리 해 놓으면 그들이 염을 좀 더 빨리 진행하겠지."

남자는 손을 놀리면서도 청각 신경만은 대문과 현관과 전화기에 묶여 있다. 남자는 밖에서 울어 대는 짐승들 소리에 흠칫흠칫 놀라며 빠르게 손을 놀린다.

"그런데…, 그들이 곧 올 거야… 온다고! 그들도 인간인데, 올 거야!"

*

여자는 코비드 양성 판정을 받고 사흘 만에 운명을 내주었다. 남자가 살려 보려고 그토록 애를 썼건만 걸쭉한 바이러스가 당뇨, 천식, 고혈압과 합세해서 여자를 앗아 갔다.

"어쨌든 죽음은 무서운 것이야. 우리는 고통을 함께 나누었고, 함께 기뻐하며 살기 위해 노력했지. 부부 사이에 그보다 더 중요한 게 또 무엇이 있겠어?"

오필리아가 그렇다고 동의하며 다시 컹컹 짖는다. 남자는 자신의 생애를 통틀어 지금처럼 사무치게 두려움을 느껴

162

본 적이 없었다.

"이제 시간이 되었어, 시간이 되었다고."

한동안 화장지 더미를 노려보던 남자가 분노한 침팬지처럼 비틀비틀 걸어간다.

"그래, 누구도 오지 마! 안 와도 좋아."

남자는 먼저 가까운 벽에 쌓여 있는 24개들이 화장지를 힘껏 던졌다. 그러자 오필리아가 정확하게 점프해서 그 봉지를 물었다. 남자는 화장지 더미를 발로 차고, 짓밟고, 찢으며, 괴이쩍은 소리를 낸다.

"이게 뭐야? 이것들, 망할 화장지!"

남자가 화장지 봉지를 던지면, 오필리아는 훌쩍 뛰어올라 물어뜯었다. 한동안 남자와 개는 역동적으로 움직였다. 그러다 남자는 아수라장이 된 바닥에 쓰러졌다. 숨이 끊어진 듯이 누워 있는 남자는 꼼짝하지 않는다. 오필리아는 주인 옆에 엎드려 눈알을 굴리고 있다.

얼마나 시간이 흘렀을까. 남자가 팔꿈치를 괴며 몸을 일으키는데, 뭔가 발끝에 거치적거렸다. 화장지였다. 비닐봉지에서 뜯겨 나온 화장지 롤 하나가 발목에 발찌처럼 걸려 있었다. 굵직한 발찌를 노려보던 남자가 고무장갑을 벗어 던졌다. 그리고 손바닥에 소독제를 흥건하게 문질렀다. 남자는 거칠게 발찌를 낚아챈 뒤 엄지와 검지에 침을 바르고 그 끝을 잡아당긴다. 화장지가 무명베처럼 길게 풀려 나왔다. 남자는 여자의 손발 결박을 식칼로 잘라 낸 뒤 여자의 목부터 화장지를 감기 시작한다. 그때 오필리아가 구석에 뒹굴고 있는 고글을 물고 와서 남자를 툭 쳤다. 그 바람에 화장지가 툭 끊어진다.

"화장지를 다루는 것도 여자와 잠자리할 때처럼 세심한 주의가 필요해."

남자는 다시 침을 발라 찢어진 화장지를 조심스럽게 이어서 여자의 팔, 다리, 배, 얼굴을 차례로 감아 나간다. 펑퍼짐한 엉덩이를 감다가 화장지가 수십 번 끊어졌다. 남자는 그때마다 몇 번이고 손가락에 침을 바르고 화장지를 풀어낸다.

남자의 표정이 핼쑥하다. 남자는 화장지에 두껍게 말려 눈사람처럼 하얀 미라가 된 여자를 쳐다보다가 어딘가로 걸어갔다. 돌아오는 남자의 손에는 빨간색 샌들 한 켤레가 들려 있다. 남자가 크리스마스 선물로 사 주었던 새 샌들을 신기고 성호를 그었다. 왜 성호를 그었는지 남자 자신도 알 수 없었다. 평소 습관이 행동으로 나타난 것이다.

"보기에 따라선, 고대 이집트의 미라보다 훨씬 더 멋있잖아. 이런 신개발 수의를 입고 싶어 빨리빨리 화장지를 사 쟀는가? 튀는 수의를 걸치고 테라 인코그니타Terra Incognita, 누구도 가 보지 못한 미지의 땅으로 떠나려고?"

남자는 화장지로 폐허가 된, 화장지 공장을 방불케 하는 집 안을 한동안 훑어본다.

"당신은 행복했는가? 당신이 날마다 공덕을 쌓았는데도

바닷가의 묘지

불행했다면, 그것은 당신이 전생에 나쁜 업을 쌓았기 때문이야! 반면 행복했다면 그것 역시 당신이 지은 과거의 선한 일 때문이지. 나, 나 때문은 아니야!"

아직도 성벽처럼 쌓여 있는 화장지를 모두 얇게 풀어내어 한 줄로 연결하면 아내의 영혼이 있는 그곳, 테라 인코그니타에 닿을 수 있을까 하고 생각하던 남자의 머리에 여자의 유언이 떠올랐다. '너무 많이 먹고 화장지를 무지막지하게 소모했어. 초목과 들짐승에게 이 몸뚱이로 갚을 길은 없을까?'

막 숨이 넘어가기 전 고열에 시달리던 여자가 마치 자신이 코비드 환자란 걸 잊은 사람처럼 끊어질 듯 희미하게 지껄인 내용이었다.

'이 세상 걱정은 말고 그곳에서나 잘해 보시오.'

남자는 죽어 가는 사람에게 그런 말밖에 해 줄 수가 없었다. 남자는 여자를 바라본다.

"이제 보니 화장지로 두껍게 싼 몸은 불이야 잘 붙겠지만, 들짐승의 한 입 먹이나 초목의 거름이 되기는커녕 구더기조차도 반가워하지 않게 되어 버렸군."

다시 오필리아가 짖어 댄다. 대문으로 나가려던 남자가 고개를 갸웃거리며 뭔가 잃어버린 물건을 찾는 사람처럼 발길을 돌려 주방으로 걸어간다. 주방에는 마늘, 고춧가루, 쌀, 간장… 한국 식품 봉지들이 발 디딜 틈 없이 켜켜이 쌓여 있다. 식품점 창고를 방불케 하는 더미를 쳐다보던 남자가 한숨을 쉬었다.

식탐이 강한 여자였다. 고등어구이와 김치만으로 엄청난 양의 밥을 먹었다. 그래서인지 힘이 장사였다. 5년 전 남자가 뱀에 다리를 물렸을 때 그를 업고 무려 500미터는 족히 달려서 차에 태운 다음 병원으로 옮긴 적도 있다. 그날 여자가 아니었다면 남자 또한 다시는 돌아올 수 없는 강을 건넜을 것이다.

시간을 거슬러 올라가는 남자의 뇌리에 기억의 이슬이 동글동글 맺힌다. 여자가 요리한 음식은 거개가 맵싸하고, 국물이 진한 데다 강한 비린내와 고릿한 풍미를 담고 있었다. 하지만 요리에 젬병인 남자는 아내가 조리한 음식을 군소리 없이 먹어야만 했다.

오래전 한국의 인사동에서였다. 남자는 혼자 테이블 모서리에 앉아 풋고추를 쌈장에 찍어 먹으며 막걸리를 홀짝이고 있었다. 얼추 십 년 만에 만났다는 여자와 여자의 동창은 마치 남자가 옆에 없기라도 한 것처럼 서로의 어깨를 찰싹찰싹 소리 나게 때려 가며 콩을 볶듯 떠들었다. 그러다 별안간 동창이 생선 한 점을 집어 남자에게 들이댔다.

"어머머, 이런 별미를 우리만 먹고 있었네. 자! 아, 해 보세요. 어서요."

"드세요. 나중에 먹겠습니다." 남자는 손사래를 쳤다.

"이게 얼마나 맛있는데, 아이, 아, 아, 벌려요. 어서요. 제 팔 부러지기 전에요. 한숙아! 안 되겠다, 남편 팔 좀 잡아

바닷가의 묘지

봐. 입은 내가 벌릴게. 자고로 인간이라면 정情이란 게 있어야 하는 법이잖니!"

여자가 남자의 두 팔을 옭아매자 동창이 남자의 입을 벌려 생선 한 점을 밀어 넣었다. 남자는 난생처음 맡아 보는 지독한 냄새에 한동안 숨을 멈추어야 했다. 그 뒤 구토를 하지 않으려고 계속 막걸리로 목을 씻어 내렸다.

그들이 강요한 정이란 것에서 남자는 지옥을 경험해야 했다. 남자가 지옥에 닿은 것은 음식을 먹은 직후가 아니라 무려 대여섯 시간이 지난 다음 날 새벽이었다. 암모니아…, 그리고 암모니아…. 살인적 가스였다. 그때 지옥을 무사히 탈출했던 기억이 아직도 오싹하다. 삭힌 홍어의 암모니아 가스가 식도를 타고 올라올 것 같다.

오필리아가 벌에 쏘인 것처럼 뛰어오르며 짖어 댄다. 남자는 파리한 얼굴을 들었다. 현관 앞에 서 있는 한 쌍의 남녀를 보고 화들짝 놀란다. 언제 도착한 것인지 완벽하게 균형 잡힌 몸매를 뽐내며 서 있는 둘은 고글이나 전신 보호복은 고사하고 마스크도 끼지 않았고, 스크린도어 뒤에서 눈알을 심하게 굴리고 있다.

"당신들 누굽니까?" 남자가 물었다.

"우리는 코비드로 사망한 김한숙의 시신을 염장할 미션을…."

둘이 동시에 대답했다. 똑같은 리듬의 말소리는 굵기가 조금 다를 뿐이었다.

남자가 현관문을 열자 로봇 한 쌍이 영화에서처럼 성큼성
큼 기계 특유의 걸음으로 집 안으로 들어왔다.

아내가 담배 피우며 듣던 발라드

넌 나한테 죽은 사람이야!

나는 칼리 우치스의 노래를 들으며 차갑게 미소 짓는다. 라이플엔 내 심장보다 뜨거운 블릿이 곧 장착될 것이다. 팔을 뻗어 가방을 확인한다. 라이플의 부품이 담긴 가방은 의자 밑에 얌전하게 잘 있다.

넌 이제 하늘나라로 곧 꺼질 거야.

햇살이 눈부셔 앞을 제대로 볼 수가 없다. 피부에서 솟아오른 땀방울이 등골을 따라 줄줄 흘러내린다. 셔츠 양쪽 겨드랑이에서 흐른 땀이 무릎으로 떨어진다. 심지어 발가락에서도 땀이 흐른다. 세상을 쓸어버릴 것 같은 사막 모래바람이 내 검은 머리칼을 빗질한다. 시야가 뿌옇다. 온통 모래 먼지로 뒤덮인 붉은 흙길을 따라서 사륜구동 타이어가 비명을 지르며 굴러간다.

아, 목이 탄다. 사는 건 죽는 것보다 더 힘들어.

지금 내 옆에 당신이 있다면 '노비스섬'으로 데려가 줄 수 있을 텐데. 하지만 내가 어떤 식으로 복수를 하는지 똑똑히 지켜보라고. 당신의 복수는 나만이 해 줄 수 있거든. 복수도

바닷가의 묘지

정의롭기만 하면 인간적이지 않겠어? 피해를 준 인간들에게 피해자가 아무런 권리를 가질 수 없다면, 이 세상엔 정의도 있을 수 없고, 그럼 인간이고 뭐고 없는 거잖아. 그렇지 않아, 여보! 기다려, 내 운명을 건 복수의 장면을 보여 줄게.

차를 세우자 파리들이 떼를 지어 달려든다. 주유소에서 휘발유 통을 가득 채우고 화장실을 찾는다. 문을 여는데 정면으로 보이는 깨진 거울에 내 얼굴이 비친다. 내 얼굴은 차마 똑바로 쳐다보기가 힘들 지경이다. 빌어먹을! 네가 보낸 자객이 나를 이렇게 만들어 놓았어.

뺨에는 비단뱀을 문신해 놓은 것 같은 구불구불한 상처가 꿈틀거리고 오른쪽 눈알은 시뻘겋다. 손바닥으로 개수대의 누런 녹물을 받아 '퍼퍼머' 두 알을 입안에 털어 넣고 지프로 돌아간다. 강력 진통제 퍼퍼머의 마약 성분이 내 고통을 빨아들이는 것이 느껴진다.

*

그날, 평소와 다르게 차고 문 올라가는 양철 소리를 듣고 기분이 더러웠다. 뒷덜미를 문지르며 어둑한 차고 안으로 주차를 하는데 기이한 그림자의 움직임이 포착되었지만 환시라고 생각했다. 환시나 환청에 시달리기 시작한 것은 아내가 떠나고 나서부터였다. 열쇠를 뺀 후 차 문을 열고 한 발을 내리다가 그대로 바닥에 꼬꾸라졌다. 자동차에서 한 발을 내리는 자세로는 아무런 방어나 공격을 할 수가 없었다.

복부를 감싸고 일어서려는데 검은 복장에 해골 가면을 뒤집어쓴 자객이 내 얼굴을 다시 가격했다. 이번엔 놈들에게 절을 하는 꼴로 꼬꾸라졌다. 혼자 감당하기엔 어마어마하게 체격이 큰 어깨가 딱 벌어진 두 놈이었다.

"똑똑히 들어, 살려 두는데, L 제약 신약 설명회에 껍죽거리고 나타나 봐, 넌 끝장이야."

"목숨만은 지켜야 하지 않겠어?"

새된 목소리와 굵고 갈라진 목소리가 차례로 들리는가 했는데 뒤를 이어 징 박힌 구둣발이 내 등을 짓이겼다. 절반쯤 정신을 잃었다. 그자들의 몸에서 풍기던 케밥 냄새를 맡아 두었다. 눈을 떴을 때 나는 내가 토해 놓은 시큼한 토사물 위에 쓰려져 있었다.

나는 토사물 위에 누운 채 연거푸 피를 뱉어 냈다. 주사기로 이물질을 주입하는 것처럼 상처 부위가 부풀어 오르는 것이 느껴졌다. 오른쪽 눈을 깜빡이자 피가 눈으로 흘러들었다. 직감적으로 너의 짓이란 걸 깨달았다.

엉금엉금 일어나 자동차를 붙들고 백미러를 보다 소스라쳤다. 눈과 입 주위로 피칠갑을 한 드라큘라 같은 이 몰골이 나라는 것을 도저히 믿을 수 없었다. 이건 내가 아냐. 37년 내 인생을 통틀어 한 번도 이런 모습을 본 적이 없었다. 나는 참지 못하고 울음을 터뜨렸다. 너를 생각하다 흐느낌이 오열로 변했다. 눈물이 피를 씻어 내리고 있었어.

바닷가의 묘지

복수하기로 했다. 경찰에 신고하는 바보짓은 하지 않기로 했다. 그때부터 다국적 제약 회사 L의 CEO를 향하던 내 복수의 칼날이 너를 향하도록 시나리오를 수정했다. 이를 갈며 너에게 복수할 장소와 기회를 물색하던 중 신약 설명회 정보를 어렵게 찾아 낼 수 있었고. 빙고! 생각해 보고 자시고 할 시간이 없었어. 사막의 리조트로 복수하러 떠나기에도 시간이 빠듯했거든. 하지만 장소는 완벽할 정도로 마음에 들었어.

*

신약 설명회 정보를 찾아내고 탄성을 지르던 그 시간 NSW 주 정부 자료 열람실엔 나밖에 없었어. 네가 꺼져 가는 모습을 L 제약 회사 CEO에게 보여 줄 상상을 하자 실소가 터져 나오더라고. 네가 숨이 넘어가는 모습을 다국적 L 제약 회사 CEO가 보고 어떤 표정을 지을까? 그걸 나 혼자 보기엔 너무 아깝단 생각이 들더라고.

아직 목적지 절반밖에 도착하지 않은 것 같은데 벌써 방아쇠에 손가락을 걸어 놓고 있는 기분이다. 내 정신은 빠르게 고양되어 간다. 꺼질 줄 모르고 타오르는 증오의 불길을 나도 어찌해 볼 도리가 없다.

떠날 때가 되었으니 이제 각자의 길을 가자. 나는 살고 너는 죽으러. 어느 쪽이 더 좋은지는 신만이 알고 있다. 나는 살고 너는 죽는 것….

지프 라디오에서 희미하게 살인 충동이 느껴지는 발라드가 흐른다. 당신이 담배를 피우면서 즐겨 듣던 노래잖아. 여보! 정말 죽어 버린 거야? 도무지 믿어지지가 않거든. 부글부글 끓는 적의와 당신을 대신한 복수심 그리고 내 컨디션을 감안하면 표적물을 향해 그럭저럭 담담하게 가는 중이다.

모래 먼지가 뿌옇게 일어나는 사막을 외눈으로 달리자니 신경이 저절로 곤두선다. 라이플 든 가방을 싣고 경찰서와 관광 안내소가 있는 길을 지나치는 것은 바보짓이다. 속도를 늦춰야 한다. 사륜구동 지프도 사막에서는 도무지 맥을 못 춘다. 지프가 전쟁 영화 《퓨리》에서 마지막 살아남은 탱크처럼 처참하게 비틀댄다.

"죽든지 살든지 해 보는 거다."

브래드 피트가 영화에서 외친 대사를 지금 내가 차용한다.

*

61구경 윈체스터 라이플을 다크웹에서 구입했다. 토르 브라우저 앱을 다운로드 받는 것이 꽤 복잡했지만 해 낼 수 있었다. 비트코인으로 결제하고 세 시간이 채 못 되었을 때 칼빈베이 으슥한 절벽 아래 놈이 가방을 들고 나타났다. 놈은 약속을 칼같이 지켰다. 나는 가방을 넘겨받았다. 69개의 라이플 부품, 노란 표지 핸드북, 스크루 드라이버 그리고 소형 망치가 카키색 가방에 들어 있었다.

운 좋게도, 라이플은 176cm인 내 키에 딱 맞았다. 익명의 무기 딜러는 적어도 너처럼 속임수를 쓰진 않았어. 조립을 해서 곧바로 저격 자세를 취해 보았는데 팔을 누르는 무게와 스프링 작동에 아무 문제가 없었다. 아버지의 피스톨로 사격을 해 본 경험이 있지만 라이플과 피스톨은 방아쇠 스프링에서 느껴지는 손가락의 감각부터가 사뭇 다르다.

올빼미처럼 밤을 새며 한 눈으로 라이플 조립과 분해에 혼신을 다했다. 눈알과 몸 곳곳 상처가 욱신거리는 것도 잊었다. 인적 없는 오지의 유칼립투스 숲으로 들어가기 전에 장님처럼 눈을 가리고 손가락 촉각만으로 조립과 탈피를 수십 번 더 연습한 후 출발했다.

숲속에서 세 시간 동안 숨도 쉬지 않고 사격 훈련을 했고, 내 적중률에 스스로 만족했다. 숲에서 빠져나오기 전 잠시 뒤돌아서서 심호흡을 했다. 총알을 맞아 벌집 같아진 마네킹을 보는데 한바탕 폭소가 터져 나왔다. 그건 너를 빼닮은 남성 마네킹이었다. 그러고선 자동차를 숨겨 둔 곳으로 달렸다.

*

모래바람은 지프보다 더 힘이 세고 파리 떼는 사신들 같다. 파리 퇴치제를 사려고 해도 어보리진 간이 스토어는 모두 문을 닫아걸었고, 사막의 주민들은 몽땅 사막 아래 굴을 파고

들어가 숨은 모양이다. 간혹 보이는 사막의 짐승들만이 뜨거운 발바닥을 견디며 먹이를 찾아 어슬렁거린다.

길 위로 튀어나오는 캥거루를 발견하고 급하게 브레이크를 밟았을 땐, 이미 늦었다. 통제력을 잃은 지프는 신음을 내뱉으며 캥거루를 덮쳤고, 순간 캥거루와 지프가 한 덩어리가 되었다. 지프는 빙그르르 돌면서 긴 가장자리로, 길가의 가시철망에 처박혔다. 나는 피투성이가 된 채, 날카로운 가시철망을 껴안고 신음을 토해 내고 있다. 시간 개념과 균형을 잃고 눈을 감는다. 짐승의 살이 타는 냄새와 연기가 나를 덮친다. 모든 것을 덮친다. 그러고… 무無.

정신이 돌아왔을 땐 오직 정적, 파리 떼 소리뿐이었다. 사막의 파리들은 겁이 없다. 그리고 뼈를 깨부수는 통증. 아직도 가시철망이 내 배 위에 올라타 시야를 가로막고 있다. 하지만 이건 기적이다. 내가 살아 있는 것이다.

가시철망이 탄피처럼 내 몸을 찔러 댄다. 호주머니에서 휴대폰을 꺼내 시간을 확인한다. 한 시간 이상 정신을 잃은 것이다. 휴대폰을 꺼내다 약봉지가 딸려 나왔다. 강력 진통제 퍼퍼머 두 알을 씹어 삼킨다. 소태맛에 진저리가 쳐진다. 퍼퍼머가 내 고통을 빨아들일 동안 숨을 깊숙이 들이마시고 뱉기를 계속한다. 진통제에 의지하고 있는 내 자신이 추하다.

평소 나는 기니피그처럼 항문에 체온계를 꽂고 의사가 휘두르는 수술용 칼을 향해 배를 쑥 내밀고 있는 꼴로 살았고 거기다 피에로처럼 키득대기까지 했다. 고혈압 약, 콜레

바닷가의 묘지

스테롤 약, 수면제, 소화제, 각성제, 신경안정제 등을 매일 목구멍에 털어 넣으며 살아가는 약물 소비자인 나. 다국적 제약 회사와 의료 시스템이 뫼비우스의 띠처럼 꼬여 있는 세상이다.

너에게 전화를 걸어 약속을 잡았던 날을 떠올린다. 너를 향한 내 기대는 컸고 의심이라니, 말도 안 돼. 너를 만났던 날의 시티 펍은 앉을 자리가 없을 정도로 붐볐어. '멜버른컵' 경마 대회 날이었으니까. 화려하게 성장을 한 여인들이 특이한 모자를 쓰고 벽에 걸린 대형 모니터를 향해 소리를 질러 대는 바람에 실내는 북새통이었지. 나는 네가 나타날 출입문을 바라보다가, 목청을 다해 베팅한 말을 향해 소리를 쳐 대는 탐욕스러운 여인들의 확신에 찬 표정을 번갈아 쳐다보고 있었지.

출입문이 양쪽으로 열리고 너는 약속 시간보다 한 시간 늦게 나타나 손을 내밀었어. 축축한 너의 손바닥에서, 일 년 전에 비해 몰라보게 체격이 단단해져 있더군. 너를 보자 밑도 끝도 없이 너의 아버지께 나를 인사시키던 우리 아버지가 떠올랐어.

"큰아버지시다." 아버지가 말했다.

나에게 큰아버지가 생겼지. 우리 아버지가 두 손을 부비며 네 아버지를 소개했잖아. 네 아버지가 사장인 회사 하청을 받아서 사업을 이어 가야 하는 내 아버지 덕택에 이민 2세인 너와 나는 마치 한 핏줄에서 태어난 형제처럼 가깝게 성장했지. 대학을 졸업하고 너는 제약 회사 영업사원, 나는 전기 기사가 되었고. 그때 네가 겸연쩍은 척 미소 지으며 말했어.

"잠은 좀 자는 거야? 얼굴이 말이 아닌데."

"아내의 흡연 때문에. 아기를 낳기로 했거든. 이번에도 담배를 못 끊으면 동반 자살 하려고." 나는 과장되게 웃었다.

"그래? 그거 내가 도와주지 뭐. 새로 출시한 신약인데 성공할 수 있어. 그 약으로 담배를 못 끊으면 내가 오페라하우스 지붕에서 바다로 뛰어내릴게."

너의 확신에 찬 대답이 머릿속에 흡수될 동안 나는 잠시 호흡을 중지하고 기다렸지. 네 시선은 말에게 채찍질하는 것처럼 팔을 휘저으며 소리를 질러 대는 성장한 여인들에게 가 있었지만, 야심찬 표정까진 감추지 못했어.

다음 날 아내는 네가 소개해 준 전문의를 찾아갔고, 의사는 아내에게 신약 '픽스'를 처방했지. 복용 나흘째부터 아내가 약간의 환각 증세를 보이기 시작했어. 빽빽한 설명서 앞뒤 어디에도 정신과적 문제를 일으킬 수 있다는 설명 같은 것은 보이지 않았지. 우선 아내는 잠을 자지 못했으며, 복용 2주가 지나면서 기이한 행동을 보이기 시작했어. 집 안에 틀어박힌 채 더럭더럭 화를 내기 시작했고, 의사는 담배를 끊는 과정에서 일어날 수 있는 일반적 증상이라고 간단하게 조언을 해 주었지. 대낮에 유령이 창문에 들러붙어 있다고 소리를 칠 때도 나는 의사의 조언대로 금연 과정에서 오는 금단증세라고 믿었어.

178

눈앞에 보이는 것이라곤 깨진 유리 조각과 가시철망뿐이다. 살에 박힌 철침이 내 혈관의 피를 뽑아내고 있다. 청바지와 셔츠 아래로 피가 흘러내리지만, 피 흘리는 게 겁나는 건 아니다. 피 닦을 시간이 없다. 살아 있다는 것만 해도 흡족한 신의 선물이다.

지프에 시동을 걸어 보기로 한다. 움푹 팬 문의 손잡이를 힘껏 잡아당긴다. 나는 창틀과 함께 뜨거운 모래밭으로 나가 떨어진다. 캥거루 피, 내 피, 그래도 나는 살아 있다. 엉금엉금 기어가 의자 밑에서 라이플 부품 가방을 끌어낸다. 버려진 지프를 경찰이 발견하면 어쩌지? 하지만 지금은 지프를 처리할 수가 없다.

나는 날마다 아내에게 문자를 보내고 있다. 한 달이 지났지만 하늘나라에선 소식이라곤 없다. 오늘 내가 아내에게 보낼 마지막 문자를 생각한다.

내 휴대폰을 주머니 깊숙이 밀어 넣고 아내의 휴대폰을 켰다. 아내 지인들이 보낸 SNS 메시지가 보인다. 그녀의 지인들이 보낸 두 개의 새 이메일과 다섯 개의 카톡을 소리 내어 읽어 본다. 내 속에서 울음이 폭발한다. 아내가 죽은 사실을 모르는 지인들이 계속 보내는 문자는 내게 고독을 안겨 준다. 거기다 그것들에 답하고 싶어 손가락이 근질근질 미칠 것 같다. 여보, 중대한 부탁이 있는데, 꼭 들어줘야 돼. 오늘 마지막 문자에서 알려 줄 거야.

구글 맵을 열어 지도를 확인한다. 아, 이건 정말 운명이다. 스티븐, 너를 딴 세계로 보낼 운명이 코앞에 다가와 있다. 믿어지지 않는다. 목표물이 1킬로미터 지점에 있다. 너는 내 손에 죽은 사람이야. 너는 죽었어.

*

아내가 자살했다. 스스로 손목을 그었다. 아내의 몸에서 흘러나온 혈액의 바다 위에 그동안 복용해 오던 '픽스'의 캡슐들과 보드카가 병째로 뒹굴고 있었다. 평소 내가 사용하던 전선 절단용 칼은 몸 아래 깔려 있어서 뒤늦게 구급 요원이 발견했다. 산불 현장에서의 야간작업을 마치고 아침이 되어서야 귀가해 발견한 안방의 풍경은 마치 YouTube를 통해 본 살인 현장 같았다. 의사는 휴가 중이었고, 나는 너의 전화번호를 눌렀다.

"아내… 아내가… 죽었어."

"우리가 동요 부를 나이는 한참 지났지?" 네가 대답했다.

"뭐, 동요? 〈월칭 마틸다〉[1]에 나오는 유령 버닙[2] 이야기를 한다고 생각해? 농담하는 게 아냐, 스티븐! 제발!"

너는 어린이집에서 나와 함께 부르곤 했던 노래를 흥얼거리며 농담을 쳤지.

---

1 〈월칭 마틸다〉: 호주 문학의 아버지인 시인 밴조 패터슨 작사한 경쾌한 노래.

2 버닙: 강이나 늪지, 호수 등에 살고 있다는 호주 도깨비.

"…."

그리고 한동안 침묵하던 네가 침착하게 말문을 열었지.

"픽스에 사람을 죽일 만큼 위해한 성분이 있다는 명시가 없잖아."

"네 말이 맞아, 하지만 내 말은 제약 회사가 '명시한 내용'이 아니라, '명시하지 않은 내용'을 말하는 거야. 스티븐, 픽스를 복용하고 아내가 죽었다니까."

영안실에서 만나자며 너는 전화를 끊었어. 그 순간 기이하게 떨리던 네 목소리가 아직도 내 안에 생생해.

멀리서 검은 형체가 흔들리며 달려온다. 생각이 잘린다. 경찰이 내 지프를 본 것이다. 나는 발정 난 개처럼 혼신을 다해 모래 구덩이를 판다. 가방을 던져 넣고 모래를 덮는다. 볼링공처럼 여섯 바퀴 몸을 굴렸을 때 경찰이 총을 꺼내 들고 나를 노려보며 코앞까지 다가왔다. 굳이 거울을 보지 않아도 지금 내 모습이 어떨지 상상이 간다. 게다가 스컹크처럼 냄새까지 난다. 경찰은 귀가 찢어질 만큼 큰 소리로 묻는다. 사람을 죄인처럼 다그치는 중무장한 호주 백인 경찰이다.

"사고 난 지프가 당신 겁니까?"

"네."

"운전면허증을 주시오."

나는 꿍 소리를 내며 무릎을 꿇는다. 호주머니에서 지갑을 꺼내는데 기침이 터지면서 목구멍에서 피가 쏟아진다.

"어딜 가는 길이오?"

아내가 담배 피우며 듣던 발라드

개뿔, 경찰의 질문은 나를 미칠 듯이 불안하게 한다. 갑자기 온몸에 통증이 되살아났다. 모든 게 잘못됐다. 고통을 견디려고 퍼퍼머를 너무 많이 삼켰다. 백 프로 마약 단속에 걸리게 생겼다.

갈비뼈는 찌릿찌릿 뒤틀리고, 나는 고압선에 감전된 것처럼 굳어 있다. 경찰이 총을 집어넣는다. 그런 다음 가방에서 음주측정기와 마약 측정 패드를 꺼내들었다. 나는 이제 죽었다. 경찰이 최신형 정밀 음주측정기를 내민다. 내가 열을 세기도 전에 디스플레이 화면 위에 뚝뚝 핏방울이 떨어진다. 나는 계속 피를 흘린다.

"앰보Ambo[3]를 불러 드리겠습니다."

"아닙니다, 경찰관님. 아내를 만나러 가다 사고를 냈어요. GPS가 고장 나는 바람에 길을 찾다 그만. 지금 아내가 견인차를 에스코트해서 이쪽으로 달려오고 있습니다. 다 잘될 겁니다. 감사합니다."

"다음부터는 운전 조심하십시오."

진짜 운이 좋았다. 마약 측정을 피할 수 있었다.

*

내 아내는 부당한 죽음을 당했다. 너의 아내가 죽은 것보다 더 가슴 아프다고, 네가 통곡하며 가슴을 끌어안고 바닥

---

3 앰보Ambo: 앰뷸런스와 앰뷸런스의 운전수를 일컫는 말.

바닷가의 묘지

에 쓰러지기까지 했던 일을 잊기 힘들다. 그게 모두 너의 계획된 연기였다니.

네가 와이셔츠 소매를 한 번 또 한 번 접어 올리며, 다국적 제약 회사 L을 상대로 투쟁하겠다고 비장하고 엄숙한 표정을 지으며 했던 말. 고통에 뒤틀린 표정을 하고 먼 산을 한참 동안 바라보며 했던 말들이 생각난다. 그게 모두 연기였으니까!

나는 생각을 접는다. 시간이 없다. 라이플 가방을 메고 모래언덕을 오르기가 지옥 열차를 탄 것처럼 힘들다. 캥거루를 치었을 때 차체에 부딪쳐 피부뿐만 아니라 근육과 뼈에도 큰 타격을 입은 것 같다. 오른발을 들어 올리면 왼쪽 다리가 뒤틀린다. 체중을 오른발에 실으면 왼쪽 갈비뼈가 욱신거린다. 그래도 나는 비틀대며 걸어간다. 콩나물국 냄비 뚜껑에 맺힌 물방울처럼 땀이 흘러내린다. 쓰러지고 다시 일어나기를 몇 번이나 반복한 것인가?

언덕에 오르자 허파가 터질 것 같다. 다섯 번째 파도 소리가 내 귀청에 대고 복수를 재촉한다. 나는 언덕 아래로 미끄러져 내려간다. 너무 서두른 탓에 균형을 잃고 그대로 처박히고 말았다. 그러나 나는 모래를 털어 내며 지도를 확인한다. 헉, 300미터 남았다! 믿어지지 않는다. 일어서려는데 땀에 젖은 손바닥에서 휴대폰이 떨어진다. 다시 아내가 생각난다.

아내의 시체에서 픽스가 다량 검출되었고, 검시관은 의

심 판정을 내렸다. 그때 처방한 의사도 모른다는 약물의 실체를 반드시 밝혀 내고야 말겠다던 네 결의가 담긴 문장들이 기억난다. 그게 다 네가 꾸며 낸 연기라고?

그것도 모르고 나는 네 문장을 날것으로 그대로 먹어 치웠어. 아니 꿀꺽꿀꺽 삼켰던가? 너를 도와야겠다는 다급한 마음에 법원 도서관으로 날아갔고, 미친 듯이 검색을 했어. 호주 식품의약품안전청에 픽스를 복용한 후 의심스러운 사망 판정을 받은 천여 건 이상의 부작용 의심 사례 신고 정보가 있었어. 복용 환자들이 우울 증세를 경험하다 목숨을 끊은 사례도 수백 건이 넘었고.

픽스 개발 임상 실험 참가자들을 만나 봐야겠다고 제안한 건 너였어. 그것 또한 너의 능숙한 연기였지만. 불법 체류자 3명은 이미 자국으로 추방해 버린 상태였고, 남태평양 섬나라 참가자들은 행방이 묘연한 상태였으며, 아시안 죄수 3명만이 시드니 롱베이 감옥에 수감되어 있다는 걸 알아냈지.

임상 실험 참가자들을 만나는 일이 암담하기만 하다고 내가 불평을 터뜨렸지. 그러자 너는 직접 죄수들을 면담해 보겠다고… 나보다 더 억울하다는 듯 울먹였잖아. 넌 제약 회사에 분통이 터진다고 그때 울면서 소리쳤어. 그런 와중에 나는 너의 손을 붙잡고 내 속울음을 달래며 너를 위로하려고 허탈하게 웃었어. 그게 다 너의 계획된 연기였다니! 사람을 믿는 건 옳지 않다고?

　　　　　　　　　바닷가의 묘지

"나는 한 번도 네가 나의 형제가 아니란 생각을 해 본 적이 없어."

나는 다시 비틀거리며 계속 나아간다. 비틀거리다 힘에 부치면 네발 가진 짐승처럼 기어간다. 기는 것도 힘들어 참호를 빠져나가는 병사처럼 포복으로 전진하고 있다.

피를 먹은 청바지와 셔츠가 한 덩어리로 떡져 있다. 피범벅이 된 나는 분명 짓밟힌 두더지 꼴일 것이다. 나아가는 속도가 점점 느려진다. 다리나 몸통에 비하면 그나마 팔이라도 온전한 것이 기적이다. 오른쪽 눈은 완전 실명한 것 같다. 왼쪽 눈을 감으면 완벽한 암흑이다. 두고 봐, 살아남은 내 왼쪽 동공이 너의 심장을 멋지게 적중시킬 테니. 구글 맵을 열어 다시 목표물에 외눈을 들이댄다.

멀리 한 점 리조트 타워가 보인다. 빙고! 입가에 흐르는 땀을 핥아 넘긴다. 소금보다 더 쓴 땀을 삼켜 가며 이 속도로 움직인다면 100미터를 가는 데 한 시간도 더 걸릴 것 같다. 나는 잠시 호흡을 가다듬고 딩고[4]처럼 하울링하며 숨을 헐떡거린다.

나는 할 수 있다. 할 수 있고, 여보, 나를 믿어. 도대체 내 그리움의 거리가 당신과 몇 마일이나 떨어져 있는 거지?

여보! 세계의 질서가 약자의 편이 아닌 건 공공연한 상식이고, 그 세계에서 강자가 못할 짓이 없듯이, 약자도 살아남기 위해서라면 뭔가 최선을 다해야 하잖아? 그렇지?

---

4 딩고: 호주의 사나운 야생 개.

뼈 마디마디가 고통을 호소한다. 뜨거운 모래 바닥을 도마뱀처럼 두 팔로 버티며 무릎을 구부려 간신히 일어선다. 퍼퍼며 두 알을 꺼내 씹어 먹는다. 죽을 맛이다. 지금은 육체의 고통을 이겨 낼 다른 방법이 없다. 숫자를 세며 죽음을 기다리는 기분이 이럴까. 잠시 후 졸음처럼 쏟아지는 현기증이 한차례 일고 나자, 약이 내 기운을 회복시키고 있다. 이때를 놓치지 말고 일어서야 해.

일어선다. 내가 해냈다. 통증을 견딜 만한 동작들을 찾아내어 앞으로 나아가고 있다. 옆걸음질 치는 게처럼, 다리 하나를 잃은 개처럼 절름거리며 사선으로 절뚝절뚝 움직인다. 얼마나 걸었지? 내가 누군지? 나는 나를 잊은 건가? 내가 누군지 몰라도 좋아! 하지만 앞으로 가야 한다. 너를 향해서!

구글 맵을 확인한다. 나는⋯. 도착했다. 빨간 물방울 점이 파란 배경의 목표물에 올라타고 있다.

아, 죽어도 좋을 만큼 행복하다. 이런 기분을 시인은 뭐라고 표현하더라? 이런 나를 이해할 수 있다. 그동안 버텨 온 몸이 두통과 한기로 사시나무처럼 떨린다. 이건 탈진 상태로 돌입한 징후다. 한 뼘도 더 갈 수 없다. 호흡도 약해져 간다. 죽을 것 같다. 이대로 나는 죽는 것이다.

"여보, 이제 당신과의 거리가 좁혀지고 있어." 나는 중얼거린다.

'당신, 그만 포기하는 것이 어때?' 아내의 목소리다.

"당신의 목소리가 바로 옆에서 들리는 것 같아."

'복수보단 용서를 하는 편이 훨씬 낫지 않겠어?'

"그걸 말이라고 해? 제길, 복수는 신의 몫이라고? 답? 나의 유일한 답은… 복수, 복수뿐이야."

나는 간신히 호주머니에서 퍼퍼머를 꺼내 목구멍에 걸리지 않도록 잘게 씹어 넘긴다. 쓴맛 때문에 등골에 섬뜩한 소름이 돋는다. 오 분만, 오 분만 기다려. 나는 내 몸을 타이른다. 오 분을 견디지 못하고 분통을 터뜨리며 눈에서 비늘이 떨어질 만큼 정신을 회전시킨다. 이가 갈리고 동공에서 불꽃이 일어선다.

그때 보안 초소와 'STOP' 표지판이 내 눈길을 당긴다. 'CLOSE' 팻말과 노란 표지판과 흰색 표지판 그리고 큰 경고판. 제길, 작은 글씨의 경고판을 내 한쪽 눈으론 읽을 수가 없다. 그렇지만 기분만은 완전 날아갈 것 같다. 꼭 한번 죽었다 다시 태어난 느낌이다. 회원 전용 주차장 표지판을 내 왼쪽 눈이 아른아른 읽어 낸다. 그리고 높은 곳에서 번쩍이는 황금색의 화려하고 거대한 글씨들.

"아포칼립스 리조트! 맙소사, 이건 리조트가 아니라 왕국이다. 거대한 리조트! 어마어마하군!"

내가 큰 소리로 말한다. 나는 내가 지른 큰 소리에 놀라 내 입을 틀어막는다. 다행이 침이 말라 소리가 그다지 크진 않았다. 거기다 내 귓가에 걸리는 바닷새의 울음소리, 요란한 파도 소리, 다섯 번째와 여섯 번째 그리고 아홉 번째 파도가 내 소리를 덮어 주었다.

나는 CCTV를 피해 납작하게 엎드린다. 리조트는 구글 위성사진으로 본 것과는 달리 살의가 돋을 만큼 거대하다. 청회색 사암 건물은 동화책에 나오는 임금님이 살고 있는 궁전 그 자체다.

경비행기들, 랜드 로버Land Rover 사륜구동 차, 너는 벌써 도착해 있다. 한눈에 네 버건디색 지프를 알아본 것은 내 눈이 아니라 내 심장이다. 사막과 바다가 부둥켜안고 있는 리조트는 사막의 깊은 지하에서 솟아 올라온 고대 유적처럼 웅장하지만 나는 멸망하는 로마를 상상할 뿐이다.

내 사고 체계가 갑자기 당황하기 시작했다. 내 자신이 도무지 믿어지지 않는다. 세상의 특권을 누리며 사는 저 견고한 존재들이 남을 해치는 일을 할 리가 없다는 생각이 든 것이다. 저들은 세상을 풍요롭게 변화시키고, 안정하게 지키고, 지금도 죽어 가는 수많은 환자들의 생명을 구하고 있다. 거기다 다국적 제약 회사 L은 지난 수십 년간 놀라운 혁신을 이루며 어마어마하게 많은 생명을 구해 왔다.

한없이 친절하고 너그럽고 자애롭고 호의에 가득 찬 CEO의 표정은 또 어떤가? 그 어디에도 남을 해치리라는 생각을 불러일으키는 구석을 찾아볼 수 없다. 나는 어리둥절해서 쓰러질 것 같다. 그러니까 내가 세상을 뒤집어서 거꾸로 읽고 있는가. 모호한 적의와 혐오로 더럽혀질 대로 더럽혀진 내 영혼은 광분의 춤을 추고 있는 꼴이다. 깨진 거울에 비친

바닷가의 묘지

나를 보는 기분이다. 혼란한 생각에 당장 미쳐 버릴 것 같다. 골에서 징신이 빠져나가 버린 느낌이다.

퍼퍼머를 씹지도 않고 꿀꺽 삼킨다. 그러자 뇌가 찌릿찌릿하고 의식의 전류가 무작위로 돌아간다. 약발이 총 맞은 것처럼 현실을 일깨워 준다. 상처받은 기억들이 되살아난다.

다국적 제약 회사의 은폐된 부정들, 은폐한 임상 실험으로 의사를 오도하고 내 아내처럼 수많은 환자가 죽었다.

*

L 제약 회사의 CEO, 의사와 영업 사원들, 임상 실험 관련 연구 기관의 직원들이 신약 설명회 겸 연말 파티에 초대된 정보를 어렵게 찾아낸 뒤 나는 흥분을 감추지 못한 채 곧바로 네게 문자를 했다.

'내가 L 제약 회사 CEO를 제거하고 말 거야.'

문자를 보내고 나서 서너 시간 후 집에 도착했다. 네게선 아무런 응답이 없었고, 네가 응답 대신 대기시켜 놓은 폭력배 일당이 차고에 잠입해서 나를 노리고 있었다.

"다시 말하지만, 처음엔 L 제약 회사 CEO 대갈통이 내 타깃이었지. 그러나 차고 사건 후 내 타깃은 수정되었어, 네 대갈통으로."

나는 하늘에 대고 소리친다. 그러나 쏟아진 것은 소리 없는 피다. 그래도 내 육체는 아직 살아 있다. 나는 사각지대를 따라 기어오른다. 제길, 이건 내가 미처 예상하지 못한 상황이다. 쥐새끼 한 마리 들어갈 구멍도 안 보인다. 촘촘하게 막아 놓은 울타리, CCTV 모니터, 경비들… 막막해진 내 허파가 내뿜는 숨소리가 너무 크다.

나는 고개를 들고 리조트를 바라본다. 사막이 끝나는 바다의 절벽 위에 세워진 리조트는 맑은 날이면 망원경으로 오아시스 같은 섬이 보이는 곳이라 했겠다. 건물 5층 꼭대기의 피라미드와 뾰족한 전망대가 나를 내려다보며 오만하게 웃고 있다. 리조트 입구에 깔린 오아시스 같은 초록색 잔디는 술탄의 양탄자처럼 반짝이고, 그것 또한 나를 조롱한다.

리조트 안에 있는 네가 내 숨소리를 들으면 어쩌지? 다행히 모래를 날리는 바람 소리, 물새 소리, 절벽을 때리는 파도가 내 거친 숨소리를 막아 준다. 안심한다. 나는 본능적으로 가오리처럼 납작 엎드린다. 매끈하게 깔린 모래 위로 내 기어간 자국과 가방 자국이 선명하다. 흔적을 남기면 안 되는데, 경비가 보게 되면 금방 추적해 올 텐데.

나는 배를 땅에 비비며 가방을 끌고 계속 기어오른다. 이대로 무사히 오를 수 있을까? 어쩌면 오늘 같은 날은 경비들이 이곳까지 신경 쓰지 않을 수도 있다. 나는 울타리를 타고 계속 기어서 앞으로 나아가고 있다.

'출입 금지' 표지판을 본 내 심장이 석고처럼 굳어진다. 경고판에 겁먹어선 안 된다. 아하, 역시 나는 운이 좋다.

190

바닷가의 묘지

해풍이 웃자란 풀잎을 밀어 눕히자 아가리를 벌린 개구멍이 나타났다. 하지만 노란 안내판이 그 뒤를 막아선다. '위험, 100m 앞 절벽' 상식으론 이해가 가지만 내 운명과 절벽과는 인연이 없다. 그 뒤에는 뻬딱하게 버티고 선 유칼립투스가 나를 지켜보고 있다.

가방을 먼저 밀어 넣고 타조처럼 구멍에 머리를 박는다. 갑자기 터져 나오는 시끄러운 음악 소리에 심장이 오그라든다. 리조트에 도착한 사람들을 실내로 빨아들이느라 자동 출입문이 열린 탓이다. 나는 한동안 코를 땅에 박고 숨을 죽인다.

언덕배기로 올라갈수록 절벽을 때리는 파도 소리가 고막을 찢는다. 생각과 달리 숨통을 끊어 버릴 것처럼 언덕이 가파르다. 땀이 하수처럼 흘러내린다. 유칼립투스 가지 사이론 태양이 무너지듯 기울고 있다. 그늘이 점점 넓어지는 걸 육안으로 확인하며 살짝 고개를 들자 세미나실의 넓은 실내가 한눈에 들어온다. 헉, 리조트 5층 연회장이다. 등 뒤엔 수평선이 자를 댄 것처럼 펼쳐져 있다. 자칫 발을 잘못 딛기라도 하면 그대로 절벽행이다. 이건 구글 위성사진 정보에서 미처 파악하지 못한 경탄할 광경이다.

손차양을 만들어 외눈으로 연회장 실내를 훑어본다. 정교한 크리스털 샹들리에가 금괴 모형 테이블을 향해 탐욕스럽게 광선을 쏘아 댄다. 금방 공장에서 찍어 온 것 같은 황금색 의자들, 드레스 입은 여자들과 정장의 남자들, 마리오

네트 인형처럼 크리스털 술잔에 입술을 적시며 입이 찢어지게 웃어 대는 그들.

갑자기 내 심장이 도끼날처럼 짜릿하게 일어선다. 긴 모래톱 꼴의 주차장으로 검은 오토바이 두 대가 부르릉거리며 들어오고 있다. 공중에선 경비행기가 회전을 하며 서서히 엉덩이를 낮추고 있다. L 제약 회사 CEO가 도착한 것이다.

해가 수평선으로 넘어가고 어둠이 주변을 덮어 버리기 전에 나는 준비를 완료해야 한다. 실수를 용납할 수 없다. 하지만 얼빠진 걱정이었다. 바다를 에두르고 있는 거대한 사막의 끝, 리조트를 에둘러 불야성을 이룬 조명이 갑자기 오로라처럼 불을 밝혔다. 이런 걸 스마트 태양이라고 해야 하나. 이곳은 지구가 아니라 우주 정착지다. L 제약 회사의 CEO가 왜 이곳에 리조트를 세웠는지 이해가 간다.

고통이 다시 되살아난다. 퍼퍼머 기운이 떨어진 틈을 타고 고통이 몸을 저격해 온다. 퍼퍼머를 우적우적 씹는다. 마비된 혀가 더 이상 맛을 못 느낀다. 나는 점점 환각에 빠져 들어가고 있다. 뇌에서 경련이 일어난다. 그러고선 내 마음 깊은 곳에서 모호한 적의와 혐오감을 담은 영화음악 〈네드 켈리〉[5]가 울려 퍼진다. 내 심장을 타격하는 야릇한 음률에 나는 몸서리친다. 십 대 시절 불량 친구들과 어울렸던 기억이 떠오르는 걸 보면 진짜 환각 증상이 일어난 것이다.

---

5 네드 켈리: 호주의 유명한 산적.

　　　　　　　　　　　　　바닷가의 묘지

이어 아내가 평소 담배를 피우며 듣던 시무룩하고 희미한 살해 충동이 느껴지는 발라드가 귓청을 때린다. 아, 어디서 마리화나 냄새도. 나는 눈을 감는다. 그리고 생각에 빠진다. 말하자면, 저 연회장은 스마트 천국이다.

가방 지퍼를 열고 라이플의 부품들을 하나씩 꺼낸다. 장님처럼 촉을 세우자 인공지능을 장착한 것처럼 민첩한 내 손가락 마디마디가 기계적으로 기능하기 시작한다. 나전선을 고압선에 설치하던 내 손가락이 최고로 정교하게 작동하고 있다. 스스로 감탄한다. 개머리판, 스프링, 캐리어, 이젝트, 해머, 리시버, 방아쇠, 스프링, 격발용 핀, 나사… 내 손가락은 순교자처럼 묵묵하게 조립해 나간다. 마치 영화의 주인공 같다. 모든 게 순조롭다. 조립 끝.

철컥철컥 라이플의 공이치기 소리에 내 심장이 오그라든다. 한 발, 또 한 발 그리고 한 발, 세 발의 장전 끝! 완벽하다. 한 발은 너를 위하여, 또 한 발은 나를 위하여, 나머지 한 발은 신을 위하여! 나는 차갑게 미소 짓는다. 내 차가운 심장과 뜨거운 블릿의 조합. 멋지다.

천천히 총구를 내 목구멍에 찔러 넣는다. 나, 쿨하게 죽을 것이다. 너를 쏘는 연습에 몰두하느라 나를 쏘는 훈련을 잠시 잊었다. 그러나 아직 시간은 충분하다. 너를 보낸 후에 연습한들 늦었다고 말할 자는 없다.

만약을 대비해 너의 자동차 운전석을 향해서도 정조준 할 수 있는 연습을 몇 번 더 해 본다. 계속 멋지다. 이제 라이플을 가방 위에 비스듬히 세워 놓고 잠시 휴식을 하기로 한다. 잊은 것이 없는지 머리로 점검할 시간이다. 맞아, 아내에게 문자 보내는 걸 잊을 뻔했다.

"당신과 나는 소확행. 킥킥. 쳇, 섹스도 그럭저럭 잘 맞았고…. 오, 하느님, 담배를 끊으려다 목숨을 끊은 아내를 꿈에서만이라도 한번 만날 순 없는 걸까요?"

섹스가 끝난 아내는 고개를 바짝 뒤로 꺾고 담배를 빨았다. 내가 위협을 하면 주인에게 발길질을 당해 꼬리를 내린 개처럼 피식피식 웃었다. 나는 발기가 꺾일 때마다 화를 내다 끝내 아내를 구타했다. 나전선을 송전탑 고압선에 설치하다 부주의로 감전되었을 때 얻게 된 발기부전, 그 콤플렉스는 주먹이 되어 나도 모르게 아내에게 날아갔다. 아직도 그때 혈관이 터져 생긴 붉은 반점이 허벅지 곳곳에 그대로 남아 있다.

내 주먹에 맞아 코피가 터진 아내에게 그 코피로 금연 혈서를 쓰게 했고, 아내가 보는 앞에서 담배를 변기에 처넣었다. 그런 아내가 이혼을 하려고 마음먹었다면 수십 번은 했을 것이다. 내가 아내를 죽인 것이다. 담배 태우는 아내가 악마의 분신 같았다. 무조건 견딜 수 없었다. 섹스 후에 아내가 담배를 빨아 댈 때면 그것이 나에 대한 성적 불만 때문이라는 생각에 미쳐 버릴 것 같았다.

맥주를 잔뜩 마시고 취해 잠이 들었다가 요기에 일어나 화장실 문을 벌컥 열었던 날이었다. 아내가 자정이 지난 시

194

간에 변기에서 건져 낸 담배를 쪼그리고 앉아서 빨아 대고 있었다. 바닥엔 버너가 켜져 있고, 프라이팬 위에는 화장지로 돌돌 말린 젖은 담배가 손가락처럼 건조되고 있었다. 등골이 오싹했다. 자제심을 잃은 나는 와락 뺏은 담뱃불로 아내의 손가락을 지져 버렸다. 보라색 짙은 매니큐어 손톱 밑에서 지, 지, 직 살점 타들어 가던 소리가 아직도 들리는 것 같다.

*

L 제약 회사 CEO와 술잔을 마주 들고 교활하게 웃는 너를 본다. 내 심장이 갈기갈기 찢기는 느낌이다. 이건 내가 경험할 수 있는 최악의 고통스러운 순간이다.

"떠날 때가 되었으니 이제 각자의 길을 가자. 너는 죽으러 나는 살러. 어느 쪽이 죽을지는 신만이 알고 있다."

그렇게 말하고 나자 내 외눈에 너의 술잔이 찌그러져 보인다. 그것은 너의 술잔에 죽음의 무늬가 녹아들고 있기 때문이다. 너의 운명이 서서히 굳어 가고 있다는 뜻이다.

설마 내가 이곳에 온 것을 네가 알아챈 것은 아니겠지? 화려한 샹들리에 아래 서 있는 너는 벌써 미라 같다. 내 결혼식에 입고 왔던 너의 감색 양복에도 암울한 죽음의 그림자가 어룽거린다.

네가 돌아서서 출입문 쪽으로 걸어 나온다. 내 안에서 살기가 작동한다. 방탄 통유리를 부수고 뛰어 들어가 너를 해치우고 싶다. 몸이 저절로 앞으로 기운다. 제길 누군가 네 앞을 막아섰다. 환장하게도 너는 내 눈에서 지워졌다. 넌 나한테 죽은 사람이야. 넌 죽었어!

내 머리 위에선 유칼립투스 무성한 잎이 최후의 호흡처럼 덜덜 떨고 있다. 신약 설명회와 파티는 자정 전엔 끝날 것이다. 그때까지 라이플을 지키며 덤불숲처럼 초조하게 기다려야 한다. 숨을 쉴 때마다 내 입김에서 시체 냄새가 풀풀 날린다. 썩어 가는 내 위장에서 올라온 하수처리장 같은 악취다.

밤이 되자 사막의 기온이 급속도로 떨어진다. 라이플을 다리 사이에 끼우고 두 손바닥에 입김을 후후 불어서 서로 비빈다. 수시로 조준경을 들여다본다. 언제 네가 나타날지 모른다. 그때마다 망원경에 한 점 너의 실루엣이 보인다. 나는 착란에 빠져 너의 잿빛 실루엣에 여러 번 방아쇠를 당길 뻔한다.

잠시 왁자하게 소리가 터져 나와 공기를 뒤흔든다. 예상하지 못한 비상문이 열린 것이다. 누가 연회장에서 걸어 나온다. 긴 스커트 자락을 치켜들고 제 그림자를 밟으며 걸어 나오는 여자, 나는 재빨리 유칼립투스 뒤로 몸을 숨긴다.

그림자는 지구 중력에 익숙하지 않은 유인원처럼 어색하게 휘청거리며 주위를 두리번거린다. 그리고 라이터를 켜서 마리화나에 불을 붙인다. 빨간 불꽃이 악의 꽃처럼 살아났다가 꺼진다. 짧은 순간 눈이 작고 턱이 짧으며 납작한 얼굴과

바닷가의 묘지

이마가 좁은 파마머리를 포착했다. 스티븐의 처다.

좋아! 이건 예상하지 못한 상황이다. 그녀는 연기를 뱉으며 겁도 없이 절벽을 향해 걸어가고 있다. 자, 이제 시작이다. 1초가 지날 때마다 그녀의 숨소리, 발소리가 선명하게 내 귀에 울린다. 내 심장에서 북소리가 쿵쿵댄다. 그녀는 나를 그냥 지나쳐 간다.

나는 스프링이 뛰듯이 그녀의 뒤로 바짝 다가간다. 그녀는 마리화나에 취해 비틀대느라 내 소리를 듣지 못한다. 나는 머리채를 당기고 개머리판으로 목을 누른다. 그녀가 아무리 비명을 질러 보았자 목구멍 밖으로 터져 나오지 못한다. 여자를 풀밭으로 밀어 배 위에 올라타 앉는다.

내가 누군지 그녀는 알아보지 못한다. 여자가 몸부림을 치고 발길질을 하지만 잡풀이 얼굴을 막아 쉽지가 않다. 풀을 뜯어서 입에 재갈부터 물린다. 나는 연회장을 일별한 후 허리에 둘둘 말린 전선을 푼다. 그리고 그녀의 두 손을 촘촘하게 묶어 나간다.

몇 미터 떨어진 지점에서 유칼립투스가 여자를 부르고 있다. 나무 밑동에 묶인 여자는 계속 헛발질을 한다. 나는 두번째 전선을 풀어 그녀의 두 발을 묶는다. 이건 계획에 없었던 돌발 작업이다. 사실 전선은 너를 결박하기 위해 준비했는데, 내 준비는 철저하고 완벽하다. 내 허리에 감겨 있는 전선은 아직 충분하다.

너의 아내가 잘 묶여 있는지 다시 확인을 한다. 벵골 불꽃이 터지는 소리와 환한 빛에 놀라 실수를 하고 말았다. 손에 들고 있던 라이플을 떨어뜨렸다. 나는 그걸 잡으려고 발을 뻗다 그만 돌멩이를 밟았고, 그리고 미끄러지면서 옆으로 자빠졌다. 동시에 푸석한 흙이 꺼지면서 나는 추락했다.

나는 찢어지는 비명을 질렀다. 폭죽이 연발로 터지면서 내 비명 소리를 삼켰고, 물웅덩이가 내 몸을 받아 준다. 하지만 어디에 부딪쳤는지 머리가 깨진 것 같다. 그래도 좀비처럼 신경은 살아 있다.

정신을 아찔하게 하는 악취, 피부를 건드리는 물컹한 이물질, 하수처리장이다. 시야 협착증에 걸린 것 같던 동공이 어둠에 익숙해지자, 시커먼 오물의 존재가 적나라하게 드러났다. 다국적 제약 회사 L의 CEO, 너, 의사들, 임상실험 연구소 직원들이 먹고 마시고 배설한 똥과 오줌, 음식 찌꺼기, 땟국이 내 온몸에 스며들고 있다. 무릎이 전동기처럼 떨린다. 나는 반원형 오물 웅덩이에서 벽을 향해 필사적으로 헤엄쳐 나간다.

간신히 벽에 몸을 밀착하고 일어선다. 오물에 빠진 쥐새끼 같은 내가 지상으로 다시 올라갈 확률은 제로다. 나는 망했다. 덫이다. 네가 파 놓은 함정에 휘말려 들었다. 격렬하게 딸꾹질을 해 대며 내가 지구에서 사라지고 있다. 빌어먹도록 잘못되었다. 너의 수법은 너무나 교묘하고, 나는 돌이킬 수 없게 되었다. 너의 야심찬 미소와 교활한 미래가 내 눈앞에 상상되는 순간, 나는 가슴을 쥐어뜯으며 미쳐 버리거나

바닷가의 묘지

죽어 버릴 것 같다.

주머니를 뒤져 보지만 지갑은 이미 오물 웅덩이에 떨어져 버렸다. 주머니에 찰떡처럼 붙은 약봉지, 기적이다. 똥물을 먹은 약은 악취로 자신의 존재를 나에게 강요하고 압박한다. 퍼퍼머를 우적우적 씹어 먹는다.

이건 내가 자초한 운명이다. 미숙하게 터득한 현실, 진정한 복수가 무엇인지 깨우치지 못하고 무모하게 모험을 감행한 내가 겪어야 할 종말이다. 어찌하겠는가? 복수를 하고야 말겠다는 분노 충동을 내 의지로 자제할 수 없었는데.

너의 잔인함은 끝이 없다. 내가 이대로 무너진다면 오물 때문이 아니라 분노와 고독 때문이다. 속이 울렁거린다. 발을 움직인다. 한 발을 겨우 떼기도 전에 창자가 뒤틀리며 구역질을 참지 못하고 토한다. 창자에 닿지 못한 퍼퍼머 덩어리가 시커먼 오물 위에 둥둥 떠돈다.

'뭐 해. 빨리 와!' 아내 목소리가 들린다.

"복수! 그리고 복수! 끝까지 복수!" 나는 꺼져 가는 목소리로 중얼거린다.

현기증이 날 정도로 나는 정신을 회전시켜 본다. 신경이 곤두선 탓인지, 억제하지 못하고 울음이 터져 나오려고 한다. 남아 있는 모든 힘을 복부에 몰아 폭발적으로 껄껄 웃어 버린다. 이율배반적이게도 폭소가 새로운 기운을 불러일으켜 정신을 회복시켜 울음을 물리친다.

지상의 폭죽 소리가 지하 하수처리장 콘크리트 벽에 공

명되어 울린다. 짧은 순간, 밧줄처럼 흔들리는 나무뿌리가 나를 쳐다본다. 빛의 세례를 받은 그것들은 높은 곳에서 천사의 발바닥처럼 내게 동정을 보낸다. 기적이 촉발되고 있다. 나는 기적을 확장시키려고 초인적으로 몸부림친다. 혼신을 다해 오라Aura를 발산하며 주문을 외친다. 초인이 된 느낌이다.

'나는 할 수 있다.'

안전화를 벗어 던지고 도마뱀의 발바닥처럼 콘크리트에 붙어서 기어오른다. 두 손바닥의 악력과 두 발바닥의 흡착, 억만 년 동안 흘러온 파충류의 DNA가 나를 돕고 있다. 셔츠가 찢어지고 무릎의 피부가 벗겨진다. 그러함에도 날개가 없는 나는 추락하고 만다.

나는 포기하지 않는다. 죽든지 살든지 해 보는 거다. 개구리처럼 발톱의 힘으로 벽을 타고 다시 기어오른다. 발톱이 하나씩 빠져나갈 때마다 따끔따끔하다. 간신히 나무뿌리를 움켜잡는다. 헉! 똥물을 먹고 자란 나무뿌리는 질기다 못해 비루하다.

빙고! 녹슨 배수 파이프를 타고 나무뿌리가 자라고 있었다. 배수 파이프를 발견한 나는 신음을 토한다. 그것들은 나무뿌리에 몸을 숨기고 둥글게 휘어져 벽을 뚫고 작은 구멍으로 들어가 있다.

허리에서 풀어낸 전선으로 녹슨 잿빛 파이프를 촘촘하게 감으며 한 발씩 딛고 올라간다. 불꽃이 봤다면 내 꼴이 동면

　　　　　　　　　　　바닷가의 묘지

에서 깨어난 도마뱀처럼 우스꽝스럽고 초라하겠지. 현기증 때문에 올라가다 균형을 잃고 바닥으로 떨어지면 안 된다.

*

손톱에 풀의 질감이 느껴진다. 지상의 질감이다. "여보, 내가 해냈어. 해냈다고!" 땀과 오물로 떡이 진 목둘레가 간지러워 미칠 것 같지만 손을 놓을 수 없다.

이제 지상으로 몸을 올리기만 하면 된다. 하지만 나는 왜 떨고 있는가? 탈진해 버린 영혼처럼 꼼짝할 수 없다. 턱을 지상에 걸친 채 버틴다. 그리고 스노클 숨 대롱처럼 지상의 동정을 살피는 내 외눈에 집중한다.

파이프에 흡착하고 있는 발바닥에서 피가 흘러나와 미끄러져 아래도 추락할 것 같다. 나는 소리 나지 않게 숨을 몰아쉬며 버틴다.

아, 스티븐의 처가 낑낑대는 소리다. 그리고 그 소리를 찾는 발소리가 이어 들린다. 나는 정신을 번쩍 차린다. 이런 상황을 예측하지 못했다. 네가 두리번두리번 네 처를 찾으며 다가오고 있다. 그 순간 오늘의 가장 큰 불꽃이 폭발한다. 나는 그때를 놓치지 않고 끙, 소리를 내며 지상으로 몸을 끌어올린다. 바닥에 납죽 엎드린 나는 너를 응시하고 너는 나를 못 보고 지나쳐 간다.

나는 소리 내지 않고 포복으로 기어가 라이플의 개머리

판을 조심스럽게 잡아당긴다. 당장 너를 개머리판으로 내려칠 수 있는 거리였지만 나는 자제한다. 폭죽이 연속으로 터진다. 저건 오늘 밤 나를 위한 불꽃놀이의 하이라이트다.

네가 두리번거리다 몸을 돌려 네 처를 발견하고 충격받는 순간을 놓치지 않고 나는 개머리판으로 네 머리를 내려친다. 너는 쓰러지면서 간신히 한마디를 내뱉는다.

"너? 찰리!"

신음을 뱉으면서도 너는 여전히 몸부림을 치며 푸덕푸덕… 몸을 움직인다. 천천히 입술의 각도가 이지러지고 있는 너. 그동안 나는 너를 미워하며 또 사랑했다. 터지는 벵골 불꽃들이 너무 눈부시다. 정신을 잃을 지경이다. 나는 고개를 꼿꼿하게 세우고 하늘을 밝히는 불꽃을 구경한다. 껄껄 껄…. 몸이 떨리고 무릎에 힘이 빠지면서 웃음 끝에 눈물이 떨어진다.

갑자기 네가 몸을 버둥거린다. 운동으로 단련한 너의 힘과 폐활량이 거의 초인적이다. 나는 너에게 압도당한다. 너는 내가 예상한 것보다 힘이 세다. 너와 맞서 싸우기는 벅찰 것 같다. 그 전에 빨리 너를 해치워야 한다. 너는 타락한 탐욕으로 신약을 만들어 살아 있는 육체에 장난을 치는 그들과 같은 괴물이다. 수많은 환자와 가족들이 다국적 제약 회사들의 강력한 권력에 맞섰다가 위협을 넘어 쓰디쓴 현실을 맛보며 죽어 갔다. 너는!

폭죽이 터지는 순간을 노려 방아쇠를 당긴 것이다. 폭죽

터지는 소리가 총성을 동굴처럼 빨아들였다. 끝. 모든 것이 끝났다. 블릿이 박힌 네 옆구리에서 쿨렁쿨렁 피가 흘러내린다. 폭죽이 날아가서 오로라처럼 하늘을 물들이고 내 주먹은 횃불처럼 하늘을 찔러 댄다. 내 생애 최고의 밤이다. 아, 미치도록 황홀하다.

나는 살금살금 너에게 다가간다. 네가 죽어 가는 모습을 내 눈으로 똑똑히 보기 위해서다. 이미 눈썹이 굳어 가고 있는데도 너는 팔과 다리를 계속 떨어 댄다. 지상에서의 마지막 순간을 극한까지 끌고 가려는 너의 손가락이 내 팔에 닿는다. 팔을 타고 전해지는 네 심장 소리에 나의 심장이 소스라쳐 멎을 것 같다. 너무 늦었어, 스티븐! 너의 안구가 위쪽으로, 머리 꼭대기를 향해 돌아가는 것을 폭죽의 불빛이 비춰 준다.

이제 내 차례다. 총구를 내 목구멍 끝까지 밀어 넣는다. 내 등 뒤엔 절벽이 있다. 뛰어내리면서 내 목구멍에 방아쇠를 당기려고 한다. 방아쇠를 당기기 전 잠시 아내의 얼굴을 그려 본다.

으으으음, 스티븐의 처가 게거품을 물고 묶인 손발을 버둥거리며 짐승처럼 신음을 토하고 있다. 어림없다, 내 전선은 형틀처럼 단단하다. 그때 내 주머니 속의 휴대폰이 울린다. 문자 들어오는 소리다.

나는 목구멍에서 총구를 뽑는다. 조금 전 아내에게 마지막 문자를 보냈는데, 벌써 그걸 읽었다고?

'자기, 여긴 담배가 다이아몬드 값이야.'

"....'"

'계좌 인증하고 받아야 돼서. 자기, 어느 은행 계좌야?'

"여보, 제발 담배 좀 끊어."

'마지막이야, 딱 한 갑만! 약속할게 정말.'

"그곳에선 담배 한 갑이 얼만데?"

'응, 오천 달러.'

"뭣? 미친! 이거 스미싱이잖아."

나는 마지막으로 너를 본다. 너는 꺼져 가고 있다. 내가 너를 얼마나 좋아했는지 알아? 비록 늦었지만, 때 이른 비극적 죽음으로부터 우리 모두 무언가를 배워야 하지 않겠어? 자신의 탐욕만을 채우려고 무고한 생명이 죽어 가는데도 눈을 감고 권력에 아부하는 자가 알아 둬야 할, 그것이 얼마나 위험한지, 내가 보여 주는 거야.

세상의 모든 인간을 미워해도 너만은 용서하려고 했지만, 네가 너무나 교묘하게 나를 피하는 바람에 일이 쉽지가 않았어. 거기다 너는 내가 가진 것을 빼앗아 끝까지 너 자신을 위해 유익하게 사용하는 놈이었어.

내가 혼신을 다해 구해 낸 정보까지 탈취해, 그들 다국적 제약 회사 L의 CEO에게 넘겼지. 너는 내 아내를 비롯한 피해자들로부터 CEO가 빠져나갈 구멍을 마련해 줬지. 그들 제약 회사들은 보이지 않는 검은 손으로 긁어모은 어마어마한 돈을 온통 약 광고에 쏟아붓고! 그 결과, 사람들의 생활을 계

바닷가의 묘지

속 나쁜 쪽으로 변화시키고! 아직도 사람들은 담배를 끊으려고, 내 아내가 자살로 인생을 마감한 신약 '픽스'를 복용하고 여기저기서 죽어 가고.

별안간 네가 몸을 후다닥 뒤집는다. 나는 너의 몸통에 밀려 벌렁 뒤로 자빠진다. 순식간에 너의 주먹이 나의 얼굴로 날아온다. 그러나 나는 빠른 동작으로 너의 몸을 덮친다. 우리는 한 덩어리가 되어 엎치락뒤치락 뒹굴고 있다. 마치 어린이집 다닐 때 함께 모래밭에서 했던 씨름 놀이를 하는 것 같다.

내 얼굴 위로 네 목구멍에서 떨어지는 피가 얼마나 뜨거운지, 화상을 입을 것 같다. 내 남은 한쪽 눈에 떨어지는 피를 닦는 순간, 네가 한 발로 라이플을 차 날린다. 라이플은 내 등 뒤 절벽 아래로 까마귀처럼 날아간다. 그리고 내 다리를 붙들고 몸부림치는 너는 화살에 쏘인 사자 같은 일그러진 표정이다.

내 실수라면 너의 손목에 숨겨진 거대한 힘을 잠시 잊어버린 것이다. 반쯤은 마비되었고, 반쯤은 미쳐 버린 내가 천천히 퍼퍼머의 힘에 의해 몰락하고 있는 걸 잊고 있었다. 너무 많은 퍼퍼머를 털어 넣었다. 꽉 움켜쥔 너의 손아귀에서 풀려나려고 몸부림을 치지만 내 목구멍에선 헛된 비명만 터져 나올 뿐이다.

네 눈동자가 옆으로 돌아가고 있다. 나를 원망하듯 아니, 차라리 애원하는 듯한 동공! 너는 다시 꺼져 간다. 네가 손아귀의 힘을 툭 놓아 버리고 바닥에 픽 퍼져 버린다.

갑작스러운 반동으로 나는 절벽 아래로 추락한다. 날개를 펼쳐 보겠다고 혼신을 다해 버둥대지만 내 날개는 펴지지 않는다. 절벽 아래로 깊고 공허하게 울리는 메아리만….

"아아악 아아악 아아악…."

딸기의 신

차 문을 열고 밖으로 나가는데 빗줄기가 바늘처럼 얼굴을 찔렀다. 고개를 숙이고 조수석으로 뛰어가 한 손으로 문을 잡고 다른 손으로는 세라가 내리도록 팔을 잡아 주었다. 호주에서 남자가 여자에게 점수를 얻는 방법 가운데 하나를 실행한 것이다.

모자 달린 우의를 차려입은 세라의 배가 불룩하다. 뒤늦게 우산을 펼쳐 들었지만 내 몸은 이미 푹 젖어 버렸다. 세라가 보기에 물에 빠진 쥐새끼 꼴이겠지. 주택단지 안으로 나란히 걸어가다 몇 발짝 뒤로 물러섰다. 내 우산에 부딪힌 빗물이 세라에게 튀었기 때문이다. 그녀의 꼿꼿한 뒷모습이 팔십 중반이라곤 도무지 믿기지 않는다. 제발, 갑질하는 백호주의 꼰대가 아니어야 할 텐데. 우산대를 꽉 움켜잡았다. 축 늘어진 내 바지가 바닥을 물걸레질하고 있다.

오늘의 첫 고객인 존슨의 정부 주택 앞에 도착하자 시간부터 확인했다. 10시. 집 안에서 괴이쩍은 음악이 흘러나왔다. 음악에서 무엇인가 생리적으로 격한 혐오감이 느껴진다.

바닷가의 묘지

들을수록 영혼의 허기 같은 것이 들러붙는다. 한때 어머니가 듣던 노래를 듣고 있는 기분이다. "…오브 더 소울" 찌릿찌릿, 마치 핏속에 미세한 바늘이 흐르고 있는 것 같다. 세라가 우의 모자를 벗으며 급히 현관문을 두드렸다. 나는 세라를 바라보며 머리카락을 쓸어 올렸다.

"제가 노크를 해 볼까요? 못 듣나 본데요."

"전화를 걸어 보자."

세라가 불룩한 우의 속에서 손가방을 꺼냈다. 그녀가 전화 거는 걸 보던 나는 허리를 구부리고 젖은 바지의 물기를 짜냈다. 흙물이 과즙처럼 주룩 흘러내렸다. 통화가 되지 않자 세라가 현관문 깔판에 대고 구두를 탁탁 털었다. 진흙이 내 얼굴에 튀어 올랐다. 유리창에 머리를 부딪쳐 가며 두 손을 세우고 집 안을 엿보려 했지만 암막 블라인드 사이로 보이는 것은 온통 어둠뿐이다.

세라가 우의 모자를 다시 썼다. 그녀가 이끄는 대로 벽을 돌아서 갔다. 귀퉁이를 따라 깊게 팬 굵은 바큇자국이 끝나고 유리문이 나타났다. 세라가 익숙한 동작으로 깨진 유리문 구멍에 손을 넣어 걸쇠를 벗겼다. 문이 열리자 그녀는 안으로 뛰어들었다. 잠시 뒤 들어오라는 손짓을 보내는 세라의 손목에서 빗물이 섞인 분홍색 피가 뚝뚝 떨어지는 것이 보였다. 문을 열다 깨진 유리에 베인 모양이었다. 느닷없이 귓속에서 불꽃이 터지는 것 같았다. 나는 두 손으로 귀부터 틀어막았다.

"존슨! 존슨!"

"사람이 없는 것 같아요."

"보나 마나 어디 처박혀 있겠지. 전에도 그랬거든. 날마다 혼을 빼 놓는 음악을 켜 놓고서."

어둑한 집 안 기색을 살피다 "제길, 얼어 죽을 영혼이라지." 한국말이 튀어나왔다. 다행히 음악이 내 목소리보다 더시끄러웠다. 휴지통을 뒤집어 놓은 것 같은 바닥에서 물컹한게 밟혔다. 이어서 진동하는 딸기 냄새, 순간 지난 일 년이안개 걷힌 늪처럼 떠올랐다.

멀티탭을 뽑으려던 세라가 딸기를 밟았다. "지저스 크라이스트!" 꼬꾸라지려는 세라에게 손을 뻗었지만 일 초 늦었다. 세라 대신 멀티탭을 세게 잡아당겼다. 정적! 소음이 멈췄다. 나는 귀를 문질렀다. 그녀가 일어나며 내는 끙, 하는소리가 갑자기 크게 들렸다.

소리가 멎자 딸기 냄새가 더 강렬해졌다. 냄새를 찾아 휴대폰 플래시를 들이댔다. 그러자 둔기로 맞은 것처럼 온몸이찌르르하더니 어떤 분노가 끓어올랐다. 이 많은 딸기가 어떻게 여기에, 셔츠를 끌어당겨 코를 감쌌다. 한 알 한 알 모두내가 피킹한 딸기 같았다.

세라가 소파 위의 부풀어 오른 무더기를 걷어 젖혔다. 이불 속에서 존슨이 나타났다. 나는 인상을 찌푸렸다. 존슨의거구가 반쯤 늪 속으로 빨려 들어가고 있는 것처럼 보였다.세라가 존슨을 흔들어 깨우다 화들짝 놀랐다.

바닷가의 묘지

"오 마이 갓, 평소 쉭쉭 하는 기관지 소리가 안 들려. 존슨의 목에서 나던 소리가."

세라가 존슨의 몸을 흔들다 출렁거리고 있는 복부 앞에 무릎을 꿇고 귀를 갖다 댔다. 휴대폰 플래시를 비추자 세라의 얼굴이 죽은 사람이 살아온 것처럼 낯설었다. 세라가 선생님이 출석을 부를 때 같은 목소리를 냈다.

"보이! 보이!"

나는 세라의 손목에서 떨어진 핏방울이 존슨의 배에 점점이 떨어져 있었지만 그대로 귀를 갖다 댔다. 아무 소리도 들리지 않았다. 블라인드를 뜯어 버려야겠다고 일어섰다. 블라인드는 꼼짝하지 않았다. 연장을 찾아보려고 플래시를 들이대는 곳마다 딸기뿐이었다.

"구급차를 부르셔야지요."

나는 수염과 머리가 긴 인물 포스터로 가려 놓은 스위치를 겨우 찾아냈다. 천장에서 껌뻑, 껌뻑 하던 불이 꺼져 버렸다. 다시 켰다 껐다 해도 불은 더 이상 반응을 보이지 않았다.

플래시를 들이대는 곳곳에 바늘처럼 내 눈을 찌르는 딸기, 나는 두 눈을 질끈 감았다. 눈을 뜨자 파란 동공을 깜뻑이며 허둥대는, 방금 마법에서 풀려난 것 같은 작고 노쇠한 백발의 노파가 있었다.

나는 존슨의 배에 올라탔다. 그의 배가 물컹물컹 파도쳤다. 중심을 꽉 잡고 두 손을 포개어 깍지를 꼈다. 존슨의 가슴에 얹은 두 손을 힘껏 누르기 시작했다. 필사적으로 눌렀다. 하나, 둘… 일곱, 여덟…. 내 어깨뼈끼리 부딪치는 것이 느껴졌다. 엉덩이에서 느껴지는 미미한 존슨의 체온에 한 방울의 희망을 걸고 사력을 다했지만 소용없었다. 육중한 비계에 짓눌린 허약한 장기들이 살려 달라고 외치는 비명이 들리는 것만 같았다.

나는 헐떡거리며 그를 응시한다. 블라인드를 내린 것 같은 눈꺼풀, 창백한 피부, 무용하게 벌어진 입술, 맥락 없이 돌아간 고개, 자신이 살아갈 날들의 주인이길 포기하고 어디론가 떠나 버린 얼굴, 옆에 서서 지켜보던 세라가 내 옷자락을 와락 잡아당겼다. 나는 그대로 나뒹굴어 큰대자로 누워 버렸다.

세라가 다시 존슨에게 달려들었다. 매미처럼 매달려 두 손으로 그의 입술을 좀 더 크게 벌려 보려고 안간힘을 다하는 세라의 얼굴이 붉은 열매 같다. 존슨의 입에 숨을 불어넣는 세라의 뺨이 풍선처럼 부풀다 꺼지기를 반복했다. 나는 세라를 밀어내고 다시 존슨의 배 위로 올라갔다. 허파가 터져라 숨을 불어넣다 말고 눈 감는 인형처럼 나가떨어졌다.

눈을 떴을 때 세라의 손에는 바늘이 들려 있었다. 총알이 박혀도 감각이 없을 것 같은 거대한 존슨의 급소를 바늘이 겨냥했다. 세라가 손을 파르르 떨며 너무 하얘서 밀가루 같은 존슨의 심장 부위를 찔렀다. 나는 움찔움찔 놀라면서도 바늘 끝에서 눈을 뗄 수 없었다.

"보이, 냉장고에 가서 얼음 좀!"

212   바닷가의 묘지

딸기를 밟지 않으려고 경중경중 뛰어 냉장고로 달려갔다. 계단 아래서 발견한 냉장고 문을 열다 나는 화들짝 놀랐다. 냉장실과 냉동실은 온통 딸기로 가득했다.

냉동 딸기 한 덩이를 들고 되돌아갔을 때 세라는 고함을 지르며 통화 중이었다. 존슨의 입에서는 거품이 뒤섞인 침이 흘러나와 있었고, 심장이 다시 뛰고 혈액이 돌기 시작했다. 이어서 오른팔을 움직이더니 머리를 조금 비틀었다. 하지만 무겁게 닫힌 눈꺼풀은 그대로였다. 헝클어진 노랗고 긴 머리카락과 텅 빈 얼굴을 바라보고 있을 때 존슨이 으으, 소리를 흘렸다. 전화를 끊은 세라가 그의 입에 냉동 딸기를 문질러 넣었다.

"바위, 구급차가 빨리 와야 할 텐데. 200킬로그램이나 되는 이 거구의 이송이 탈 없이 잘 될까?"

"걱정 마요, 요즈음 장비들이 굉장히 발달했어요. 문제는 시간입니다."

"온라인으로만 식품을 구매하는 존슨이, 이 많은 딸기를 어디서 구했을까? 분명 조력자가 있었겠지."

세라가 현관문을 열려고 시도하다 포기하고 존슨을 잘 지켜보라며 들어왔던 뒷문으로 나갔다. 나는 존슨을 지켜보느라 계속 눈두덩을 문질렀다. 진공에 갇힌 것 같은 시간이 더디 흘렀다. 도대체 존슨의 부모는 어디 갔나? 내 불평이 머리끝까지 차올랐다. 하지만 무사히 추천서를 받고 일자리를 구하려면 묵묵하게 협조하는 것이 최선이란 마오리 녀석의 조언이 불만을 잠재웠다.

아버지처럼 개죽음을 하지 않을 것이다, 결코 아버지처럼. 무슨 얼어 죽을 이념이라고. 타워 꼭대기에서 추락한 아버지가 안겨 준 충격으로 현실의 맥락을 놓아 버린 어머니는 이단 종교에 빠져들었다. 어머니가 매일 외우던 책에서 본 사진이 65년간 세라가 봉사했다는 자선 기관 창시자의 얼굴과 비슷했다. 긴 머리와 수염 때문일 테지만, 얼핏 보면 유사하게 느껴졌다. 그러나 유사하게 보이는 것과 동일한 것은 분명 다르다. 악을 품은 존재일수록 화려하거나 섬세하고 정교하게 포장하기 위해서 선한 자의 가면을 두껍게 눌러쓰고 활약한다는 사실을 어머니를 통해서 목격했다. 그러한 경험이 무서운 내성을 뿌리 깊이 심어 주었다. 아버지와 어머니를 잃고 눈물이 하찮게 여겨졌다. 땀샘만 있다면 얼마든지 세상을 헤쳐 나갈 수 있다고 입을 앙다물었다.

밖에서 구급차 소리가 들렸다. 나는 더 이상 참지 못하고 뒷문으로 뛰어나갔다. 그새 비는 그쳤지만, 바깥은 음산하기만 했다. 세라가 구조대원과 빠르게 말을 주고받으며 마주 오고 있었다. 아무리 귀를 쫑긋 세워도 구조요원들의 말은 절반도 알아들을 수 없었다. 그나마 세라의 말이 귓속으로 흘러 들어온 건 내가 이미 정황을 알고 있었기 때문일 것이다.

'존슨은 오늘 첫 고객이다. 우리는 지금 반쯤 혼이 빠져 제정신이 아니다. 고작해야 자선단체 봉사자인 우리가 존슨의 비상 연락처를 어떻게 알겠는가? 이전에도 놀란 적이 있었지만, 오늘은 불이 나간 상태라 더했다. 거기다 온 집 안을 장악한 딸기와 시끄러운 음악이 혼을 빼 놓았다. 이불을 들추었을 때야 알았다. 존슨이 의식을 잃었다는 걸. 어두워서 전자 침을 놓는 데 애를 먹었다. 우리는 존슨이 29살의 과체중 장애인이란 것만 알고 있다.'

존슨의 나이가 나와 같다는 말에 나도 모르게 입을 딱 벌렸다. 안으로 들어온 구조대원이 출입문 잠금장치를 노루발 장도리로 부숴뜨리는 것을 보는 세라의 표정이 잔뜩 굳어 있다. 구조요원들은 서로 말을 주고받으며 신속하게 움직였다.

"이 사람, 바늘 딸기를 먹은 게 아닐까?"

"식도가 막혀 의식을 잃은 것 같은데. 하임리히법을 시도해?"

"과체중이라 불가능할 것 같으니까, 빨리 병원으로 이송하자고."

"체중이 아니라 비계가 문제라니까. 몸이 출렁출렁해서 말이야."

"보통의 큰 체격과는 다른 방법을 시도해야 해."

구조요원들이 존슨의 몸 아래로 노란 들것을 밀어 넣었다. 단 몇 초 만에 들것이 반듯하게 펴지더니 바퀴가 튀어나왔다. 환자 탑승이 완료된 걸 확인한 구조대장이 세라를 향해 재촉했다.

"빨리 타세요."

"나요? 못 가요. 지금 당장 길거리에 나앉을 사람을 구하러 가야 해요. 보나 마나 지금쯤 그 사람 목이 빠져 있을 겁니다."

"그럼, 누가 가죠? 저 청년은?"

"저 코리언 보이는 실습 첫날이고. 아무려면 우리가 홈리스를 구제할 순 있겠지만, 환자를 죽이거나 살리는 데 무슨 도움이 되겠어요. 빨리 출발하세요."

구조대장이 세라의 전화번호를 받아 적자마자 구급차는 속력을 냈다.

나는 구급차가 떠난 길 쪽으로 시선을 두고 말했다.

"존슨은 무사할 테니 걱정 마요."

내 말이 미래의 확신이 되리란 예감이 들었다.

"바위, 똑똑히 들어! 죽는 건 아무것도 아니다. 사는 게 장난이라고 가정한다면."

잠시 나의 뇌 곳곳에 흩어져 저장된 어머니의 잔상이 솟구쳤지만, 어떻게 해서 딸기가 존슨 집에 쌓여 있는지 궁금해서 견딜 수가 없었다.

"그런데, 그 많은 딸기가 왜 그곳에 있었죠?"

"며칠째 슈퍼마켓에서 바늘 들어간 딸기를 폐기하잖니. 존슨이 죽음을 마다하지 않고 게걸스럽게 딸기를 먹은 거다. 존슨의 배에는 거지가 살아. 수상한 건, 뒷마당에 나 있던 바큇자국이다."

나는 구급차가 존슨을 싣고 스쳐 갔을 갓길에 서 있는

1988년 모듈 엘란트라를 걱정하기 시작했다. 구름을 뚫고 나온 해가 약 100미터 전방의 차를 겨냥했다. 페인트칠이 벗겨진 차의 초라한 몰골이 보였다. 나란히 걷던 세라가 물었다.

"한국 이름이 뭐라고?"

"Bawi요. 그러니까 Rock이란 뜻이죠."

아버지가 일 잘하는 사람으로 성장하라고 작명해 주었다는 해석은 그녀에게 아무런 의미가 없을 것 같았다. 하지만 아버지의 바람처럼 이름은 늘 내게 뭔가를 명령했다.

"서둘러. 그 작자 벌써 쫓겨나 길바닥에 나앉았을걸."

자신이 갑이고 내가 을이란 세라의 말투가 매번 껄끄럽게 들렸지만 잽싸게 뛰어가 조수석 문을 열었다. 안전벨트 착용을 도와주려는데 세라의 몸에서 딸기 냄새가 진동했다. 보나마나 내 몸에도 들러붙었겠지. 냄새 걱정을 접고 시동부터 걸었다.

크르럭 크륵, 크르륵 크륵 크르륵…. 스타트가 되지 않았다.

*

오후 2시 30분, 런들 에비뉴 78번지에 도착했을 때 고객은 그곳에 없었다. 존슨을 구조한 데다 NRMA(로드 서비스)를 불러 차를 고치느라 4시간이 지연되었다. 보딩 하우스 관리자는 문을 열어 주기는커녕 도어폰에 대고 사라진 사람을 비난했다. 세라가 다시 한번 고객의 행방을 묻자 방세를 떼먹고 도망갔다면서 당장 욕설이 흘러나왔다. 어디로 떠났는지 알 길이 막막했다. 세라가 가슴에 성호를 그었다.

"갓 블레스 힘!"

"바위, 홈리스 한 명이 더 늘어났다."

*

세 번째 고객의 현관문은 활짝 열려 있었다. 두세 살배기 여자아이가 쪼르르 먼저 달려 나오고 뒤이어 할머니가 얼굴을 내밀었다. 아이를 안아 올리며 호들갑스럽게 반기는 주인을 따라 들어간 집 안 곳곳에 장난감들이 뒹굴었다. 세라를 따라 소파 한쪽에 엉덩이를 걸쳤다.

"린디루, 많이 기다렸죠? 일이 좀 있어서요."

"의식을 잃은 존슨을 돕느라 늦었습니다."

세라가 내 옆구리를 툭 치며 입술에 손가락을 세웠다. 그리고 내 소개를 했다.

"바위는 코리언."

나는 미소를 지으며 고개를 숙였다. 린디루가 눈을 가늘게 뜨고 나를 쳐다보았다. 뭔가 경계하는 눈치였다.

"린디루, 아들이 딸내미 많이 보고 싶어 하죠?"

"가끔 사진을 보내요. 7년만 기다리면 실컷 안아 보게 될 텐데요. 하지만 시간이 고인 물 같다오."

218 　　　　　　　　　　　　　바닷가의 묘지

세라는 파일에 활동 내용을 기록하면서도 쉬지 않고 린디루와 말을 주고받았다. 그때 심심해하던 아이가 가까이 와서 내 눈을 빤히 쳐다보았다. 그리고 내 옷에 대고 큼큼 냄새를 맡다가 할머니 옷자락을 당기며 떼를 썼다.

"할머니 딸기 먹고 싶어."

"아가야, 지금 냉장고 딸기를 꺼내 먹으면 안 돼. 바늘이 들어 있어.

린디루가 아기에게 입을 맞추었다. 그러다 바닥에 누워 두 다리를 휘저어 대는 아이 엉덩이를 때렸다. 아기가 울자 짜증이 솟구쳤다. 세라가 식품 구매 카드 일련번호를 기록하라고 내게 지시했다. 세라가 카드 6장을 린디루의 한 손에 올려 주면서, 다른 손에서 자선 기관에서 대납해 줄 전기세, 물세, 가스 요금의 고지서를 받아 손가방에 넣었다.

밖으로 나오자마자 세라가 정색하며 말했다.

"바위, 고객의 개인 정보를 누설해선 안 돼. 존슨 사건은 우리만 알고 있어야 해. 그게 자선 기관의 룰이거든."

이럴 땐 어떻게 대답해야 할지, 갑자기 내가 하찮은 존재가 된 것 같았다. 몰린 궁지에서 빠져나오듯 말을 돌렸다.

"그런데, 린디루의 아들은 무슨 일로 교도소에 갔죠?"

조수석 문을 열어 주자, 세라가 올라탄 뒤 방문할 고객의 파일부터 펼쳤다.

"응, 마약을 한 뒤 아시안 숍을 털다 사람을 해쳤어. 이건 우리 봉사자들끼리만 아는 비밀이다."

나는 고개를 끄덕였다.

"바위, 기억해 둬. 고객을 가르치려고 해선 안 돼. 그들은 그들대로 최선의 삶을 산다고 자부해. 우린 말없이 도와주되 따지고 판단하는 건 금물이지."

그들이 꼼수를 써서 자선 기관을 이용하는 것은 아닐까요? 절약하고 형편에 맞게 살면서 일을 하면 되지 않나요? 호주 정부는 저소득층에게 주거비, 생활비, 의료비 같은 많은 혜택을 준다고 들었는데. 세라가 하게 될 응답이 궁금했지만 추천서 걱정에 말을 아꼈다. 세라가 파일에서 시선을 떼지 않고 말했다.

"바위. 다음 고객은 흠, 지적 장애인 네 명이 한 집에 모여 사는 곳이다. 보나 마나 장애인 수당을 받아 담배나 정크 푸드 같은 것으로 탕진해 버렸겠지. 갬블을 했거나."

"갑자기 무슨 사고를 당한 건 아니겠죠, 세라?"

"사고? 떳떳한 일이라면 우리에게 도움을 요청하기 전에 곧장 정부 기관에 요구했겠지. 우린 법의 테두리 밖에서 자애를 베푸는 거다."

세라가 고객의 파일을 앞뒤로 뒤집어 읽고 있는 동안 참고 있던 궁금증이 튀어나왔다.

"존슨 씨의 거실 벽에 걸려 있던 사진들이 존슨 씨 맞나요?"

그가 실려 나갈 때 본 사진 하단 글씨는 분명 존슨이 맞았다.

바닷가의 묘지

"아, 그 사진, 비대해지기 전의 존슨?"

세라가 말하며 얼굴을 찌푸렸다. 쓰러져 있던 거대한 존슨과 벽에 걸려 있던 사진들이 도무지 연결되지 않았다. 나는 말없이 차를 몰았다. 세라는 초조한 표정으로 앉아 있다가 회전교차로가 보이자 "좌회전!" 하고 소리쳤다. 좌회전을 해서 몇 미터 지나자 멀리 늪이 보였다. 차는 늪을 벗어나 좁은 골목으로 접어들었다. 일방통행로에 바퀴를 꼬아 돌려서 간신히 곡예 주차를 했다.

14번지 현관 벨을 눌렀다. 여자가 우는 아기를 달래며 문을 빼꼼 열었을 뿐, 그곳에 그들은 없었다. 오히려 벨 소리에 아기가 깼다면서 항의를 했다. 세라가 고개를 갸웃거리며 오른쪽 12번지와 왼쪽 16번지, 길 건너 15번지까지 벨을 누르고 다니는 걸 나는 말없이 따라다녔다. 헛수고였다. 거듭되는 헛수고에 화가 나고 배가 고팠다. 한국 음식이 간절했다.

삼각김밥 한 줄이면 영혼이라도 꺼내 줄 것 같았다. 검은 김밥들이 날개를 달고 눈앞을 휙휙 날아다녔다. 추천서를 잘 받으려면 배고픔 정도 참을 줄 알아야지! 바싹 마른 입술을 핥으며 스스로를 달랬다.

일방통행로를 돌아 나오는데 귀에서 이상한 소리가 울렸다. 또 엔진에 문제가 생긴 건가, 잠시 숨을 죽였다. 소리의 진원지는 내 위장이었다. 꼬르륵꼬르륵, 너무 배가 고팠다. 그때 세라가 내 머릿속을 스캔이라도 한 것일까, 파일에서 고개를 들었다.

"잠깐, 바위. 배가 고파서 안 보였을 수도 있어. 바위는 그런 경험 없어? 사람이 말이다, 배가 고프면 눈앞에 실체를 들이밀어도 못 본다니까. 3시가 지났어. 뭘 좀 먹고 다시 찾아보자."

갓길에 차를 세웠다. 비가 그친 하늘에서 뙤약볕이 쏟아졌다. 조수석으로 돌아갔을 때 세라가 발밑에서 초록색 백을 들어 올렸다. 백을 받으려고 몸을 숙이는데 허리가 접혀 앞으로 꼬꾸라지려고 했다. 유칼립투스 나무 아래 놓인 벤치를 발견하고 앉았다. 그곳에서 늪이 바라다보였다. 세라가 딸기주스 병으로 늪을 가리켰다.

"이른 아침이면 이곳에서 하얀 안개에 덮인 늪을 볼 수 있지. 지금 보이는 저 칙칙하고 검고 어수선한 늪이 안개에 감쪽같이 사라진단다."

어머니 생각이 나서 그만 엉뚱한 말을 하고 말았다.

"자신의 정체를 숨기려고 하얀 가면을 덮어쓴 것 같겠군요."

끝이 보이지 않는 늪이었다. 세라가 백에서 삶은 계란과 찐 고구마를 꺼냈다.

"체하지 않게 조심해서 먹어야 한다. 바위 아버지는 무슨 일을 하시지?

"돌아가셨어요. 노동자의 신이란 불멸의 이름을 남기셨죠."

222   바닷가의 묘지

나는 달걀을 집어 이마에다 내리쳤다. 달걀이 퍽 깨지면서 물이 쏟아져 세수를 하는 것처럼 흘러내렸다. 계란에 생각지도 않은 물이 들어있었다. 입술에 흘러내리는 미지근한 물과 함께 하얗고 말랑한 걸 통째로 입속에 밀어 넣었다. 세라가 내 얼굴을 빤히 쳐다보았다. 햇빛을 받은 세라의 얼굴에 검버섯이 딸기 열매처럼 점점이 도드라졌다. 세라는 딸기 주스로 목을 축여 가며 소리 나지 않게 오물오물 고구마를 씹었다. 사슴이 풀을 씹는 모습을 보는 것 같았다. 나는 한 번 씹어서 꿀떡 넘겼다. 캑 캑 캑…. 눈물이 터졌다.

"뭐라고 했어, 체한다고 조심하랬지?"

세라가 휴대폰이 떨어진 줄도 모르고 내 등을 탕탕 두드리며 딸기 주스를 내밀었다. 나는 두 손을 휘저었다. 딸기 냄새가 코끝에 닿기도 전에 마음이 강하게 거부했다. 떨어지면서 펼쳐진 세라의 전화기 케이스에 젊은 청년이 보였다. 흑백사진이었다.

"아들인가요?"

"아들? 흐흐흐. 바위 아버지는 열심히 일하다 돌아가셨다고? 유복자인 나는 바위가 부럽다."

세라가 전화기를 줍더니 다른 사진을 꺼냈다. 나무 한 그루 안 보이는 허허 벗은 산자락에 눈이 희끗희끗 쌓인 풍경은 어디서 많이 본 것 같았다. 철모를 쓰고 목에는 긴 타원형의 쇠붙이, NX31777- 군인 인식표가 걸려 있었다. 인식표 끝자리는 낡아서 보이지 않았다. 옆구리에 낀 개런드

소총이 눈을 찔렀다. 죽임의 도구에 내 촉이 민감하게 반응했다.

"엄마는 평생 파이를 구울 수밖에 없었지, 유복녀인 나를 키우려고. 부활절과 크리스마스 그리고 안작 데이Anzac Day를 제외하곤."

"우리 아버지도요. 아스라한 탑에 올라가 날마다 용접했어요."

"바위, 일을 많이 하는 것이 불행한 것은 아니다. 아직 일 많이 해서 죽는 사람을 나는 보지 못했거든. 그런 건 나치 강제 수용소에서나 있었을 법한 일이지."

"…."

"알츠하이머만 안 걸렸어도 엄마를 부산에 모시고 갈 수 있었는데. 내가 교사가 될 때를 기다렸다가 갈 계획이었지. 방학을 이용해서 말이다. 어머니는 내 대학 졸업 전에 일을 놓으면 죽는 줄 아셨거든."

세라가 사진 한 장을 더 꺼냈다. 유엔 국립묘지였다.

"부친께서 6·25 호주 참전 용사로 전사하셨군요. 언제 제가 모시고 가면 안 될까요?"

추천서를 잘 받기 위해 한 말은 아니었다. 순간적으로 튀어나온 진심이었다.

"바위 어머니는?"

그때 전화벨이 울렸다. 세라가 한 손가락으로 아이콘을 밀며 다른 손가락으로 서쪽을 가리켰다. 그리고 뛰듯이 걸어

바닷가의 묘지

갔다. 나는 그녀가 가는 곳으로 멀리 시선을 던졌다. 거기가 어딜까, 알 수 없었다. "세라, 늪으로 사라지면 안 돼요." 목구멍에 계란 노른자가 막혀서 말이 제대로 나오지 않았다. 나는 손등으로 눈물을 닦으며 끝이 보이지 않는 늪을 바라보았다. 딸기밭도 끝이 보이지 않았다.

호주에 도착해서 처음 본 하늘은 잘 닦은 유리처럼 높고 맑았다. 당장 무슨 일이든 닥치는 대로 하기로 했다. 딸기를 피킹하는 일이 나를 기다리고 있었다. 먼저 유튜브와 인스타를, 기본 계정만 남기고 이메일부터 차단했다. 딸기 농장의 피커 대부분은 나보다 어렸고 팔다리가 길고 뼈가 굵은 종족이 많았다. 워홀 시계로 읽는 내 나이는 이미 환갑이었다. 이상하게 호주 청년들은 보이지 않았다. 종일 햇빛이 들지 않는 한국 사무실에서만 일했던 과육처럼 물컹물컹한 내 근육이 강한 햇볕을 받자 저절로 움츠러들었다.

새로운 세계에서도 경쟁은 치열했다. 처음 며칠은 사력을 다했지만 기본 수확량에 미달했다. 죽고 싶었다. 일주일쯤 지나자 기본은 채우게 되었다. 그때부터 자신감이 생겨났다. 목표가 달라졌다. 어떻게 해서든지 남들보다 더 많은 성과를 올리려고 미친 듯이 육체를 혹사하기 시작했다.

어둠이 걷히기 전에 벌떡 일어나 교주의 지령을 받은 광신자처럼 딸기밭으로 달려갔다. 여명이 밝아 오는 딸기밭에서 온몸에 곰보 자국 같은 까만 열매를 달고 있는 딸기가 녹색 트레이에 떨어지는 소리가 톡 톡 톡, 귀에 익숙해져갔다.

몸을 착취하자 불만과 불평을 할 시간이 없었다.

때가 낀 새까만 손톱, 경련을 일으키는 무릎관절, 끊어질 것 같은 허리, 찌르르한 어깨, 두 뺨에 흐르는 땀, 얼얼한 팔목, 손가락 관절의 통증, 아무리 가혹하게 다루어도 육체는 견디어 냈다. 육체의 완전한 소진이란 없었다. 죽음 같은 잠에서 깨어난 다음 날이면 충전된 몸으로 로봇처럼 일을 하러 나갔다.

해가 뜨기 전에 많은 일을 해야 했다. 해가 떠오르면 몸의 움직임이 느려졌다. 챙이 넓은 모자에 보자기를 덮어쓰고 목에는 면 수건을 감았다. 해가 높아질수록 땀의 용량이 늘어났다. 이마에서 흐른 땀이 목덜미와 가슴팍에서 삐쳐 나온 땀과 만나 배꼽 아래까지 또르르 굴러 내리거나 등줄기를 타고 흘러 아랫도리를 적셨다. 바람이 불면 얼굴의 땀방울이 사선으로 날아갔다.

끊임없이 목이 말랐다. 그럴 때마다 딸기로 목을 축였다. 시간을 뺏기지 않으려고 딸기밭 한가운데서 점심을 먹고 페나돌 두 알을 삼켰다. 그래야 마감까지 견뎌 낼 수 있었다. 마우스를 잡고 그림을 그리던 내 손가락이 딸기 피킹을 하면서 무력한 신을 닮으려고 애썼고, 나는 하루도 빠지지 않고 최고의 피킹 기록을 올렸다. 놀랍게도 내가 딸기의 신이 되어 있었다.

목을 길게 빼고 서쪽을 쳐다보며 세라를 기다리지만 세라는 나타나지 않는다. 늪이 음험한 가면을 쓰고 세라를 삼켜

바닷가의 묘지

버린 건 아니겠지? 이럴 땐 내가 어떻게 해야 하지?

몸이 노동에 익숙해지자 근육의 하수인이 된 위장이 닥치는 대로 딸기를 먹어 치웠다. 딸기잼, 딸기 샌드위치, 딸기 시리얼, 딸기 셰이크, 딸기 피자…. 딸기가 만들어 낸 근육이 정신을 둔중하게 길들여 갔다.

한국에서도 바보처럼 꾸역꾸역 일만 하며 살았다. 매일 여덟 시간 근무, 거기에 시스템이 강요하는 야근까지. 좁은 공간에 앉아 종일 퇴근이 몇 시간 남았는지, 목이 빠지게 휴가를 기다렸다. 취직한 뒤 간신히 고시원에서 탈출했지만 안착한 곳은 늪처럼 깊은 반지하였다. 지상으로 올라가기를 꿈꾸던 어느 날 번쩍 정신이 들었다. 기억상실증에서 깨어난 것처럼 스물아홉이라는 나이가 소름 끼쳤다. 내 손가락이 저절로 워홀 사이트를 검색하기 시작했다. 신청 일주일 후 비자 발급, 한 달 후 호주로 날아왔다.

바야흐로 딸기 피킹 시즌이 찾아왔다. 하지만 탐스러운 딸기를 피킹하던 워홀들은 고장 난 시계처럼 손을 놓아야 했다. 바늘이 들어간 딸기를 먹은 어린아이가 병원으로 실려 가는 일이 발생했다. NSW에서 시작된 사건은 호주 전역으로, 다음 날은 이웃 나라 뉴질랜드에서도 누군가 바늘 딸기를 먹었다.

호주 사회는 당장 이방인 워홀을 의심했다. 피킹 수당을 올리려다 실패하자 워홀들이 밀약해서 벌인 짓이라는 제보 형식의 SNS 몇 개가 떴다. 빛처럼 빠르게 소문이 인터넷에 퍼져 나가고 사람들은 사실로 받아들였다. 지금도 딸기 피킹을 했던 모든 워홀들이 잠재적 범인으로 몰려 있는 상황이다.

멀리서 세라가 오고 있는 것이 보였다. 나도 모르게 세라를 마주 보고 달려갔다. 가까이 다가갔을 때 세라는 잔뜩 화가 나 있었다.

"화장실 찾기가 낙타가 천국에 들어가기보다 더 어렵네. 그건 그렇고 존슨이 바늘을 먹었다고 해. 내 그럴 줄 알았어. 설마 존슨이 극단적 선택을 한 건 아니겠지. 바위는 딸기 농장에서 일 안 했지?"

세라는 말도 안 되는 비유를 구사했다. 나는 죄 없이 궁지에 몰린 기분이 들었다. 사오일 전까지 딸기 피킹을 했어요, 라고 말을 하게 되면 그대로 그 말에 휩쓸려 버릴 것 같았다.

"그럴 리가요."

"멍청한 인간 같으니라고. 폐기하는 딸기를 먹어 치우다니, 존슨 말이다. 그런데 왜 어떤 경로로 그 많은 딸기가?"

나는 말을 꿰맞추는 기분으로 대답했다.

"누군가 트럭으로 배달을 했다고 추측할 순 있죠, 뒷문으로요."

"자선 기관에서 존슨에게 얼마나 많은 식품 구매 카드를 제공했는지 바위가 안다면 기절초풍할 거다. 바늘 딸기까지 먹어 치워야 할 정도로 배 속에 거지가 들어 있다면, 누가 그 블랙홀을 채워 줄 수 있단 말이니? 보통 위장이면 자선 기관

바닷가의 묘지

에 손을 벌리지 않아도 돼. 정부에서 집과 생활비, 거기다 각종 혜택을 주지 않니. 체중이 많이 나간다는 여건으로."

나는 거실에 걸려 있던 존슨의 홀쭉한 사진을 떠올렸다.

"살이 불어난 건 체질적 원인일 수도 있겠죠."

"호주 경찰이 워홀을 겨냥해 범인 추적 중이란 아침 뉴스 봤어? 바위는 호주에 와서 무슨 일을 했지?"

허를 찔린 것 같았다. 나는 세라의 표정을 살피며 양손으로 머리카락을 번갈아 쓸어 올렸다. 양심이 찌릿했다. 짐짓 시치미를 뚝 떼고 말을 돌렸다.

"앞으로 장애인 돌보는 일을 하려고요."

바늘 사건이 터진 날 워홀들이 합숙소에다 짐을 꾸려 놓고서 막 밤길을 떠나려던 참이었다. 밀린 임금을 받지 못해 우울한 표정으로 서로를 힐끔대고 있었다. 가까운 기차역까지 타고 갈 네 대의 고물차가 대기 중이었다. 스물한 명 가운데 누군가 이별 파티라도 하고 떠나자고 제안했다. 먼저 모기를 쫓으려고 모닥불을 피우고 하나둘 불 주위에 모여 앉았다. 뉴질랜드 마오리 녀석이 달려가 'XXXX 골드' 두 박스를 짊어지고 돌아왔다. 가까운 공장에서 생산되는 맥주였다. 뒤이어 일본 녀석은 스시, 독일 녀석은 소시지, 이탈리아 녀석은 피자를 내놓았다.

마오리 녀석이 맥주를 한 병씩 돌리며 너스레를 떨었다.

"여러분! 이 맥주를 미국에 수출했다가 망한 것 알아요? 사람들이 XXXX를 콘돔으로 오인해 버렸거든요."

마오리 녀석이 내 옆에 와서 앉았다. 나는 비자 연장을 못 하게 되었다고 불퉁거렸다. 농장에서 일한 대가로 1년 비자 연장을 할 계획이었다. 녀석의 연락처를 저장하다 보건의료 행정 수료증을 들키고 말았다. 녀석이 대한민국 육군 마크에 강한 호기심을 보였다. 이런저런 내 설명을 듣던 녀석이 호주 장애인 기관에서 일할 수도 있을 것 같다고 말했다. 나는 앉은 자리에서 검색하기 시작했다.

약 한 시간 뒤 달빛에 도깨비가 나타나 춤을 출 것 같은 딸기밭을 뒤로하고 고물차를 밟았다. 밤새 주 경계를 넘으며 바퀴가 달아나버릴까 봐 조마조마했다. 그날로 나는 자선 기관 본부를 찾아갔고, 삼 일이 지났다.

옆에 앉은 세라의 손가방에서 전화벨이 울렸다. 전화기에서 왁자한 남녀 목소리가 흘러나왔다. 찾아갔다 실패한 고객들이었다. 세라가 주소를 수정하며 못 믿겠다는 듯 투덜거렸다. 나는 생각할수록 오늘 운전을 하겠다고 억지를 부린 게 불길하게 생각되었다. 점수를 잘 받겠다는 성급한 욕심 때문이었다. 고개를 푹 숙이고 있는 내게 대고 세라가 다그쳤다.

"바위, 빨리 가자."

그때 다시 전화벨이 울렸다. 전화는 금방 끝났다.

"존슨이 퇴원한대. 바늘은 무사히 제거했고."

이미 전화기에서 새어 나온 말을 들었으나 그녀가 너무 엄중하게 말하는 바람에 두 손을 쳐들어 놀란 척해 보였다.

230

세라는 조금 전 고객과의 약속은 까맣게 잊어버린 듯 남은 음식과 음료수 병을 쓸어 담았다. 그리고 허둥대며 내 등을 떠밀었다.

"바위, 뛰어가서 먼저 시동을 걸고 있어."

차를 향해 뛰어가는데 마른하늘에서 번개가 번쩍하더니 천둥이 울렸다. 잠시 뒤 헉헉대며 뒤따라온 세라는 하늘을 올려다보며 스스로 조수석에 올라탔다. 나는 운전석 문을 소리 나게 닫고 시동을 걸었다. 크르럭 크륵, 크르륵 크륵 크르륵….

"또 시동이 안 걸리는 거야?"

"분명히 주차할 때만 해도 엔진 소리가 괜찮았는데."

"엔진 트러블이면 곤란한데. 10분 안에 가야 하는데! 큰일이네. 어때? 다시 시동을 걸어 봐."

"크르럭 크륵, 크르륵 크륵 크르륵."

"혹시 배터리 나간 거 아냐?"

"오전에 엔진 수리하고 셀프 클리닝 하는 것 보셨잖아요. 건데 왜 또."

"자동차 배터리 나갔을 수도 있으니까, 그거 확인부터 해 봐."

세라가 우의를 껴입더니 먼저 밖으로 튕기듯 나갔다. 보닛을 열고 엔진을 들여다보는데 점점 거칠어지는 비가 바늘처럼 목을 찔렀다. 빗방울이 차 지붕에 떨어지며 팅팅 소리를 냈다. 보닛을 때린 빗물이 튀어 올라 눈을 뜰 수 없었다.

세라가 뒤에 서서 발을 동동 굴러 대는 통에 정말이지 뚜껑이
열려 버릴 것 같았다.

"불량 엔진 아냐? 아시아 차지? 무슨 브랜드야, 이 차?"

한국말이 튀어나왔다.

"사람 무시하네."

"아침부터 고물 차를 들이대며 운전하겠다고 뻑뻑 우기
더니, 것 봐. 도대체 이게 몇 번째야?"

"겨우 두 번째잖아요."

"엔진은 어떠냐고?"

"뭐라고요? 지금 보고 있잖아요. 안 보이세요?"

나는 곧 내가 인내심을 잃어버리리란 걸 직감했다. 한국
으로 돌아가도 상관없었다. 이제 추천서와 일자리 다 끝났
다. 한국말로 중얼거렸다.

"자기 입장밖에 모르는 백호주의 늙은이 같으니라고. 말
로만 듣던 진짜 꼰대네."

눈치가 빠른 늙은이가 내 표정을 읽은 모양이었다.

"무슨 말이 그래?"

"지금 화내시는 건가요?

"화 안 냈어."

"화내고 있잖아요. 왜, 화내세요?"

"화 안 나게 생겼어? 택시를 불러야겠다."

"차는 어떻게 하고요."

"지금…. 헉, 차가 중요해?"

232   바닷가의 묘지

이삼 개월 전 비자가 끝나 귀국하는 녀석에게 차를 거저 넘겨받았다. 아니다, 녀석의 여자친구 선물로 코알라 인형을 사 주었다. 딸기를 피킹해 번 피 같은 돈 일백 달러를 투자했다. 몇 번이나 차를 수리했는지 다 기억하기도 힘들다. 고장이 나서 돈이 들어갈 때마다 길바닥에 버리고 싶었지만 그러지 못했다.

*

택시에서 세라와 나는 한마디도 하지 않았다. 굳은 얼굴로 앉아 있던 세라는 택시기사의 농담에도 대답하지 않았다. 세라가 요금을 지급한 뒤 바삐 내렸다. 다행히 빗줄기는 가늘어져 있었다. 나는 택시에서 내리지 않고 떠나려다 순간 마음을 바꾸었다. 언제든 기회가 되면 떠날 것이다. 더 이상 남아 있어야 할 이유가 없었다.

도착하고도 남았을 시간인데 구급차도 존슨도 안 보였다. 세라가 부재자 전화를 확인하든 맹꽁이 열쇠와 씨름을 하든지 나는 계속 모르는 척 고개를 돌렸다. 추천서고 뭐고 다 포기하기로 하고 귀국을 결정하자 억눌렸던 마음이 자유로워졌다.

세라가 임시로 설치한 맹꽁이자물쇠를 열었다. 고개를 디밀자 썩어 가는 딸기가 발산하는 악취에 토할 것 같았다. 시간이 초조하게 흘러갔다. 나는 목을 길게 빼고 벽에 걸린 존슨의 옛날 사진을 힐끔거렸다. 어느새 감정이 누그러진 나는 살아 돌아올 존슨을 빨리 만나고 싶었다.

얼추 한 시간을 기다렸을 때 멀리서 사이렌 소리가 들렸다. 드디어 존슨이 오고 있었다. 점점 가까이 다가온 사이렌 소리가 멎고 눈빛이 날카롭고 형형한 남녀 경찰이 차에서 내렸다. 그들은 벨트에 주렁주렁 달린 무기를 만지작거리며 내 앞을 지나갔다. 나는 짧게 눈인사를 했다. 세라가 두 손을 휘저으며 그들에게 다가갔다.

"무슨 일입니까?"

남경이 안으로 들어가 딸기에 대고 셔터를 누르기 시작했다. 세라가 여경을 붙들고 존슨의 거취를 물었지만 청각장애인처럼 안으로 뛰어 들어갔다.

한참 뒤 지문을 채취하던 여경이 붓질을 멈추고 우리 앞으로 다가왔다.

"딸기에 바늘을 넣은 사회 안전을 위협하는 광적인 범죄 집단의 정체를 추적하고 있습니다."

나는 양손으로 머리카락을 번갈아 쓸어 올렸다. 세라가 물었다.

"워홀 집단 말인가요?"

"반사회적 인물들 짓입니다."

세라는 졸린 사람처럼 눈을 반쯤 감았다. 표정이 복잡해 읽기가 힘들었다. 나는 여경의 말에 바짝 귀를 세웠다. 세라가 반쯤 감은 눈 그대로 반문했다.

바닷가의 묘지

"반사회적 집단이라면?"

"정상에서 벗어난 기형적 사고로 악을 퍼뜨리는 종교 집단이에요."

이단 종교가 앗아간 어머니를 떠올렸다. 나는 두 주먹을 불끈 쥐었다. 뒤이어 입을 앙다물고 벽을 내리쳤다. 주먹에서 피가 떨어졌다. 세라는 내 손의 피 같은 것은 아랑곳하지 않았다.

"뭐가 잘못된 거겠죠."

여경이 고무장갑을 벗으며 대답했다.

"딸기 공급책과 바늘 주입 지령을 내린 교주의 덜미를 잡았어요. 미국에 본부를 둔 교주가 존슨을 비롯한 호주에서 활약한 수십 명 신도들에게 바늘 딸기를 삼키고 극단적 선택을 하란 지령을 내렸고요."

그때 사진을 찍던 남경이 여경을 불렀다. 남경의 눈빛이 광섬유처럼 번득였다. 여경은 수거한 증거물들을 누런 종이 봉투에 쓸어 담아 경찰 로고가 박인 테이프로 입구를 봉인했다. 여경이 남경을 따라 존슨의 침실이 있는 이 층으로 향했다.

잠시 뒤 나는 세라의 뒤를 따라 조심조심 계단을 올라갔다. 그때 남경이 암막 블라인드를 확 잡아 뜯어냈다. 막강한 힘의 소유자라 생각되었다. 실내가 다른 세상처럼 환해졌다. 수사용 USB를 존슨의 컴퓨터에 연결한 남경이 키보드를 두드렸다. 세라와 나는 멀찌감치 그들의 등 뒤에서 몸을 기울여 모니터를 들여다보았다. 잠시 뒤 암호가 풀렸다. 머리와 수염이 긴 인물이 화면에 떴다.

자세히 보려고 고개를 들이밀자 경찰이 수사 기밀이라며 제지를 했다. 여경이 목격자 진술을 받을 때까지 기다리라며 우리를 창가로 몰았다. 세라는 쓰러지지 않으려는 듯 두 손으로 창틀을 꽉 붙들고 멀리 늪에다 눈길을 보내고 있었다. 늪이 노을에 물들어 교묘하게 빛났다. 나도 모르게 계란을 믹으며 세라와 나누었던 말을 혼자 중얼거렸다.

"악마가 하얀 가면을 쓰고 늪에 얼굴을 드러내지. 그러고 선 칙칙하고 검은 휘장으로 진실을 가리고 천국처럼 꾸미지."

"하얀 가면으로 자신의 정체를 숨기고 사람들을 속이겠네요."

혼자 묻고 혼자 대답했다. 내 얼굴을 쳐다보는 세라가 곧 쓰러질 것처럼 다리를 떨었다.

"바위, 봉사도 마약 같은 거다. 하면 할수록 깊은 늪으로 빠져 들어가게 돼. 나는 평생 신의 컴퓨터대로 움직인 것 같다. 신이 무작위로 클릭하는 봉사란 게임에 춤춘 것 같아. 신은 언제든지 게임 룰을 업그레이드할 수 있거든."

목소리가 작아서 무슨 말인지 제대로 알아듣지 못했다. 그때 세라의 몸이 휘청하며 옆으로 기울었다. 잽싸게 팔을 잡았지만 쓰러지고 말았다. 눈을 감은 세라의 머리 위에 후광 같은 빛이 돌고 있었다.

세상에는 자신에게 직접 도움이 되지 않는 일에도 뼈를

바닷가의 묘지

깎는 진지함으로 임하는 사람들이 조금은 있다는 것, 나는
이제 막 그 사실을 알게 된 사람처럼 손을 휘저으며 여경을
향해 소리쳤다. 사람이 쓰러졌어요. 여경이 놀라 뛰어왔다.

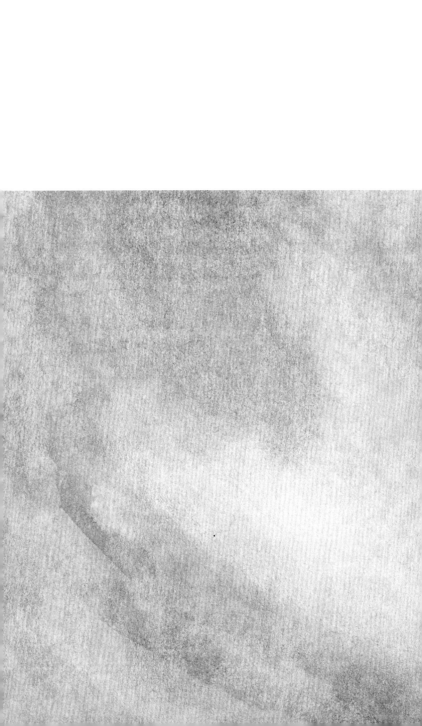

엄마

1

타투 숍의 벨을 연달아 눌렀다. 한참 기다리다가 전화를 걸었지만 먹통이었다. 출입문을 비틀어 보아도 꼼짝하지 않는다. 치마를 잡아당겨 계단에 걸터앉는다. 칼날 같은 햇살이 4층 복도 쪽창을 타고 넘어온다. 셔츠 소매를 걷어 올리자, 지렁이 수십 마리가 뒤엉켜 꿈틀대는 것 같은 손목의 흉터가 드러났다. 나는 손목을 응시하며 타투를 상상한다. 눈길로 흉터 위에 타투로 넣을 글씨를 써 보느라 시간 가는 줄 몰랐다. 얼마나 시간이 흘렀을까? 10시 30분, 휴대폰 시간을 보자 갑자기 마음이 급해진다.

"개뿔, 뭐야. 30분이 지나는데, 약속도 안 지키고."

나도 모르게 문에 대고 발길질을 했다. 발가락이 얼얼하고 피가 거꾸로 솟구친다. 메신저백을 둘러매고 계단을 뛰어내리는데 아래에서 발소리와 헐떡거리는 소리가 들렸다. 2층에서 부딪칠 듯 마주친 여자는 생일 초대라도 받았는지 풍성한 카네이션 다발을 안고 있다. 무의식중에 꽃다발을 받으

240   바닷가의 묘지

려고 두 손을 올렸다가 다시 내렸다. 왜 그랬을까. 이유를 알 수 없었다.

"헉! 엠마 씨, 미안. 오늘따라 카네이션을 찾아내는 일이 하늘의 별 따기보다 어렵더라고요."

여자가 호주머니에서 방전된 핸드폰을 꺼내 보여 주었다. 코를 문지르며 여자를 따라 계단을 올라갔다. 숍 안으로 들어간 여자가 빠르게 손을 놀려 유리병에 물을 받고 카네이션부터 꽂았다. 나는 가늘게 뜬 눈으로 여자의 옆얼굴을 쳐다보며 한 달 전의 일을 떠올린다.

비라도 쏟아질 것처럼 흐린 오후였다. 쇼핑센터에서 생리대를 사서 나오다 입간판을 발견했다. 구직에 실패하고 힘없이 숙소로 돌아가는 길이었다. 숙소인 보딩 하우스까지 1킬로미터가 채 되지 않는 곳이었다. 그때 내 머릿속엔 다음 날 가야 할 정육점 면접 생각뿐이었다. 그곳 또한 웨이트리스처럼 손목을 사용하는 미트 커터 일자리였다. 어떻게 주저흔을 숨기지?

막막하던 내 눈앞을 막아선 타투 숍이란 글씨를 한동안 멍하니 쳐다보았다. 그러자 한 시간 전에 만난 카페 사장이 떠올랐다. 그를 향한 분노가 식을 줄 몰랐다.

시드니에서 처음 시도한 구직에서 만난 카페 사장은 긴 팔 셔츠로 꼭꼭 숨긴 내 손목 붕대를 귀신처럼 찾아냈다. 꼬치꼬치 캐묻는 그의 질문엔 대답하지 않았다. 그러자 끝끝내 붕대를 풀게 하더니 머리를 절레절레 흔들었다.

"이 정도 심각한 상처를 달고서 일자리를 구한다고? 쉽지 않겠지."

돈을 벌면 타투를 할 거라 사정하며 매달렸지만, 그는 콧방귀를 뀌며 세차게 손을 뿌리쳤다. 카페를 나오면서부터 나는 머리가 이상해질 정도로 그를 미워하고 있었다.

타투 숍이 자리한 4층까지 단숨에 뛰어올랐다. 숨을 뱉으며 출입문을 열었을 때 늦은 점심을 먹었는지 립스틱을 문지르며 여자가 준비실에서 튀어나왔다. 나는 움찔 놀랐다. 그동안 여자와 비슷한 사람을 보고 얼마나 많이 놀랐던가. 노르스름한 피부, 짙은 갈색 머리칼, 적갈색 눈을 보면 자동으로 손이 코끝으로 올라간다. 그러고는 입이 벌어진 내 표정을 감추려고 코끝을 문질러 댄다.

동양 여자를 보면 무슨 병에라도 걸린 것처럼 머릿속에 번쩍번쩍 빨간불이 들어왔다. 엄마일지도. 아무리 자제해 보려고 애를 써도 감정의 스위치가 뇌보다 한발 빠르게 작동해 버린다.

내 담당 심리치료사는 나무뿌리 같은 손을 휘젓거나 긴 속눈썹 속의 청회색 눈동자를 깜빡이며 에둘러 설명했다.

"생각을 억누르면 오히려 리바운드가 일어나게 돼. 마음 가는 대로 내버려 둬. 차라리 상상의 이미지들을 모아 머릿속에 폴라로이드 사진첩을 만들어도 좋고. 누가 알아, 멋진 창작물이 될지."

"무슨 말이래요?"

242

"인간의 몸은 교향악이지. 0.1밀리미터 세포가 아기를 만들고 동시에 다른 크기의 세포가 곡을 연주하고 시를 낭송하고 별들의 움직임을 추적하고 몸을 보호하려고 병원균을 죽이고… 그게 인간의 몸이지."

'자해하지 말라'고 몇 단어로 말해 주면 훨씬 빨리 이해할 수 있었을 텐데.

처음 타투 숍을 찾아왔던 날은 웨이트리스 면접에 실패한 날이기도 했지만, 그보다 입양 서류에 기록된 내 생일이 한 달 앞으로 다가와 있었다. 그게 정확한 내 출생일인지 나는 모른다. 부모의 신상 정보가 기록된 호적등본, 나의 출생 일시를 공식화한 출생신고서, 내가 태어난 병원의 진료 차트들은 버려졌다. 나와 관련된 서류나 기록이 사라진 자리엔 입양 기관에서 만들어 낸 기록만 있을 뿐이다.

위탁 가정과 후견인으로부터 간섭받지 않고 살아갈 수 있는 열여덟 살이 되는 날을 애타게 기다렸다. 그날부터 나 스스로 책임지고 일자리를 구해서 살아가야 한다는 건 충분히 알았다.

한 달 전 그날도 여자는 기록부터 서둘렀다. 흐린 날씨로 인해 실내가 어두워 여자가 형광등 하나를 더 켰다. 내 아이디를 들여다보던 여자의 눈빛이 진자처럼 흔들렸다. 여자는 가끔 눈꺼풀을 손등으로 비벼 가며 내 이름, 생년월일, 전화번호 등을 기록했다. 그러는 내내 손가락을 가늘게 떨었다. 그 바람에 초등학생이 쓴 것처럼 글씨가 삐뚤삐뚤했다. 여자가 내 손목을 잡을 때까지도 그 여진은 그대로 남아 있었다. 그러던 여자가 안면을 바꾸어 내 손목 붕대를 풀어내며 오만 상을 찌푸렸다.

"이런 완전 생짜 상처에다 타투를 한다고요? 정신이 나간 타투이스트가 아니고서야 타투를 해 주겠어요?"

안 돼요. 꼭 해야 해요. 내일 정육점 면접이에요. 그렇게 말하고 싶었다. 하지만 갑자기 눈앞이 깜깜하게 변하고 혼돈과 혼란으로부터 기억이 몰아쳤다. 초등학생 때 아이들이 내 눈을 잡아당기던 장면, 내 눈 모양을 보고 놀리고 쓰레기를 던지고 침을 뱉던 일들, 검고 뻣뻣한 내 머리카락에 돼지털을 염색한다며 진흙을 덮어씌웠던 일들…. 그때 여자가 내 기억을 자른다.

"사정이 아무리 급해도 이대로는 안 되죠. 어휴…, 피비린내."

나는 스프링처럼 일어났다. 쓰레기통에서 붕대를 찾아 손목에 둘둘 말았다.

"한 달 후 봐요. 잊지 말고 상처 똑바로…."

여자의 목소리가 내 등 뒤에서 닫히는 문에 잘렸다. 빠르게 계단을 뛰어내려 건물 밖으로 나오자, 오후 4시의 하늘을 먹구름이 온통 가리고 있었다. 카페 사장을 향한 분노로 들끓던 내 머릿속에 먹구름보다 더 짙은 생존의 고민이 깔렸다.

걸어서 보딩 하우스에 돌아왔다. 예닐곱 명과 한 집에 모여 살면서 사람들의 눈을 피해 상처를 돌보는 일은 어려웠다. 면도날에 깊게 잘린 손목은 아물 것 같다가도 다시 속에서 피고름이 흘러나왔다. 시간은 더디게 흘렀지만 정육점 면접은 가지 않았다. 고기 자르는 칼로 내 손목을 자를 것 같은 예감 때문이었다. 타투를 한 뒤 당당하게 웨이트리스 일을 구하기로 했다.

머릿속이 바이러스에 걸린 것처럼 온통 타투 생각뿐이었다. 틈만 나면 꾸덕꾸덕 굳어 가는 딱지 위에다 형광펜으로 Eomma(엄마)를 쓰고 지우고, 다시 쓰고 지우기를 거듭했다. 세상의 모든 엄마를 향한 메시지를 화인처럼 새기리라고. 언제 어떻게 배태되어 내 안에 존재하게 된 분노인지 알 수 없지만, 아기를 버리지 말라, 배고파도 버리지 말라, 동양 아기를 왜 서양에 버리는가. 버리더라도….

Eomma 타투를 십자가처럼 팔목에 새기리라고. 그 생각에 빠지면 입술이 분노로 팽팽해지면서 심장이 후들후들 떨렸다. 형광펜으로 Eomma란 글씨를 그어 댈 때마다 정신은 바위처럼 굳어 갔다.

챗봇에 물어보았다. '애증이란 무엇인가요?' '사랑하는 마음에 아픔이 뒤따르는 것을 의미합니다. 누군가를 너무나 사랑하지만, 그 사람과 함께할 수 없는 아픈 마음을 표현하는 것입니다.' 나는 점점 더 Eomma를 새겨야 한다는 강박에 빠져들었다. 그리고 꼭 그 여자에게 가서 타투를 새길 것이라고 마음을 굳혔다. 미처 돌도 지나지 않은 나를 입양해 엠마란 이름을 지어 준 부모가 교통사고로 돌아가셨다. 그때 나는 일곱 살이었고, 그 뒤로 이런저런 백인 가정으로 버려지며 위탁되었다. 언젠가부터 나는 주변 사람들 모두를 더욱 속상하게 하고 삐뚤어진 행동을 보여 주지 못해 안달하는 문제아가 되어 있었다. 내 미성년의 페이지는 힘겹고 거칠고 더디게 넘어갔다.

내 상념을 자르며 창문으로 걸어간 여자가 커튼을 젖힌 뒤 카네이션과 소녀의 사진을 더 가까이 붙여 놓고 되돌아온다. 타투 숍 깊숙이 점령한 햇살을 온몸으로 막아서며 걸어오는 여자는 정작 자신의 그림자를 밟고 있다는 건 느끼지 못하는 것 같다. 나는 여자의 어깨 너머 창틀에 놓인 카네이션과 그 옆 소녀의 사진으로 시선을 옮긴다. 고개를 돌리자 타투 도안들, 의자, 테이블, 아이비, 스툴, 석고상 같은 사물들이 갑자기 카네이션의 후광을 받아 환하게 피어난다. 여자의 지시대로 나는 카우치에 비스듬히 앉는다. 스툴을 당겨 앉은 여자가 한 달 전과 마찬가지로 한 손엔 기록장을, 남은 손으로는 내 손목을 잡는다.

"한 달이나 지났는데 상처가 왜 이래요?"

레이저 같은 시선으로 흉터를 뚫어지게 보던 여자가 인상을 찌푸러뜨렸다.

"상처를 건드렸군요. 이 상태로는 안 돼요. 표피에 잉크가 스미지 않는데….."

나는 여자의 말을 자른다.

바닷가의 묘지

"전화 통화할 땐 된다고 하고선. 한 달이 지나면 무조건 된다고 큰소리친 거 잊었어요?"

내 항변에 여자는 내 눈을 파헤칠 듯 뚫어지게 본다. 그 눈빛이 너무 예민해서 하고 싶은 말이 입안에서 녹아 버린다. 대신 식빵 같은 갈색 카펫 바닥으로 눈길을 내리자 지난한 달이 떠오른다. 시골 맥도날드에서 일해 모아 둔 저금은 타투 비용으로 지불하려고 건드리지 않았다. 그래서 자선 단체를 찾아다니며 무료 식빵을 구해 버터와 우유로 한 달을 버텼다. 그런 이야기를 여자에게 하고 싶지 않다. 말한다고 해서 휴대폰 대금, 보딩 하우스 비용, 인터넷, 물세, 전기세, 가스비가 밀려 있는 내 사정을 알 리 없다.

용수철처럼 일어나 메신저백을 들어 올렸다. 그러자 금속에 새긴 활자처럼 내 안에 각인되어 있던 버림받았다는 증오심이 여자를 노려보기 시작했다. 내 감정은 언제나 가장 가까이 있는 상대를 향해 폭발한다.

여자가 벌떡 일어나 내 셔츠 자락을 와락 당겼다. 나는 그대로 의자에 주저앉았고 여자가 내 어깨에 손을 올렸다. 나는 적의 어깨에 손을 얹는 영화의 한 장면을 떠올렸다.

"그럼 해치웁시다. 새로 출시된 특수 젤리를 덧발라서. 젤리 비용이 추가된다는 것만 알아 둬요." 내 어깨 위에 그대로 얹혀 있는 여자의 손을 느끼며 나는 생각한다. 어떻게 지급하지? 방법이 있겠지. 타투가 끝나자마자 줄행랑을 놓아 버리면….

잠시 뒤, 여자가 한 손으로 내 손목을 잡고 다른 손으로 마우스를 스크롤하자 나비, 뱀, 해골, 잉어, 주사위가 등장했다. 눈짓이나 고개를 까딱까딱하는 것이 디자인을 고르란 건지, 내 마음을 저울질하겠다는 건지 알 수 없었다. 잠시 여자가 내 표정과 창가의 카네이션에 번갈아 시선을 던지더니 다시 마우스를 움직인다. 파도, 꽃, 리본, 거미줄, 성모상, 천사, 코알라, 제비, 비행기가 불려 나왔다. 그러던 여자가 고개를 빳빳하게 세우더니 할미새의 꼬리처럼 머리를 털었다.

"이것저것 다 싫으면, 성모가 예수를 안고 있는 피에타상은 어때요? 거기다 옅은 색의 뒷배경으로 날아다니는 천사들이 들어가요."

"한 개의 대문자와 나머지 네 개의 소문자를 새길 사정밖에 안 돼요."

설레발을 치는 여자는 내 목소리를 듣고도 못 들은 척하는 거겠지. 고액을 받으려고 복잡한 도안을 제시한 것이고. 그럼 타투가 끝나자마자 여자가 한눈을 파는 사이에 달아나는 수밖에. 하지만 나도 여자의 흉내를 내며 고개를 털고 마음을 돌린다. Eomma로 할 거니까. 돈 때문이 아니야. 다시 말할 기회를 노린다. 그때 내 손목과 카네이션을 번갈아 바라보며 눈으로 그네를 타던 여자의 시선이 휘청 흔들렸다. 그리고 얼마나 세게 인터넷 창을 클릭해서 닫는지 여자의 손 떨림이 내 손목에까지 전해진다. 컴퓨터를 끈 여자

바닷가의 묘지

가 내게 무언가를 청하듯 눈을 게슴츠레 뜨고 쳐다볼 때 나는 손을 빼낸다.

"Eomma란 글씨로 해 줘요."

"알아요. 자신의 이름을 몸에 새기고 싶은 허황한 인간의 심리."

여자가 입술을 비트는 것이 심드렁한 건지 의뭉스러운 것인지 알 수 없다. 뭐래? 설마 하니 경험 많은 당신이 Emma와 Eomma를 구분하지 못한다고요? 똑똑히 들어요, Emma는 내 이름이고 Eomma는 마더라고요. 계속 말을 참고 있다간 가슴이 폭발할 것 같다. 그때 여자가 내 생각을 기습했다.

"Are you Korean?"

나는 고개를 끄덕이며 여자의 국적을 물어보려다 손바닥으로 입을 막는다. 한국인이 아니라 중국인 또는 일본인이라면? 그리고 내 표정이 굳었다. 어쩌다 만났던 몇몇 한국인들, 그들의 눈빛이 눈앞에 보이는 것 같다. 입으론 값싼 동정을 쏟아 내면서 호기심으로 반짝이던 눈빛에서 읽었던 것들. 한국인 입양아, 생긴 건 동양인인데 풍기는 분위기는 백인. 과도한 경계심을 드러내면서도 묘하게 부끄럼을 타는, 그러면서 공격적인…. 그때마다 나는 투명 인간이 되어 그들의 시선에서 완벽하게 사라지고 싶었다.

"한국어… 못해요. 시골에서 자라서 기회가 없었어요."

머뭇거리다 대답했다. 여자는 여전히 자신의 국적엔 굳게 입을 닫고 이번엔 팔을 배너 풍선처럼 휘저었다.

"그나저나 도대체 이 무수한 흉터를 어떤 타투로 감추고 싶은 거요?"

무수한! 여자의 말에 기가 죽은 나는 애써 마음을 다독여 용기를 낸다.

"Eomma는요?"

청각장애자 같은 여자가 뭔가 우월감에 도취한 사람처럼 어깨를 흔들며 재게 창가로 걸어간다. 가다 고개를 돌려 내 표정을 확인하기까지 했나. 나는 여자의 눈길을 피하려고 시선을 깔았다. 그리고 여자가 내 손목에 남긴 끈적거리는 땀을 스커트에 쓱쓱 닦아 냈다. 잠시 뒤 여자가 카네이션 화병을 집어 들고 되돌아오는 걸 지켜보다 가까이 오기 전에 큰소리로 말한다.

"Eomma로 해 줘요. 다른 건 안 해요."

여자는 내 말을 듣는 둥 마는 둥 카네이션을 탁 소리 나게 탁자에 내려놓은 다음 낮게 신음한다. 그런 뒤 여자가 다시 내 손목을 억세게 움켜잡았다. 여자의 악력에 내 입술은 그대로 얼어 버린다. 어느새 여자가 내 흉터를 짓찧을 것처럼 들여다본다.

"Eomma든 Emma든? 어휴, 답답해. 그깟 글자 몇 개로 이 많은 흉터를 가릴 수 있다고 기대해? 바보처럼. 한 달 전 기억 안 나? 피 흐르는 데다 타투해 달라고 떼쓰던."

여자는 혀를 차며 어느새 나를 하대했다. 뭐래? 나는 관자놀이를 한 손으로 누르며 횡설수설하는 여자의 말을 더 이

바닷가의 묘지

상 귀담아듣고 싶지 않았다. 그때 여자가 심장에서 터지는 것 같은 깊은 한숨을 훅 뱉었다. 그리고 돌변하더니 두 눈을 치켜떴다.

"말귀를 못 알아듣나 본데, 이렇게 글씨를 새겨 봤자 사이사이 흉터가 훤히 다 보여. 도대체 숨기시겠다는 거야, 떠벌리고 다니시겠다는 거야?"

여자가 타투 물감을 손가락에 찍어 흉터에 글씨를 갈겼다. 그러곤 스캐너처럼 내 표정을 훑는다. 이미 나의 속사정과 속마음을 모두 꿰고 있다는 낯이다.

나는 여자의 손아귀에서 거칠게 손목을 빼내 벌떡 일어섰다. 동시에 소매를 내렸다. 타투 숍이 여기뿐인 줄 아나 봐. 여자를 향해 말을 뱉지 못해 미칠 것 같다.

"잠시만! 고약한 성질머리 하고는. 도대체 한 달 전이랑 조금도 달라진 게 없어."

여자가 내 메신저백의 어깨 끈을 와락 잡아당겼다. 고개가 휙 뒤로 당겨지는 충격을 받은 순간 바닥난 교통카드를 비롯한 현실이 되살아났다. 그리고 눈앞이 깜깜하게 변하고 혼돈과 혼란으로부터 막다른 기억이 몰아쳤다. 학년이 바뀔 때마다 아이들이 내게 질문을 던졌다. 어느 나라에서 왔니? 백인 부모 말고 진짜 너의 노란 부모는 어디 있니? 끈질기게 달라붙어서 대답을 강요하던 아이들. 대답할 수 없을 때마다 소리 없이 외쳤다. 내 외모가 너희들에게 무슨 피해를 주는가? 피해를 준다면 어떤 피해를?

어느새 여자가 카네이션 화병을 내 코앞에 들이댔다. 이번엔 목소리를 착 가라앉히더니 전략을 바꾸어 살살 달래는 투로 나온다.

"이 꽃, 엄마에 대한 사랑의 심벌인 거 알아? 꽃잎을 포테이토칩처럼 얇게 부풀리는 거야. 그런 뒤 플리츠스커트처럼 피어난 분홍 꽃의 한가운데 새빨간 꽃술을 새겨 넣는 거지."

여자가 한 손으로 고불고불 주름을 만들어 보인다.

"어때?"

"예?"

"이 카네이션!"

"그럼, Eomma는요?"

답답한 심정을 감추려고 나는 코끝을 세게 문지른다. 하지만 빨대 같은 여자의 고약한 눈길이 내 영혼까지 빨아들일 기세다.

2

여자가 내 손목에 전사지를 붙인 뒤 어깨를 두 번 토닥여주고 준비실로 사라졌다. 차가운 촉감을 느끼며 여자를 생각한다. 짧게 자른 직선으로 뻗은 굵은 머리카락, 원래 피부보다 더 하얗게 바른 파운데이션, 붉게 칠한 볼과 입술…. 엄마일지도. 무작위로 상상이 뻗어 간다.

바닷가의 묘지

고개를 내리고 탈취제로 감싼, 꾸덕꾸덕 마르고 있는 전사지를 응시한다. 그때 젖빛 유리 너머 준비실에서 컥……큭, 컥… …큭 하는 소리, 내가 기억하는 한국말의 K—억양이 들렸다. 나는 토끼처럼 양쪽 귀를 쫑긋 세운다. 저건 분명 내가 들어 본 한국말이야. 여자의 전화 소리에 가슴이 두근거린다. 한국인일까.

한동안 여자는 나타나지 않는다. 나는 계속 벽시계를 쳐다본다. 11시가 한참 지나서야 여자가 준비실에서 검정 라텍스 장갑을 끼고 손수레를 끌고 나왔다. 하얀 유니폼과 검은 장갑이 천사와 악마만큼이나 선명하게 대비되어 보인다.

여자가 내 손목의 전사지를 꾹꾹 눌러 확인한 뒤 카네이션 도안을 붙이자, 문양이 선명하게 드러났다. 여자의 몸에서 비릿하고 고소한 냄새가 뒤섞여 풍긴다. 여자가 가느다란 솔로 기계를 닦을 동안 팔목을 들어 올려 카네이션을 살핀다. 첫 번째의 동그란 꽃봉오리는 엄마의 자궁벽에 상처를 낼까 봐 꼭 오므린 아기의 앙증스러운 주먹을 닮았다. 서서히 꽃이 벌어지는 나머지 네 단계는 얼굴이 빨갛게 된 아기가 슬로모션으로 안간힘을 다해 첫 주먹을 펴려는 모습이다. 아기들의 동영상을 수없이 보았다. 아기 울음소리를 듣고 있으면 어떤 말로도 설명할 수 없는 설움이 북받쳐 올랐다.

여자가 선 채로 투명 젤리를 내 손목에 골고루 펴 바른 뒤입으로 호호 불어 말린다. 스위치를 누르자 기계가 윙 진동소리를 내며 돌아간다. 여자가 손수레 위의 무수한 바늘 뭉치에서 한 개를 뽑아 익숙한 솜씨로 기계에 끼우는 것을 보자 왈칵 두려움이 몰려온다. 무시무시한 두려움에 시달렸던 기억이 딸려 나온다.

잠든 사이 다시 버려질지도 모른다는 두려움. 눈을 감으면 형체도 없는 악령이 나타났다. 벌떡 일어나 불을 밝히고 다시 잠을 청했지만, 공포는 사라지지 않았다. 의식에서 무의식으로 넘어가는 찰나에 덮친 어둠의 공포가 퇴적층처럼 쌓여 자해를 유혹했다. 울음도 빼앗겨 버렸던 공포의 순간들. 그건 내가 저녁노을이나 무지개를 보면서 이유 없이 혼자 울음을 터뜨리곤 했던 공포와 같으면서 달랐다.

여자가 한 손에 기계를, 다른 손으로 스툴을 잡아당겨 등을 구부렸다. 여자의 몸에서 풍기는 비릿한 냄새에 코를 킁킁댄다. 엄마 냄새일까. 마침내 여자가 목을 꺾고 분홍 잉크에 바늘을 적신다.

"꽃봉오리부터 새긴다. 아파도 아기처럼 울지 마."

"안 울어요."

높은 광도의 조명이 내리쏘고 있는 카우치에 누운 내 몸이 떨린다. 분홍색 잉크를 듬뿍 머금은 바늘이 내 살갗을 파헤치게 될 걸 두렵게 바라보다 눈을 감는다. 바늘이 움직이기 시작한다. 죽은 듯 깊이 눈을 감고 표피 깊숙한 곳을 한 땀 한 땀 빠르게 찔러 대는 바늘의 촉감에 눈썹이 움찔움찔한다. 살이 타는 누릿한 냄새가 난다. 근육이 불판 위의 마른오징어처럼 배배 꼬이고 관절 마디마디가 뻣뻣하고 쩌릿쩌릿하

바닷가의 묘지

다. 날카로운 물건으로 손목을 자해했던 기억이 토네이도처럼 정신을 덮친다. 덩달아 영혼이 아득해진다.

열네 살이 되어 첫 자해를 했다. 뚱뚱하고 작고 탐욕스러운 부인과 돼지기름으로 제조한 것 같은 몸을 가진 남편이 사는 집에서였다. 세 번째 위탁 가정이었다. 첫 자해를 한 그날 이후 끊임없이 내 몸에 상처를 냈다. 다시 버려질 것이라는 두려움이 끝없이 나를 괴롭혔다. 날카로운 물건이면 뭐든 사용했다. 면도날, 유리 파편, 가위, 송곳, 과도⋯. 내 몸에서 피가 뭉클뭉클 빠져나가는 것을 지켜보며, 피에서 풍기는 비린내에 구토했다. 서서히 몸이 마비되어 가다 정신이 가물가물해졌다. 그다음은 기억나지 않는다.

여자의 숨결에서 자극적인 냄새가 난다. 김치 냄새일까? 나는 잠시 눈을 뜨고 여자를 일별한다. 이마에 잔뜩 주름을 세운 여자가 한 손으로 내 팔을 누르고 기계를 잡은 손으로 점점 빠르게 표피에 점을 찍고 선을 그어간다. 여자의 살점을 꼬집어 멈추게 하고 싶다. 고통을 이기려고 내가 태어나는 상상에 빠져들어 간다. 꽃봉오리는 엄마의 배 속에서 웅크리고 있었던 내 모습이다. 피어나는 꽃잎 한 장 한 장은 엄마의 자궁문이 서서히 열리는 것이다. 상상은 나비처럼 훨훨 날아오른다. 꽃잎이 한 장씩 벌어질 때마다 덩달아 엄마의 외침도 점점 고조된다. 조금 더, 조금 더, 내 소리 없는 외침과 움찔움찔 놀라는 몸은 꽃과 일체가 된다. 잠시 뒤 나는 상상에서 깨어난다.

"엄마, 조금만, 조금만 더."

"아프지?"

내 대답을 기다리지 않고 여자가 다시 기계를 잡고 표피를 찌르고 그으며 마지막을 향해 빠르게 움직인다. 숨이 끊어질 듯한 절규 그리고 꽃의 만개. 으앙! 나는 참았던 숨을 토한다.

"보기보다 잘 견디네. 주저흔을 타투로 가리려는 사람들 독한데. 잘 참았어. 마지막 꽃술도 참을 수 있겠지?"

"… ."

"어떡해? 꽃술 해? 말아?"

타투이스트가 기계를 끄고 라텍스 장갑을 벗어 던진다. 그리고 물감과 땀으로 축축한 흰 유니폼의 소매를 걷어 올린다. 그때 여자의 왼쪽 손목을 뒤덮고 있는 카네이션 타투가 보였다. 나는 윗몸을 벌떡 일으킨다.

"하겠어요. 한국어로 해 줘요. 전화 소리 들었어요. 한국인 맞죠? 활짝 핀 분홍 꽃 속에 엄마란 글씨, 분홍 꽃이 빨간 꽃술을 꼭 껴안고 젖을 먹이는 모습으로요."

꿈을 꾸는 것 같다. 여자는 끝까지 자신의 국적에 대해 가타부타 말이 없다. 묵묵히 소매를 내리더니 스위치를 눌렀다. 기계가 윙 소리를 내며 다시 돌아간다. 한참 뒤 드디어 꽃술까지 끝났다. 여자가 유니폼 자락을 당겨 이마의 땀을 훔친다. 내 손이 저절로 타투로 향했다. 여자가 잽싸게 내 손을 쳐 낸다.

"만지면 안 돼, 제발, 흥분하지 마."

여자가 뻣성 섞인 말로 발끈했다. 나는 당장 꽃잎의 감촉을 맛보고 싶고 꽃술에 인사하고 싶다. 아직도 내 몸 속에서 푸르스름하게 어둠을 발하는 두려움에 안녕을 고하고 싶다. 그리고 생명 기운을 불러내고 싶다.

"뭐가 그렇게 슬픈데?"

여자가 크리넥스 한 장을 뽑아 건넨다. 내가 눈물을 닦고 있는 사이 여자가 손을 씻고 돌아온다. 에포스EPOS를 내밀며 나달나달한 내 운동화를 유심히 쳐다본다.

"잔액이 모자라잖아."

"5주 뒤 리터치하러 올 때 지불할 겁니다."

"세상에 공짜는 없어. 꼭 갚아야 한다. 태닝 조심하고 크림을 꼭 바르고 청결 지키고 문지르면 안 돼. 특히 긴팔 입지 말고."

카네이션 화병을 창가 소녀의 사진 옆에 돌려놓고 돌아오는 여자를 보다 '앗' 소리를 쳤다. 여자가 전선에 걸려서 넘어지는 줄 알았다.

"엠마, 배고프지? 공짜로 밥 먹는 데 가자."

나는 고개를 저었다. 빨리 숙소로 돌아가 혼자 있고 싶었다. 뭔가 달라진 건 알겠는데 뭐가 달라진 건지 느끼고 싶었다.

"숙소까지 걸어 15분이에요."

나는 손에 들고 있던 은행 카드를 호주머니에 넣었다.

"그러지 마, 잠깐이면 갈 수 있어."

3

여자가 운전하는 조수석에 앉아 후방 거울에 달랑거리는 사진을 가끔 올려다보았다. 타투 숍의 창틀에 있던 것과 같은 사진이었다. 나는 술에 취한 것 같은 기분으로 카네이션과 그 속의 엄마란 타투를 송곳처럼 응시했다.

"오늘이 한가위다." 한참을 달리던 여자는 무슨 비밀처럼 한마디 뱉고 더 이상 말이 없었다.

잠깐이라던 여자는 족히 한 시간은 넘게 주행을 했다. 임시 시설물에서 행사장임을 알리는 배너가 펄럭이는 것이 눈길을 끈다. 오후의 햇살이 성긴 잔디밭에 분분히 내려앉아 잔치 분위기는 한껏 고조되어 보인다. 몇 바퀴 돌던 여자가 즐비한 차들 사이에 아반떼를 세웠다. 북쪽 야외무대에서 전통악기를 두드리는 사람들이 모자챙에 달린 하얀 꽃을 빙글빙글 돌리며 춤을 춘다. 고개를 푹 숙이고 여자를 따라 여러 개의 임시 천막들 앞을 지나치자 사람들이 많이 모인 곳에 닿았다. 점심시간이 지났는데도 사람들이 푸드 코트에만 몰려 있다. 음식 냄새를 맡으며 배를 쓸어내렸다. 테이크아웃한 음식을 손에 들고 떠드는 곳으로부터 유난히 K-악센트가 많이 들린다. 한국인이 많이 모인 곳이 처음인 나는 어리둥절하다.

"뭘 먹을까? 김치 먹어 봤어?"

여자를 향해 고개를 끄덕였지만 먹어 본 적은 없다. 여

바닷가의 묘지

자가 핸드백에서 지갑을 꺼내 손에 들었다. 무료로 시식하는 코너도 더러 눈에 띄었지만, 공짜란 여자의 말은 거짓이었다. 여자가 가장 긴 줄 뒤로 가서 섰다. 나는 시선 둘 곳을 찾다 그만 엄마 품에 안긴 아기를 뚫어지게 쳐다보고 말았다. 나와 눈이 마주친 아기가 으앙, 울음을 터뜨렸다. 어찌해야 할 바를 몰라 부리나케 사람들 속으로 숨었다.

곧 그 자리가 불편하게 느껴졌다. 나와 비슷하게 생긴 사람들은 서로 자연스럽게 어울려 이야기를 나누며 특별히 괴로워 보이지도 힘들어 보이지도 않았다. 그들의 차분하고 안온한 모습에 나는 당황하기 시작했다. 뭔가 가슴에 아득한 충돌이 일었다. 홀로 두려움을 끌어안고 안온이란 것이 없었던 내가, 순간 쓸쓸하게 되비쳐졌다. 어디론가 빨리 달아나고 싶었다. 여자가 음식을 구매하는 데 정신이 팔린 틈을 타서 그곳에서 빠져나왔다.

한국인이 없는 호주의 시골에서 늘 시선의 따가움에 지쳐 있던 내가 한국인들로부터 더 따가운 시선을 느낀 것은 기이한 일이었다. 한참을 달리다 버스 정류장에 앉아서 휴대폰을 꺼냈다. 카네이션 속 엄마 글씨를 확대해 인증 사진을 찍었다. 하지만 보낼 곳이 한 군데도 없었다. 지도 앱을 열자 돌아갈 길이 멀었다. 그때야 여자를 따라온 일이 후회막심했다. 200킬로미터도 더 멀리 떨어진, 내가 자란 곳으로 갈 생각을 하니 막막했다. 하지만 한 번은 가야 했다. 약 한 달 전, 학교로 가던 발길을 기차역으로 돌렸다. 자해하다 들킨

다음 날이었다. 우산이 없어 비를 맞으며 무작정 뛰었다. 기차와 버스를 갈아타고 도착한 거대한 시드니는 견학을 와서 잠깐 본 것과는 확연하게 달랐다. 시골에서 볼 수 없는 노숙자들이 도시의 뒷골목에 우글거리는 것이 아이러니컬했다. 무슨 일을 해서라도 노숙자가 되지 않으리라 생각하며 입을 앙다물었다.

"왜 달아났어?"

화들짝 놀라 돌아보니 등 뒤에 여자가 서 있었다. 여자가 다가오는 발걸음 소리를 듣지 못했다. 사람들이 눈부셔 있을 수가 없었어요. 말하는 대신 코를 문질렀다.

"데려다줄게."

"혼자 갈 거예요."

혼자 있고 싶어요. 혼자 생각에 빠져들고 싶고, 뭔가 달라진 것을 찾아내고 싶어요. 진심이에요. 그런 말은 하지 않았다. 여자로부터 놓여날 기회를 노리다 나도 모르는 사이 타투에 손이 갔다. 재빠르게 여자가 내 손목을 탁, 쳤다.

"내가 말했지? 손대면 안 된다고. 태닝을 조심하고 크림을 꼭 바르고 청결해야 하고. 서둘러. 오후 늦게 타투 손님 있어."

"조건이 있어요. 제가 자란 곳까지 태워 줘요. 짐을 챙겨 와야 하고 위탁인에게 신고해야 학교도 마칠 수 있고, 청년 수당도 받을 수 있어요. 바로 돌아올 거고, 잠깐이면 돼요."

말하는 동안 숨을 쉴 수 없었다. 타투 손님과 약속을 취

바닷가의 묘지

소하는 여자의 옆에서 걸었다. 마음이 불편했다. 돌멩이를 걷어찼다. 돌멩이는 아반떼를 세워 둔 몇 미터 앞으로 날아 갔다.

"주소를 대야 가든지 말든지 하지?"

여자가 차를 향해 스마트키를 눌렀다.

"가는 길에 사막이 나와요. 안나 베이 아시죠? 영화《매 드 맥스: 분노의 도로》찍었던 곳이에요."

"주소 달랬지, 정보 달랬어?"

"거기예요."

4

"스시인가요?"

"김밥."

스시를 간장과 와사비에 찍어 먹었던 기억이 났다. 처음 맛보는 김밥에서 참기름 냄새 외에도 짠맛, 단맛, 신맛, 고 소한 맛이 섞인 조금 시큼한 냄새가 났다. 짭짭 쩝쩝 김밥을 씹으며 차창을 끝까지 내렸다.

도시를 빠져나온 우리는 산과 목장, 골프장 같은 곳을 지 나쳤다. 이전의 익숙한 경치들에서 처음 보는 것처럼 생경함 이 묻어났다. 출발한 지 세 시간이 지났다. 석양빛을 받으며 소, 말, 양들이 풀을 뜯으며 배를 채우고 있었다. 곧 멀리 바 다가 보이기 시작했다. 수평선에서 뻗쳐 오던 바늘 같은 빛을 마지막으로 해가 떨어지자, 대기는 금세 어스름에 잠겼다. 곧 차가 사막을 가로지르는 언덕을 올랐다. 여자가 헤드라이트를 켜고 액셀러레이터를 밟았다. 엔진이 붕 소리를 뿜고 계기판의 RPM 바늘이 빠르게 올라갔다. 후방 거울에 달린 사진이 심하게 흔들렸다.

"저 소녀 누구예요?"

"미라 말하는 거니?"

"…."

드디어 언덕 위에 올라선 아반떼가 숨을 가라앉히며 조용해졌다.

"가방 좀 집어 줄래?"

나는 허리를 뒤틀고서 뒷자리에서 가방을 끌어당겼다.

"그럼, 미라 엄마 팔목에 새겨진 카네이션 타투는요?"

"가방 안에 흰 병 좀 꺼내 줘."

"…."

"뚜껑을 따 줘야 마실 것 아냐."

음료에서 터져 나온 산미와 산도의 텁텁한 냄새가 순식간에 차 안을 꽉 채웠다. 다시 차창을 끝까지 내렸다. 여자가 목을 뒤로 젖히며 음료를 마실 때마다 차가 휘청 흔들렸다. 여자가 칵, 하는 소리를 토했다.

"살아 있다면….."

"몇 살인가요?"

"아이와 만날 싸웠지. 타투? 미혼모인 내 자식을 빼앗어 간

운명과 대결해 본 거였다. 내 운명이 기구하면 얼마나 더 기구한지, 나도 할 때까지, 가는 데까지 가 볼 참이었다. 오늘은 미라 열여덟 살 생일이니까 한잔 마셔도 되겠지? 너도 마셔 볼래?"

나는 두 손을 휘저었다. 칵, 미라 엄마가 다시 흰 음료를 마셨다.

"카네이션을 미치도록 좋아하던 아이였지. 그리고⋯."

여자가 한 손으로 운전대를 잡고 한 손으로 음료를 마실 때마다 차가 심하게 비틀거렸다.

"앗, 캥거루다!"

갑자기 길 위로 튀어나온 캥거루를 본 내가 소리쳤으나 여자는 그걸 미처 보지 못했다. 하지만 내 외침은 이미 늦었다. 캥거루와 차가 부딪치는 쾅, 하는 충격음이 공기를 뒤흔들었다. 차가 옆으로 넘어지는 순간 나는 차 밖으로 튕겨 나가 아슬아슬하게 비탈에 얹혔다. 아반떼는 빙그르르 돌면서 언덕 반대편으로 굴러가 버렸다. 나는 곧 언덕 아래로 빠르게 미끄러졌다. 평형을 잃은 몸을 가누려고 팔을 저어 대는데 가냘프게 삐삐 삐삐 우는 소리가 들렸다. 차에 부딪혀 죽은 엄마 캥거루의 육아낭에 아기가 있었던가. 내 머릿속의 흐름이 갑자기 정지되면서 하얗게 비었다.

골절된 다리의 근육이 경련을 일으키며 뒤틀렸다. 그리고 피, 그때까지 한 움큼 움켜쥐고 있던 잡풀에 피가 묻어 있었다. 올려다보는 비탈은 너무 가파르고 골절된 다리로는 되

올라 갈 수 없을 만큼 높았다.

누가 나와 미라 엄마를 찾아낼 수 있을까? 내 소유란 찢어진 옷이 전부다. 메신저백도 휴대폰도 차와 함께 날아갔다. 살려 달라고 얼마나 소리쳤는지 목소리까지 사라졌다. 냉기에 마비되어 가는 부어오른 몸이 정신을 지탱할 수 없었다. 이를 악물고 추위를 참아 내려고 하자 턱이 덜덜 떨리고 이빨이 딱딱 소리쳤다. 기운을 내야 해. 하지만 저절로 머리가 땅바닥으로 떨어졌다.

5

나는 누구인가? 내 안의 어떤 지점. 텅 빈 기억의 그곳. 내 진짜 아이덴티티를 알아야 한다. 그래야 우주에 로그인할 수 있고 엄마를 초대할 수 있다. 엄마의 이름이 뭘까? 사이버 닉네임은?

모래를 한 움큼 집는다. 미생물 냄새가 난다. 언덕 위로부터 바람에 실려 오는 동물 체취, 식물 향기, 유칼립투스나무의 톡 쏘는 냄새, 코알라 냄새, 바다 냄새, 땅 냄새, 공기 냄새, 별 냄새, 하늘 냄새…. 내 머릿속 폴라로이드 사진첩에 저장한 상상의 냄새들. 자궁 냄새, 분만실 냄새, 젖 냄새, 아기 똥 냄새, 트림 냄새, 방귀 냄새…. 냄새로 나의 첫울음소리를 기억해 낼 수 있어. 그리고 엄마를 기억해 내야해. 냄새의 기억은 유전되며 가장 길고 오래 간다고 했으니까. 냄새는 감정의 느낌을 가장 섬세하고 정확하게 전달하고 기억한다고 했으니까.

팔에 힘이 빠져 뒤로 벌렁 드러눕는다. 얼어붙은 검푸른 하늘에서 UFO 모양의 노란 달과 파란 별들이 나를 지켜보고 있다. 어느 쪽으로 고개를 돌려야 엄마가 있는 하늘이 보일까. 그쪽 하늘을 향해 눈을 깜빡거린다. 눈앞에 보이지 않아도 나는 그 세계를 믿는다. 내가 가장 치열하게 살았던 순간에 엄마와 내가 같은 지구상에 존재했다는 사실이 퍽 위로가 된다. 저기 별 하나가 어디서 엄마를 지키고 또 다른 별 하나가 나를 지키고. 시간은 기다려 주지 않는다. 지상에서의 마지막 소원을 빌어야 할 시간이다. 나는 손목의 타투를 달빛에 비춰 보며 기도한다.

미라 엄마! 살아서 반드시 운명과 싸워야 해요. 파멸할지라도 패배해선 안 돼요.

날이 밝을 때까지만 살게 하소서! 내 생일이니까. 버려졌던 날이니까. 떠오르는 태양을 이 두 눈으로 한 번만 더 볼 수 있다면, 붉은 해가 둥근 내 이마를 비출 때 엄마, 하고 누가 내 이름을 불러 줄 때까지만 부디 살게 해 주소서.

떠돌이 구름이 보름달을 어루만지고 지나간다. 서쪽 하늘에선 범고래 모양의 구름이 아기에게 젖을 먹이며 유유히 헤엄쳐 간다.

갑자기 호흡이 빨라진다. 이러면 안 되는데. 동물의 호흡이 빨라지는 건 죽음의 임계점에 가까워졌기 때문이라고

『내셔널 지오그래픽』에서 읽었어. 지구상의 포유류들은 모두 심장이 뛴 횟수만큼 산다고. 지금 내 몸의 체온을 유지하려면 심장을 빨리 뛰게 할 수밖에 없어. 달리 방법이 없어. 하지만 엄마가 그리워 심장이 빨리빨리 뛰었던 건, 사랑 때문이었어. 사랑 때문에 심장이 빨리 뛰는 걸 어떻게 막겠어. 그것이 죽음의 길인 걸 알더라도.

수없이 자해했다는 사실이 믿어지지 않는다. 이토록 강렬하게 살고 싶은데. 내가 실기를 바라는 건, 엄마의 몸을 안아 보고 만져 보고 비벼 보고 깨물어 보고 꼬집어 보고 핥아 보기 위해서야.

엄마가 팔을 뻗어 내 몸을 부드럽게 끌어안는 순간, 우리가 각자 왔던 멀기만 했던 길에 대해 그리고 앞으로 가야 할 길에 대해서 말할 수 있을 거야.

밤바람에 모래가 흘러내린다. 언덕 위 허공에서 보름달의 후광을 받은 풀꽃 하나가 저 혼자 흔들린다. 어디서 삐삐 삐삐 아기 캥거루 울음소리가 들린다.

빨간색 두 줄

현관 깔개에 대고 운동화에 들러붙은 진흙을 탁탁 털어
내는네 찌르르 한기가 돈다. 뒤를 이어 목덜미가 뻣뻣하고
머리까지 띵하다. 언제부터 이런 증상이 시작된 것일까.

문을 열자마자 개가 먼저 뛰어 들어갔다. 부엌 유리 미
닫이만 쳐다봐도 피가 거꾸로 솟구친다. 개밥을 주고 욕실로
들어간다. 벨트를 끄르고 바지를 벗는데 팬티가 저절로 흘러
내린다. 한 손으로 팬티 고무줄을 거머쥐고 무심코 거울을
보다 화들짝 놀랐다. 저 여자가 나라고?

잡티 하나 없던 얼굴이 다형 홍반으로 울긋불긋하고 눈 밑
의 반원형 다크서클은 한 대 얻어맞은 것처럼 시퍼렇다. 거기
다 몸만 빠져나가 버린 뱀의 허물처럼 까끌까끌한 팔의 피부.

하는 둥 마는 둥 샤워를 끝내고 왕소금에 절인 배추처럼
침대에 무너졌다. 아니나 다를까 열이 펄펄 오르고 목에 고
등어 가시라도 걸린 것처럼 마른기침이 칵칵 터진다. 그때
예리한 직감을 뚫으며 머릿속에 켜진 빨간 비상등.

"코… 로… 나, 코로… 나가?"

닭이 병들어 앓을 때처럼 소리가 마디마디 잘린다. 연이

바닷가의 묘지

어 기침에 딸려 나오는 달가닥거리는 양심.

"돈이 뭐라고, 장례식에 가야 했어. 내가 천벌을…?"

거실은 평소보다 몇 배나 깜깜하다. 탁자 위에 둔 전화기를 간신히 발견하고 손가락이 기억하는 가장 익숙한 '남편' 단축키를 눌렀다. 기계 소리가 띠리리 몇 번 울리더니 고막을 때리며 삐 하고 메시지로 넘어가 버린다.

방으로 되돌아와 선반 위의 약상자를 내린다. 자가 진단 키트가 시판되던 첫날 뉴스에서 바가지요금이라고 떠들거나 말거나 눈 딱 감고 샀다. 서두르다 약상자를 뒤집어엎고 말았다. 안경을 끼고 약 팩들을 일일이 확인하며 상자에 되돌려 놓았지만, 끝까지 키트는 나오지 않는다. 귀신이 곡할 노릇이다.

약국은 가 보나 마나다. 목요일도 아닌데, 누가 밤 9시에 문을 열겠는가. 다시 침대에 누웠지만 도무지 잠이 오지 않는다. 내 나이 쉰여섯. 사오십 대가 코로나에 걸리면 보통에 비해 수면 장애가 생길 확률이 대여섯 배로 증가한다는데, 머릿속에서 갖은 시나리오가 꼬리를 물고 상영된다. 앰뷸런스를 호출할까? 아침까지 기다렸다 PCR 검사소로 달려갈까?

일어나 앉아 베개를 허리에 괴고 회색의 사방 벽을 보며 중얼거린다. "인간은 혼자다."

생각이 점점 존재의 본질로 빠져든다. 죽음은 누구와도 함께할 수 없다는, 강렬한 죽음에 대한 상상. 상상은 확신을 향해 빠르게 달린다. 폐암 유병자인 나는 현재 추적 관찰 대상이고 코로나에 걸렸다면 죽음을 비껴갈 수 없을 것이다.

암담한 예감에 머릿속이 숯검정처럼 새까맣다. 그때 전화기가 자지러졌다. 눈의 정맥이 부풀어 액정이 뿌옇다. 남편이 부재중 전화를 확인한 모양이다.

"당신, 장례식 준비는 잘 되어 가요?"

인천공항에서 PCR 음성 판정을 받고 29층에 머물고 있다는 남편의 카톡을 언제 받았는지?

"나 진숩니다."

"진수? 누구시죠?"

진수가 누군지 순간적으로 망각했다.

"나요. 진수."

"코로나 자가 진단 키트 가진 것 있어요?"

진수든 누구든 생각이 모조리 진단 키트에 꽂혀 버렸다. 진수가 횡설수설 떠들어 대는 내 말꼬리를 잘랐다. 자신도 코로나에 걸려 죽다 살아났다며, 진단 키트를 들고 한달음에 가겠다며 전화를 끊었다.

밤 9시 25분, 정말 그가 나타날까. 간절한 내 바람과는 달리 도무지 믿음이 가지 않는다. 하지만 지금은 악마의 손에라도 키스할 수 있다. 천애고아 같은 처지에 진수를 믿지 않으면 누굴 믿는단 말인가.

솔직히 나에게 기억하고 싶은 것만을 기억할 마법이 있다면 진수를 기억하고 싶지 않다. 진수 이름만 들어도 떠오르는 옛일, 진수와는 아무런 상관이 없다고 할 수도 있는 일,

바닷가의 묘지

그러함에도 진수를 생각하면 그 일이 섹스의 기억처럼 감각적으로 떠오른다. 시멘트, 모래, 물을 섞어 콘크리트를 만드는 원리로 진수와 나 그리고 그날의 사건이 기억의 콘크리트로 응고되어 있었다.

역시나 진수는 나타나지 않을 모양이다. 그날도 오늘처럼 진수를 목이 타게 기다렸다. 10년 전, 진수는 우리집에 머물렀다. 대형 산불로 집을 잃고 거리에 나앉게 생긴 이혼한 친구를 남편이 끌어들였다. 마침 아들과 딸이 각각 멜버른과 시드니 기숙사에 들어간 터라 빈방이 있었다. 잠시만 있게 해 달라던 진수는 6개월이 지나도 떠날 생각을 하지 않았다. 결국 등을 떠밀다시피 해서 내보낸 얼마 뒤였다. 호주 G대학 동창회에서 소문이 나돌기 시작했다. 그 일로 우리 부부는 얼굴만 마주치면 격앙된 감정으로 서로를 할퀴고 찌르며 공격했다. 몇 개월 각방을 썼지만, 냉전은 쉽게 끝나지 않았다.

그때 부부싸움의 원인 제공자 진수는 끝까지 나타나지 않았다. 정신적으로 피투성이가 되었던 그 당시의 기억이 경련을 일으키며 코르셋처럼 조여 온다. 만약, 불편한 기억은 생략해 버리고, 불온한 기억은 거꾸로 뒤집어 뒤섞어 버리고, 거기에다 상대와 나의 기억을 뒤바꿔 버리는 등 나에게만 유리하게 기억을 개편하는 마법이 있다면….

그날 진수를 기다리다 말고 남편이 목이 탄다며 물을 떠다 달라고 했다. 화가 머리끝까지 차 있던 터라 물을 떠다 주기 싫었다. 대신 한동안 진수가 사용했던, 그리고 부부싸움 뒤 내가 기거하던 아들 방 방문을 쾅 닫고 들어갔다. 마침 익명 사이트 창이 열려 있었다. 글을 올렸다, 나름 야릇한 복수의 미소를 머금고.

'남편 놈이 늦은 밤에 물을 떠다 달란다.'

눈 깜짝할 사이에 랜선 밖에서 평생 마주칠 일 없는 익명의 댓글이 주르륵 달렸다.

'물을 얼굴에 끼얹어 버려.'

'지 손은 뒀다 딸 칠 때만 사용하나?'

'손목을 부러뜨려 버려.'

모두 내 감정을 대변하는 내용들이었다. 그런데 불쾌했다. 실제로 싸울 때면 그보다 훨씬 더 거친 말로 남편을 할퀴고 찔렀음에도, 내가 할 땐 괜찮았는데 남이 하니까 그게 싫고 당혹스러웠다. 손가락에 불이 붙은 듯 서둘러 다시 글을 올렸다.

'이제 다 좋아졌어. 내가 잘못 생각했나 봐. 남편이 물이 마시고 싶었던 게 아니라 화해하고 싶었다네.'

다시 순식간에 댓글이 달렸다.

'미친, 누가 뭐래.'

'남편 놈이 아니라 ××× 같은 너님.'

'이런 십 원짜리 같은!'

순간 내 가슴에 비수가 꽂혔다. 무방비했던 내 손가락을 잘라 버리고 싶었다.

272   바닷가의 묘지

부들부들 떨며 다시 글을 올렸다.

'당신님들은 부부 싸움 어떻게 대처하나?'

'어떻게 대처하다니? 원래 부부가 다 그러하다.'

'이 꼴 저 꼴 안 보려면 독립하시라.'

'택배가 남편보다 낫다. 택배는 반갑기라도 하다.'

벌에 쏘인 것처럼 컴퓨터를 셧다운하고 소리쳤다.

"당신들이 나에 대해 뭘 알아?"

"뭘 알고 맘대로 지껄이는 거야?"

드르륵드르륵 밖에서 들리는 소리. 기억이 잘린다. 밤 9시 45분, 드디어 진수가 도착한 모양이다. 방문을 열고 뛰어나갔다. 하지만 소리는 반투명 유리 미닫이 넘어 부엌에서 들려온다. 드르륵드르륵⋯. PVC 배관을 긁는 쥐는 분명 이전에 싱크대가 부러지는 바람에 놓친 그놈이다.

남편이 세상에서 가장 끔찍하게 혐오하는 쥐. 소리는 끊어졌다 잠시 뒤 다시 이어지기를 반복한다. 평소라면 쥐를 함정에 몰아서 단숨에 때려잡고 말겠지만, 코로나에 걸린 나는 쥐를 잡고 싶지 않다. 무엇보다 내 머리는 진수를 기다리는 일로 꽉 차 있어 다른 것은 생각하기 싫다.

다시 침대에 누워 회색 벽을 응시한다. 하필이면 부엌 공사 몇 시간 전에 시누가 운명할 게 뭐람. 거기다 사장이란 사기꾼은 개를 학대하는 근로자를 보내고. 그것도 왼손잡이를. 왼손잡이에게 쫓겨나 개와 집 밖에서 며칠을 헤맸는지? 개와 밖에서 보내는 일이 얼마나 고역이었는지, 고인이 된 시누에 대해선 생각할 여유조차 없었다. 가끔 생각이 스쳐 갈 때도 있었지만 애도하는 마음은 갈수록 희미해지다 까맣게 잊어버렸다. 그렇다 하더라도 왼손잡이를 향해 이빨을 바드득 갈아 대는 일만은 도무지 멈추어지지 않았다. 생각하면 생각할수록 왼손잡이가 괘씸했다. 개가 물어뜯은 왼손잡이의 바지를 호락호락 변상해 준다고? 천만에. 개에게 발길질만 하지 않았어도. 거기다 아무리 특수 기능 바지라지만 삼백 불이라니. 삼백 불이 어디 누구 집 개 이름인가. 개를 살리려고 얼떨결에 변상해 주겠다고 했지만, 나도 버틸 때까진 버틸 생각이다.

*

　공사 계약에서부터 공사 첫날까지는 기이할 정도로 세세한 것 하나하나까지 전부 기억이 난다. 심지어 기억하고 싶지 않은데도 기억이 폭력적으로 내 머릿속을 억압한다.

　그러니까 남편이 한국으로 떠나기 전날 오전 9시, 설비회사 사장이 벨 스트리트Bell Street에 들이닥쳤다. 그날 개는 평소처럼 조용했다. 사장과 우리 부부는 머리를 맞대고 식탁에 앉았다. 사장은 양손으로 머그잔을 잡고 커피 향기를 맡는 척 킁킁대며 미리 견적이라도 뽑는지 시선은 연신 부엌을 훑었다.

　"위드 코로나, 오늘부터 코로나와 함께 살아가야 합니

다. 저것들 싹 털어 내실 거죠?" 사장이 턱으로 부엌을 가리키며 말했다.

"털어 내고 방탄 부엌으로, 쥐가 출몰하지 않도록요." 남편이 받았다.

잠시 뒤 우리 부부는 검은색 볼펜을 잡고 차례로 설비 계약서에 서명했다. 서명이 끝나자마자 공사비 전액을 요구하는 사장의 말에 나는 대경실색했다. 사장은 코로나 기간에는 모두 그렇게 한다고 더럽게 복잡한 설명을 풀어놓았다. 혼자 항변해 보았자 목의 핏대만 점점 굵어질 참이었다. 그림자처럼 우두커니 옆에 앉아 있던 남편은 시간이 지체되자 지질맞게 사장 편을 들고 나섰다. 결국 나는 두 손을 들었다. 내가 입을 닫자, 망할 남편은 춤이라도 출 것처럼 잽싸게 현금 다발을 사장에게 내밀었다. 돈은 순식간에 사장의 가죽 가방에 들어갔다. 나는 후드득 몸을 떨며 계약서에 사인했던 손가락을 잘근잘근 깨물었다. 어떤 경험은 축축한 혀보다 손가락 같은 말초감각이 더 질기게 기억을 한다.

"공사는 언제…, 빠를수록 좋아요. 밤마다 쥐가 출몰하거든요. 쥐 말입니다, 쥐. 어젯밤에도 나왔고 오늘 밤에도 분명 나타날 겁니다." 참을성 없게 남편이 사장을 볶았다.

"가능한 한 빨리 부탁합니다."

내가 식탁 아래로 남편의 다리를 툭 찼다. 사장은 나와 눈빛을 마주치지 않으려고 가늘게 눈을 뜨고 물었다.

"혹시 집 안에 몰카 설치되어 있나요?"

"아니, 그런 걸 뭐 하러 설치해요."

우리 부부는 동시에 대답했다. 내가 사장의 눈을 똑바로 바라보자, 사장은 두리번두리번 부엌을 쳐다보며 시선을 피했다.

"모레…, 음…, 아니, 내친 김에 당장 시작하죠. 두 명의 근로자가 내일 아침 8시까지는 이곳에 도착할 겁니다."

사장은 우리 부부의 눈빛을 피하느라 바닥 타일이라도 깨부술 것처럼 눈을 내리깔았다.

"공사는 며칠…, 빨리 해 주셔야 해요. 요리를 못 하잖아요." 내가 말했다.

"금방 끝나요. 사흘을 넘기지 않을 겁니다. 약속합니다. 딱 3일만 외식이나 테이크아웃 음식으로…."

*

그날 밤, 전화벨이 울린 건 12시 11분 전이었다. 한밤의 전화벨 소리는 폭력처럼 거칠었다. 누군가 쇠 파이프로 흉포하게 내 머리통을 깨부수려는 것만 같았다. 몸으로라도 그것을 막아야겠다고 벌떡 일어났다. 하지만 날카롭게 울어 대는 화장대 위의 전화기가 내 손에 닿는 순간 자신감을 잃고 말았다. 재빠르게 남편에게 전화기를 넘겼다.

전화를 받자마자 남편이 침대에서 떨어졌다. 그리고 카펫에 얼굴을 묻고 흐느끼기 시작했다. 불길하게도 마치 때를 기다렸다는 듯 코로나 중환자실에서 시누가 별세했다. 하필이면 왜 오늘이어야 해. 나는 두 손바닥으로 벽을 짚었다.

남편 손에서 전화기를 뺏어 사장에게 전화를 걸었지만, 곧 메시지로 넘어갔다. 어떻게 해서라도 공사 일정을 미루어야 한다는 조바심에 입술이 바짝바짝 타들어 가는 나와 달리 남편은 그새 짐을 꾸리느라 옷장이며 싱크대, 책상과 화장대…, 구석구석을 뒤져 집 안을 난장판으로 만들어 놓았다. 걸을 때마다 물건들이 발에 차였다. 그때 쏟아져 있던 약상자가 이제야 총 맞은 것처럼 기억난다.

"당신 핏줄이 떠났잖아요. 제발 사장에게 전화 연결 좀 해 봐요."

참다못해 남편을 다그치던 그때도 남편은 가방을 꾸리는 일에 정신이 빠져 마치 청각장애자처럼 무반응이었다. 혹시나 울고 있는 것인가? 어깨를 흔들었을 때야 당신도 가방부터 꾸리라며 훌쩍거렸다. 남편처럼 가방을 싸야 할지, 공사 연기부터 해야 할지 갈피를 잡지 못하고 있었다. 실시간으로 전화하느라 시간 개념을 잊고, 해가 뜨는 줄도 모르고 있을 때 갑자기 흥분한 개가 짖으며 현관을 향해 달렸다.

먼저 개를 진정시킨 뒤 현관문을 열었다. 사장의 약속대로 근로자들이 칼같이 8시에 도착해 있었다. 안전화를 신고 집 안으로 성큼성큼 들어서는 형광 조끼를 똑같이 차려입은 두 사람은 각각 어깨에 공구 가방을 메었고, 손에는 자동 소총처럼 생긴 연장이 들려 있었다. 대번에 나는 기가 죽고 말

앉다. 울고 싶었지만, 감정을 숨기려고 입꼬리를 늘이며 억지 미소를 지었다. 그때 순식간에 개가 올리브색 피부를 향해 펄쩍 뛰어올랐다.

"에이, 재수 없게 미친 개새끼."

올리브가 개를 거칠게 밀쳤다. 멀리 나가떨어진 개가 벌떡 일어나 발광하며 올리브의 바짓가랑이를 물었다. 그리고 흔들었다. 올리브가 바짓가랑이를 확 잡아당기며 동시에 손에 들고 있던 공구 가방으로 개의 머리통을 내리쳤다. 그는 왼손잡이였다. 그 바람에 개의 이빨에 걸린 바짓가랑이가 북 찢어졌다. 뒤를 이어 찢어진 바지를 펄럭이며 그는 개의 머리통을 날렸다. 그 일은 순식간에 일어났지만, 바짓가랑이에서 날리던 잿빛 먼지와 시큼한 땀 냄새에 토할 것 같았던 기억만은 아직도 생생하다. 왼손잡이는 연이어 자동소총처럼 생긴 연장으로 개의 목을 겨누었다.

"에이 개새끼, 죽고 싶어? 억, 죽여 버릴까 봐."

"제발, 제발, 죽이지 마요."

나는 개의 앞을 막아서면서 두 손을 싹싹 비볐다. 개는 한구석에 공처럼 몸을 말고서 착 내리깐 눈으로 왼손잡이를 힐끔댔다. 그때까지도 개를 노려보는 왼손잡이 사내의 번득이는 눈빛은 정말 개를 향해 방아쇠를 당길 것 같았다.

"바지는 어떻게 하실 거죠?"

"변상하면 될 것 아녜요."

"이게 얼만지 알기나 해요?"

278   바닷가의 묘지

그러니까 그날은 쥐가 아닌 개가 문제를 일으킨 것이다. 그렇지 않아도 나는 사장에게 전화를 시도하랴 징징대는 남편을 달래랴 초주검 상태였다. 한국에서 걸려온 전화 한 통이 정신을 완전히 뒤집어 놓은 것이다. 거기에다 개까지 난리를 친 것이었고. 하지만 때가 때이니만큼 재빨리 정신을 차렸다.

"그나저나 오늘 공사 못 합니다. 초상이 났거든요. 오늘 오시게 한 건 미안해요. 도무지 사장과 연락이 닿지 않아 나로서도 불가피한 일이었어요."

"그럴 리가요. 제가 전화를 해 보죠."

내 말에 어리둥절한 표정으로 고개를 갸웃거리던 파란 눈 근로자가 사장에게 전화를 걸었다. 내가 수십 번을 걸어도 안 되던 전화를 파란 눈은 단번에 연결했다. 사장은 내 말이 끝나기도 전에 공사 일정을 미룬다거나 공사비를 돌려받는다거나 하는 생각은 꿈도 꾸지 말라며 칼처럼 잘랐다. 나는 감정이 격앙되어 언성을 높이다, 감언이설로 달래다, 낮은 목소리로 협박하다, 갖은 실랑이를 벌였지만, 씨도 안 먹혔다. 심장이 멎을 것 같았다. 사장 마음을 바꾸어 놓을 수도, 돈을 포기할 수도 없던 나는 사장이 옆에 있다면 총으로 쏘아 버리고 싶었다. 그 시간 남편은 화장실 문을 걸어 잠그고 고독을 즐기고 있었다.

어떻게 마련한 돈인데. 우리 부부는 저축하느라 3년간 친구와 동료들을 멀리했고, 싸구려 와인을 마시며 여행은 물론 외식도 한 번 못 했다. 크리스마스 때도 남편으로부터 향수

나 액세서리가 아니라, 3년 전엔 잔디깎이, 2년 전엔 전동 가위, 그리고 작년에 전동 드릴을 선물받았다. 한 푼이라도 아끼려고 전략적으로 자청했다. 그래서 불평 한 마디 할 수 없었다. 크리스마스 선물을 이용해 잔디를 깎고 나뭇가지를 자르고 집 안의 고장 난 곳을 손수 고쳤다. 지난 일들을 기억하자 절벽에서 뛰어내리려고 방금 벗은 삼 선 슬리퍼를 쳐다보는 심정이었다. 차라리 세상을 떠난 시누의 운명과 내 운명을 맞바꿀 수 있다면….

시계를 본다. 밤 10시 5분 전, 보나 마나 진수는 안 오겠지. 부엌에서 쥐가 다시 드르륵드르륵 PVC를 긁어 댄다. 동물 내장이 다 쏟아져 나온 것 같은 PVC와 전선들, 구리 가스관들, 플라스틱 호스들…. 쥐가 그 사이를 종횡무진 누비며 날카로운 이빨로 유독 PVC만 골라서 긁어 댄다.

남편은 쥐를 무서워했다. 그리고 100년 세월을 견딘 주택을 수시로 저주했다. 결혼 전 한국의 메트로폴리탄 아파트에서 시누와 살았던 남편은 낡고 허물어져 가는 주택에서 우리 네 가족이 사는 것을 비극이라고 했다. 그러다 보니 자연 바퀴벌레나 쥐 박멸은 내 차지가 되었다. 남편은 쥐가 찍찍대는 소리를 듣는 순간 먼저 얼굴이 잿빛으로 변한 뒤 이내 하얗게 질렸다가 흰자위를 드러내며 새파래졌다. 어쩔 수 없이 내가 나설 수밖에 없었고, 그것도 하다 보니 익숙해졌다.

남편은 쥐가 나타난 날 밤이면 어김없이 악몽을 꾸었다. 손바닥으로 바퀴벌레 때려잡는 요령을 가르치거나, 덫에 걸

바닷가의 묘지

려 목뼈가 부러진 쥐를 쇠꼬챙이에 꿰어 무섭지 않다는 걸 인식시켜 주려던 내 시도는 번번이 실패했다. 남편은 쥐를 잡았다는 내 고함만 들려도 기겁하고 안방으로 달아났다. 또한 물에 쥐 오줌이 섞였다며 한국 마트에서 구매한 한라산 생수만 마셨다. 그 모두가 시누가 너무 응석받이로 키운 탓이다.

남편은 틈만 나면 부엌을 개조하거나 아파트로 이사를 하자고 졸랐다. 남편이 일하는 현대식 건물에야 설치류가 침입하지 않겠지만 내 일터인 전쟁박물관에는 하루도 쥐가 나오지 않는 날이 없었다. 바닷가에 병립한 고층 아파트가 누구 집 애 이름인 줄만 아는 철없는 남편을 나무라는 일에 지칠 대로 지쳐 있던 어느 날, 불쑥 나도 모르게 이렇게 약속하고 말았다.

"됐고요. 부엌을 개조해요, 방탄으로."

시계를 본다. 밤 11시. 진수는 진짜 안 올 모양이다. 처음부터 진수가 오지 않으리란 걸 알았어야 했다. 거짓말을 하고도 그 거짓말을 상대에게 진실로 믿게 하고, 정작 발화자는 불필요해진 사실은 잊어버렸다가 그것이 다시 필요해졌을 때 망각 속에서 끄집어 낼 수 있다면 얼마나 편리할까.

*

공사 첫날, 파란 눈이 사장과 연결해 준 전화 통화를 하랴, 옆에서 씩씩대는 왼손잡이를 견제하랴, 눈이 멀 것 같았다. 한숨을 쉬며 고개를 들었을 때야 남편이 여행 트렁크를 들고 초조하게 대기하고 있는 것이 시야에 들어왔다.

"잠시만요. 남편을 기차역에 태워 주어야 하니까 돌아와서 이야기합시다."

하긴 그때 출발하지 않았다면 남편은 비행기를 놓쳤을 것이다. 개를 왼손잡이가 있는 집에 둘 순 없었다. 자동소총 연장으로 언제 쏘아 버릴지 몰랐다. 개와 남편을 태운 차를 몰아 가까운 기차역으로 달렸다. 다행히 시드니 국제공항 가는 기차는 제시간에 도착했다. 저세상으로 떠났다는 피붙이 애도보다 돈이 그렇게도 중요하냐고 죄인 다루듯 따져 대는 남편을 달래고 달래 간신히 기차에 밀어 넣었다. 기차에 오르면서도 연신 뒤를 돌아보는 남편에게 대고 가짜 눈물을 보여 주어야 했다.

"미안해요. 어떻게 하겠어요. 애도로 대신하면 안 되나요?"

객석에 앉은 남편은 차창에 코를 붙이더니 잠시 뒤 고개를 아래로 숙였다. 울고 있는 모양이었다. 마침 기차가 출발했다.

집으로 돌아왔지만 개를 데리고 들어갈 순 없었다. 개가 질식사하지 않게 차창을 조금 내려놓고 안으로 들어갔다. 망치로 때려 부수고 있는 부엌은 사람이 안 보일 정도로 먼지가 자욱했다. 내 기척을 들은 왼손잡이가 먼지 사이로 망치를 든 채 다가왔다.

"바지 어떻게 하실 거죠? 아니면 개를 끌고 갈까요? 그 뒤는 묻지 마시고."

바닷가의 묘지

"돈 마련할 시간을 좀 주세요, 제발."

그깟 작업복 바지가 무슨 삼백 불씩이나, 하고 말을 하려는데 심장이 멎을 것 같았다. 왼손잡이가 개를 죽일 것처럼 난리를 칠 때도 마치 영혼 없는 허수아비처럼 무관심하던 남편. 하지만 마치 영원히 돌아오지 않을 사람처럼 직불 카드와 크레디트 카드만은 철저하게 지갑에 말아 넣던….

남편이 떠나 버리자 집을 둘러싼 책임이 모두 내 지분이되었다. 개를 데리고 어디로 갈 것인가? 고개를 들고 구름 한점 없는 통유리 하늘을 올려다보자, 눈물이 뚝뚝 떨어졌다. 이번엔 진짜 눈물이었다.

모르는 목적지를 향해 무조건 액셀을 밟았다. 핸들을 잡은 손에 땀이 나고 얼굴이 벌겋게 달아올랐다. 물티슈 한 장을 뽑으며 고개를 들자 바다가 보였다. 개는 시원한 물속에서 첨벙거리며 잘 놀았지만, 모래밭에 앉아 있는 내 얼굴과 팔은 불이 붙을 것 같았다. 타는 피부를 견디지 못하고 개를 건져 올려 산을 찾았다. 하지만 한여름 날씨는 바다보다 산이 더했다. 흙이 뿜어내는 열기 때문이었을 거다. 산을 점령한 유칼립투스 나무에 금방이라도 불길이 타오를 것 같았다. 뜨거운 철사 같은 열기가 몸을 칭칭 휘감아 견디지 못하고 개를 독촉하여 산 아래로 내려와야 했다.

오후 1시, 태양은 악어의 동공처럼 붉고 강렬했다. 불쑥 남편이 생각났다. 남편은 대한항공 비즈니스 클래스에 비스듬히 누워 무엇을 걱정할까? 하긴 그는 자기밖에 모르는 불

쌍한 인간이다. 아무리 혈육을 잃은 다급한 상황이지만 크레디트를 긁어서 비즈니스 좌석을 선택했다. 하루만 더 기다리면 할인석이 무한정 대기하고 있는데 말이다. 피붙이가 떠나지 않았느냐고 우기는 남편을 통제하지 못한 내 실력이 더 문제라면 문제였다.

하긴 나 또한 입이 열 개라도 할 말은 없다. 우리는 시누가 경제적 도움을 주지 않았다면 호주에 정착하지도 못했을 것이다. 더구나 남편을 출산하다 돌아가신 시어머니를 대신해 평생 독신으로 살아온 시누의 눈물겨운 스토리를 귀가 따갑도록 듣지 않았는가.

개를 끌고 집 밖으로 나가는 순간부터 만사가 엇갈렸다. 슈퍼에서 간신히 컵라면을 구했지만 뜨거운 물이 없거나, 커피를 마시려고 보온병 뚜껑을 열었을 때 커피 외에 다른 것은 다 있는 식이었다. 무엇보다 시간은 고인 물처럼 더디게 흐르고 배가 고파졌다. 그러자 몸이 아이스크림처럼 녹아 버릴 것 같았다.

오후 1시 30분의 하늘은 내게 조롱을 보내고 있었다. 깨끗한 창문처럼 반들거리는 하늘을 보지 않으려고 핸들에 오랫동안 고개를 묻고 생각에 잠겨 있는데 차체가 휘청 흔들렸다. 고개를 들었을 때 대형 트럭이 채소 모종을 가득 싣고 내 차를 긁을 듯 막 스쳐 지나갔다. 나는 번개처럼 화원을 기억해 내고 즉시 시동을 걸었다. 하지만 지금 생각해 보니 공사 첫날 화원에 가는 것이 아니었다. 그곳에 간 것이 화근이었

　　　　　　　　　　　　바닷가의 묘지

다. 아무리 기억을 더듬어 보아도 화원 외에 사람들이 밀집한 장소에 간 적이 없었다.

그날 화원에 도착한 오후 2시, 코로나가 곧 끝날 것이라고 기대하는, 아니 코로나로 몇 년간 무기수처럼 집 안에 갇혔던 사람들이 규제가 완화된 틈을 타고 너도나도 화원으로 몰려와 야단법석을 떨었다. 사람들 물결 사이를 걷는 것도 힘들었다. 개 줄을 바짝 당기며 사람들과 어깨를 부딪치며 걷다가 한구석에 진열된 쿠마토 모종을 발견했다. "어머나, 어머나! 쿠마토!" 저절로 감탄사가 터졌다. 유해산소 예방 작용이 일반 토마토보다 무려 10배가 높다는 모종을 포기하고 싶지 않았다. 불행 중 다행으로 사람들은 화초에만 미쳐 있을 뿐 채소엔 전혀 관심이 없었다. 개 줄을 놓치는 것도 모르고 몽유병자처럼 쿠마토를 향해 걸어갔다. 뿌리 내림이 잘 된 놈을 찾느라 이 화분 저 화분을 들었다 놓았다 한참 손놀림이 바쁠 때 등 뒤에서 날카로운 비명이 들렸다.

"엄마야~ 개가 사람을 물어요."

토마토 같은 새빨간 립스틱을 바른 여자가 입술이 찢어지도록 비명을 질러 댔다. 나는 급히 뛰어가 개를 붙드느라 손에 들고 있던 화분을 놓치고 말았다. 플라스틱 화분이 콘크리트 바닥에 떨어져 박살이 났다. 곧 직원이 경직된 표정으로 다가왔다. 살갗이 오그라드는 것 같았다. 온몸을 배배 꼬며 절절매다 엉겁결에 옥수수 같은 이를 드러내며 씩 웃고 말았다. 이어서 직원에게 실수를 해명하려는 내 앞을 토마토 입술이 가로막았다. 토마토 입술이 직원에 대고 과장되게 떠들어 대는 틈을 타 나는 쏜살같이 내뺐다. 그리고 개의 목줄을 끊어져라 잡아당기며 이렇게 중얼거렸다.

"내가 천벌을 받는 걸까? 장례식에 가지 않은 것 때문에⋯."

목구멍이 죄어 왔다. 입술을 핥으며 개 전용 공원을 향해 차를 몰았다. 평소 자주 가던 공원에는 각양각색의 크고 작은 개들이 장난을 치거나 싸우며 뛰어다녔다. 하지만 그렇게 좋아하던 개들로부터 저절로 눈길이 돌아섰다. 나는 잔디밭에 앉았다가, 비스듬히 누웠다가, 다시 앉았다가, 일어섰다가⋯, 걷다가⋯, 별별 짓을 해 보아도 시간은 조수의 완만한 변화처럼 느리게 흐를 뿐이었다.

시간은 벌써 11시 15분, 진수를 떠올리자 돌아가던 기억이 버퍼링되어 버린다. 진수는 오지 않을 것이다. 오지 않을 것을 알면서 나 스스로 최면을 걸었을 뿐이다. 그만큼 속았으면 됐지 또⋯. 지난번에도 오지 않았던⋯. 다정다감한 척하다 정작 중요한 찰나에 악어 발톱을 내미는 음흉한 기질의 소유자란 걸 알면서 기다리는 내가 더 웃긴다. 엎어지면 코 닿을 데서 진단 키트 몇 개 가져다주는 게 뭐 그리도 큰 벼슬이라고.

자포자기하는 심정으로 침대에 누웠다. 다시 남편이 진단 키트를 챙겨 여행 트렁크에 쑤셔 넣던 장면⋯, 남편이 바람피우는 현장을 습격한 순간의 기억처럼 눈앞에서 물이 펄

　　　　　　　　바닷가의 묘지

펄 끓는다. 시드니공항에 비해 인천공항의 코로나 규제가 아무리 까다롭기로, 10개짜리 팩을 통째로 말아 넣다니. 남편은 평생 야비했다. 겁 많은 척하면서 엉큼하고 곤란해질 것 같으면 주저 없이 눈물을 흘리고…. 오랜 세월에 쌓인 원한이 머리에서 뚝뚝 떨어진다.

*

부엌 공사 둘째 날부터는 전기 고문을 당한 죄수처럼 기억이 조금씩 훼손되어 버렸다. 순전히 코로나 탓이다. 첫날 화원에 갔을 때 내 몸에 바이러스가 잠입한 것도 모르고….

남편이 29층 아파트에 영정 사진과 유골함을 모셔 놓고 찍은 사진을 보낸 날이 어제인지 그저께인지 *그끄저께인지* 그보다 전날인지? 코로나 환자가 사망하면 무조건 끌어다 태우다 보니, 남편을 기다린 것은 시신이 아닌 유골함이었다고 한다. 세 살 먹은 애보다 쥐를 겁내는 남편이 처음 경험하는 선 화장 후 장례 앞에서 절절매는 꼴이 눈에 어른거린다.

'엄청나게 큰 쥐라니까. 새끼 고양이만 해. 갈색과 잿빛이 뒤섞인 늙은 몸이 노련하게 PVC 사이를 돌아다니다 돌연 내 앞에 떡 버티고 선다니까. 뭉텅한 주둥이에 쓰레기통에서 긁어 먹던 빵 찌꺼기를 잔뜩 묻힌 채. 놈이 훌쩍 뛰어올라서 분홍색 앞발을 내 얼굴에 흡착하지. 이어서 길쭉하고 날카로운 이빨을 쓱 드러낸 뒤 놈은 내 눈부터 파먹기 시작해. 이어

서 귀와 코 그리고 혀를 차례대로…. 아무리 악을 쓰고 살려
달라고 외쳐도, 목소리가 안 터져진다니까….'

남편은 쥐를 본 날 밤마다 어김없이 꾸는 악몽을 아침 식
탁에 풀어놓았다. 나는 남편이 떠들어 대는 것이 지겨워서
일부러 소리 내어 밥공기를 빡빡 긁었다. 지금 남편은 쥐가
없는 29층에서 얼마나 행복하고 또 핏줄을 잃어서 얼마나 불
행할까?

초인종 소리가 울린다. 11시 25분. 개가 쏜살같이 현관
으로 달려 나간다. 꼬리가 빠지도록 흔들어 대는 개를 한 대
때리고 외등을 켜다 멈칫 놀랐다. 아무리 코로나 항체가 생
겼다 해도 마스크도 끼지 않고…. 분명 진수였다. 가랑비가
내리는지 티셔츠가 물기로 번들거린다. 그는 마치 문을 뚫을
듯 들어와 진단 키트를 내 손에 넘겨준다. 진단 키트를 받아
든 나는 고맙다는 말 대신 기침을 하고 싶은데, 기침이 안 터
져 난감했다. 억지로 짜내듯 기침을 몇 번 하고 나자, 그다
음 할 말이 없다.

"줄초상 나는 것 아니겠죠? 코로나에 걸려 본 사람 아니
면 그 고통 몰라요. 정말 죽는 줄 알았다니까요."

"뭐, 괜찮아요."

죽을 것 같다고 말하기 싫었다. 징징 짜 대면 누가 좋아
하겠는가. 그렇지 않아도 지구촌은 수백만이 코로나로 이미
죽었고 계속 죽어 나가는데.

진수가 초록색 에코백을 바닥에 내렸다. 한때 잠시 가족

이었던 그에게 개가 격렬하게 구애를 보낸다. 진수가 무릎을 꿇자, 개가 진수의 얼굴에 흐르는 빗물을 혀로 핥아 먹다 곧 둘이 서로 껴안고 입을 맞추고 뒹굴어 댄다.

"부엌 공사장 한번 봅시다."

"공사를 요리조리 미루는 사장의 변명이 혀에 붙었어요. 근데 부엌 공사는 어떻게 알았어요?"

"좀 전에 전화에 대고 횡설수설 떠들었던 기억 안 나요?"

"그나저나 쥐가 드르륵드르륵 파이프를 긁어 대고 있어요. 그때 우리가 놓쳤던 쥐새끼가 틀림없어요."

진수는 그럴 줄 알았다는 표정을 지었다. 그동안 억눌러 놓았던 분노를 터뜨리자, 눈물이 펑 터지려고 했다. 표정을 감추려고 앞장서서 부엌으로 향했다. 진수가 뒤따라왔다. 부엌 미닫이를 열자 아니나 다를까 드르륵드르륵 쥐가 파이프를 긁어 댔다. 진수는 동물의 내장이 쏟아져 나온 것 같은 살풍경을 보고 미간을 찌푸리다 입을 딱 벌렸다. 그리고 당장 발 앞에 뒹구는 쇠 파이프 한 도막을 집어들었다. 찍찍, 하는 소리만 듣고도 기겁하고 안방으로 달아나던 남편에 비해 고작 30센티미터 노란 파이프를 든 진수의 팔 근육이 울룩불룩 도드라져 보인다. 타조알처럼 불뚝 선 삼두근이 쥐를 잡고도 남을 기세다.

다시 쥐가 드르륵드르륵 파이프를 긁어 댄다. 진수가 휴대폰 플래시 기능을 켰다. 그리고 한 손엔 쇠 파이프를 다른 손엔 플래시를 들고 쪼그리고 앉은 뒤, 십이지장처럼 구불구불하게 뒤엉킨 하수구 호스들을 밀쳐 내고 PVC 속으로 불빛을 밀어 넣는다. 플래시가 PVC 속을 훑는 걸 보고 있자니, 마치 LED 내시경 카메라가 인간의 내장을 촬영하는 걸 지켜보는 기분이다.

쥐가 간이 부었는지 드르륵드르륵 긁기를 멈추지 않는다. 진수가 우리 집에 묵을 동안에는 남편의 꿈에 쥐가 나타나지 않는다고 했다. 그와 내가 앞다투어 쥐가 나타나는 족족 모조리 잡아 쇠꼬챙이에 꿰어 버렸으니까. 나는 쥐가 몸을 뒤틀며 죽어 가는 광경을 응시하며 짜릿한 쾌감을 느꼈더랬다. 그건 진수도 마찬가지라고 했다. 그러니까, 한때나마 진수와 나는 쥐에 관한 한 동일한 취향이었다. 그가 떠난 다음 날부터 남편은 다시 쥐 꿈을 꾸기 시작했다.

드르륵드르륵…. 진수가 허리를 펴고 일어섰다. 그리고 쇠 파이프로 PVC를 쾅 내리친다.

"겁도 없는 쥐새끼."

우두둑 우지직 쾅쾅…. PVC가 부러졌지만 쥐는 놀라기는커녕 오히려 나 잡아 봐, 하고 놀리고 있다. 드르륵드르륵…. 진수가 한 발로 PVC를 밟고 팔을 끝까지 올린 뒤 내리쳤다. 하지만 튀어오르는 날카로운 플라스틱 조각을 피하는 사이 쥐는 달아나고 없었다.

그 순간 개가 현관을 향해 빛의 속도로 뛰었다. 초인종은 울리지 않았다. 쥐 잡는 데 정신이 팔려 소리를 듣지 못했는지도 모른다. 개가 미친 듯이 짖으며 문을 박살 낼 기세로 현

바닷가의 묘지

관문에 몸을 던지고 있었다. 커다란 그림자가 문밖에 어른거렸다. 눈이 어둠에 익숙해지자, 현관 키를 손에 들고 서 있는 왼손잡이가 보였다.

왼손잡이 손에 자동소총은 안 보였지만 개부터 욕실에 격리했다. 그때 쥐를 노리고 있던 진수가 나타났다. 한 손엔 쇠파이프 다른 손엔 플래시를 높이 들고서. 진수는 쥐 대신 도둑을 잡겠다는 기세였다. 진수가 플래시를 왼손잡이 얼굴에 들이댔다. 왼손잡이가 움찔 놀라며 몇 걸음 뒤로 물러났다.

"저 자가 나 혼자 있는 줄 알고 바지를 변상 받으러 온 거예요."

나는 한 손으로 입을 가리고 진수의 귀에 대고 속삭였다.

"맙소사, 자정이 가까운 시간에. 공사는 안 해 주고 정말 뻔뻔하기 짝이 없어요."

"바지 변상 받으러 온 게 아닙니다."

나는 화들짝 놀랐다. 왼손잡이가 한국말을 알아듣다니 기가 찰 노릇이었다.

"일하다 휴대폰을 부엌 공사장에 떨어뜨린 것 같아요. 일을 마치고 돌아다닌 곳을 역추적해서 찾는 중이거든요."

"돌아가요. 여긴 없어요. 우리가 쥐를 잡느라 구석구석 샅샅이 다 뒤졌는데."

"그럼, 어디 간 거지? 여기 없으면 큰일인데. 잠시 확인만 하게 허락해 줘요."

세 사람이 열을 지어 부엌으로 향했다.

"3개월 전 코로나에 걸린 뒤부터 밤에 잠을 못 자요. 더구나 바이러스가 기억력과 집중력을 갉아먹어 버려서 정신이 멍하고 평소 또렷하던 기억들이 깡그리 사라졌어요."

윈손잡이가 주머니에서 다른 전화기를 꺼내 발신을 보내며 훼손된 기억에 대해 하소연을 해 댄다. 부엌에 들어서자 다시 쥐가 나타나 PVC를 긁어 댔다.

윈손잡이가 드르륵드르륵 하는 곳을 뚫어져라 노려보더니 잽싸게 PVC를 세워 흔들었다. ㄱ 순간 검은 쥐 한 마리가 뚝, 하고 타일 바닥에 떨어졌다.

"에이, 내 전화기 여기 있었네."

진수와 나는 멍하니 윈손잡이를 쳐다보다, 서로의 얼굴을 마주 보다, 도무지 입술이 열리지 않아 아무 말도 하지 못했다. 대신 나는 상황을 역전하려고 다급하게 윈손잡이를 몰아 붙인다.

"도대체 이게 뭡니까? 괜한 술책 부리지 말고 빨리 공사를 해 줘요. 당신네 사장을 사기꾼으로 고발할 겁니다."

"우리도 도저히 못해 먹을 짓입니다. 봉급도 제대로 못받고 있어요."

"공사 마치기 전엔 바지 못 물어 줍니다."

*

윈손잡이를 보내고 거실로 돌아왔을 때 진수는 티브이를

바닷가의 묘지

보는 중이었다. 철퇴처럼 생긴 바이러스 입자가 가득한 화면을 배경으로 앵커와 바이러스 전문의가 마주 앉아 기억력 훼손에 대해 떠들었다. 기억력 감퇴로 가족 간은 물론이고 직장에서도 웃지 못할 일들이 벌어지고 있다고 하자, 앵커가 말을 자르며 어떻게 인간과 바이러스가 잘 공존할 수 있느냐는 질문을 던졌다. 그러자 진수가 뭐라고 입속말을 중얼거리며 티브이를 껐다.

"자, 쥐를 잡았으니 이제 밥이나 먹읍시다."

그는 한결 여유로운 목소리로 말했다. 그가 이전에 쥐를 잡고 나면 짓곤 하던 홀가분한 표정으로 초록색 에코백을 들어 올렸다. 어느 말보다 반가웠다. 나는 밥을 먹기 위해 거실의 다탁을 닦았다.

에코백에서 햇반, 죽, 국들과 반찬들…, 떡과 팥빵 같은 주전부리까지, 각종 음식이 쏟아졌다. 진수는 내가 요리를 못 해 먹는 사정을 계산기로 두드려 준비한 것 같았다.

서둘러 햇반과 국을 마이크로웨이브에 돌리고 파래 무침, 멸치 볶음, 도라지나물, 더덕 무침 같은 반찬을 다탁 위에 빼곡하게 차렸다. 흰색, 초록색, 갈색, 노란색 등 다양한 색상의 음식들이 매콤하고 짭조름하고, 고소하고 달콤한 냄새를 풍긴다. 파래에서 나는 상큼한 바다 냄새까지, 거실 가득 아득한 냄새가 고였다. 부엌 공사를 시작한 뒤로 얼마 만에 맡아 보는 익숙한 냄새인가. 갑자기 눈앞에 펼쳐진 음식을 본 위장이 식탐을 참지 못하고 꼬르륵 소리를 지른다.

"잠깐만요. 아무리 배가 고파도, 코로나 검사부터 합시다."

진수가 비닐봉지를 찢어 면봉을 꺼냈다. 나는 왼쪽 콧속 깊숙이 면봉을 넣고 훑어 콧물을 묻힌 뒤 오른쪽 콧속으로 옮기려다 말고 면봉을 쓰레기통에 던져 버렸다.

"먹고 나서 할래요."

진수가 픽, 하고 웃었다.

"얼마 만에 되찾은 식욕인데요. 어차피 바이러스가 옮겨 붙은 거라면 밥을 먹고 나서 하나 지금 하나 달라질 건 없죠."

걸신들린 듯 밥과 반찬을 욱여넣고 우적우적 씹으며 진수에게 묻는다.

"그때 왜 그런 음흉한 소문을 퍼뜨린 거죠?"

"내가? 내가 그런 소문 안 퍼뜨린 거 알잖아요."

진수를 향한 내 의심이 다시 살아났다. 당신을 의심하고 괴로워하는 것보다 차라리 코로나에 걸리는 게 낫겠어요. 아프고 괴로운 기억이 죽음보다 더 무섭다고요. 인류에겐 재앙일지 모르는 코로나가 어쩌면 나에겐 나쁜 기억을 앗아 가는 신의 선물일 수도 있어요. 철퇴처럼 생긴 바이러스 입자가 내 뇌를 한 방 먹여 준다면 잊어버릴 건 잊어버리고 싶다고요. 진수 얼굴에 대고 침을 튀기며 쏟아 내고 싶었다. 그러나 나는 대신 말했다.

"그러면 왜 Q씨가 그런 말을…. Q씨랑 술자리에 같이 있었잖아요."

"Q와 같이 한자리에 있었는지 모르지만, 서로 눈을 마주친 적은 없었거든요. 그런데 무슨 기억을 하란 말인가요."

"아무리 코로나가 사람의 기억을 해체해 버린다고 해도 그렇죠?"

"동정하는 척 근황을 묻는 친구들에게 쥐를 잡아 주고 밥값을 대신했다는 이야길 했을 뿐입니다."

"뿌리도 없는 나무에서 잎이 핀다고요?"

"아니라면 아닌 줄 아세요. 내가 아니라는데, 도대체 무슨 말을 더 듣길 바라는데요?"

진수가 성질을 버럭 내며 일어서더니 숟가락을 바닥에 내동댕이쳤다.

그가 사라지고, 에코백에 남은 음식들을 검은 쓰레기봉투에 쓸어 넣는 동안 기억이 빠르게 돌아간다. 진수가 알면서 모르는 척을 하는 것인지, 진실을 교묘하게 꾸며 거짓말을 하는 것인지, 정말 잊어버린 것인지, 기억에 떠올리기 싫어 스스로 마음을 통제하고 있는 것인지, 정말 바이러스가 그의 기억을 앗아가 버린 것인지….

그와 같이 쥐를 잡다 썩어 있던 싱크대 문이 부러진 일이 있었다. 내가 앞으로 엎어지자 뛰어오던 그가 미처 중심을 잡지 못하고 내 위를 덮쳤다. 그건 어디까지나 쥐를 잡다 일어난 해프닝일 뿐 음흉한 소문의 근거가 될 순 없다.

지금 내 몸 어딘가에 손가락만 살짝 건드려도 여기저기 흩어져 있던 감각기능 신호들이 일제히 수많은 기억을 되살려 낸다. 하지만 기억이 되살아나는 순간은 시간적 공간적 차원을 초월하여 순서와 인과를 잃은 채 파편처럼 머릿속을 부유한다. 무작위로 조합한 타임 랩스처럼 말이다. 소리 내어 한 말, 소리 없이 한 말, 자판기에 두드린 손가락의 말들… 이제 정말 코로나 검사를 해야겠다. 아마도 테스트기에 빨간색 두 줄이 선명하겠지?

고통 속에서 길어 올린 사랑의 서사

—테리사 리의 소설 미학

고통 속에서 길어 올린 사랑의 서사

—테리사 리의 소설 미학

유성호(문학평론가, 한양대학교 인문대학장)

1. 한 사회의 욕망의 축도縮圖로서의 소설

우리의 삶은 언제나 우연한 사건의 연속으로 구성되고 펼쳐진다. 물론 예측 가능한 절차에 대처하고 반응하는 일도 더러 있지만, 이러한 이성적 해석과 판단을 무색하게 하는 삶의 예외적 순간들은 우리로 하여금 합리성의 덧없음을 절감하게끔 해 준다. 이처럼 삶에서 이성과 탈脫이성의 힘은 늘 어긋나면서 어둑한 양면성을 형성한다. 우리는 합리성으로 역사와 현실을 논하기도 하지만, 비합리적 일상이나 욕망에 대해서도 관심의 끈을 놓지 않는 것이다. 어디 그뿐인가? 아폴론적 질서와 디오니소스적 열정의 상호 얽힘도 삶을 신비롭게 하는 중요한 요소라고 할 수 있다. 특별히 합리적 이해력보다는 어떤 황홀한 순간성에서 본령을 획득하는 예술의 경우, 그러한 얽힘은 더욱 심화되고 전면화된다. 소설의 경우에도 인간의 이성과 욕망을 동시에 사유하는 작법은 동일한 기율을 만들어 낸다. 합리적 착안이 어려운 인간 욕망을 그려 갈 때 소설이 우선적으로 포착하는 것이 가장 친숙

298   바닷가의 묘지

한 일상성의 결일 경우가 많은 것도 그 때문일 것이다. 어떻게 생각하면 '일상성'은 비상한 인지적 충격을 주기에는 적절치 못하지만, 작가는 그것을 통해 환상과 환멸, 충만과 결핍 같은 삶의 양면적 속성을 얼마든지 추출해 갈 수 있다. 테리사 리의 새로운 소설집『바닷가의 묘지』(천년의시작, 2024)는 이러한 한 사회의 욕망의 축도縮圖를 '호주(Australia)'라는 광활한 장소성을 통해 보여 주는 탁월한 예술적 성과라고 할 수 있을 것이다. 이제 그 고통과 사랑의 세계 안으로 한 걸음씩 들어가 보도록 하자.

2. 이민자로서의 서사적 경험과 섬세한 문체(style)

테리사 리는 이중 언어(bilingual) 환경에서 살아가는 이민자 소설가이다. 치열하고도 선명한 언어 의식을 가지고 이국異國에서의 오랜 경험을 모국어의 최대치로 정성스레 구현해가는 그의 모습은, 그 자체로 한국문학을 외현外現해 가는 창의적 장면이 아닐 수 없다. 아닌 게 아니라 그가 우리에게 건네는 노마드nomad의 언어는 이민 생활에서 경험하고 관찰해 온 징후적 서사를 낱낱의 구체성으로 전해 줌으로써, 한반도 바깥에서 이루어지는 한국문학의 확장적 성취에 크게 기여하고 있다. 그렇게 이민자로서의 섬세한 경험과 관찰을 통해 그곳에서 일어나는 이야기를 담아냄으로써 '작가 테리사 리'

는 자신의 글쓰기가 일종의 존재론적 사건이자 사회적 탐구 작업임을 암시하고 있다. 물론 그 안에는 자신이 살아온 세월에 대한 그리움도 가로놓여 있고, 현실과 꿈 사이에서, 기원(origin)과 현재형 사이에서, 자신을 가능케 했던 모국어에 대한 사랑의 힘을 거듭 확인하는 과정이 담기기도 했을 것이다. 이러한 조건 아래서 구성된 『바닷가의 묘지』에는 완성도 높은 단편소설 10편이 수록되어 있다. 모두 호주를 배경으로 하고 있으며, 한 편 한 편이 매우 단단하고 개성적인 시사를 가득 품고 있다. 어느 작품도 겹치는 이야기가 없고, 다양한 인간 욕망의 지도를 보여 주기에 적합한 복합적 입상立像을 담고 있다. 그 점에서 이 소설집은 어떤 장편소설보다도 한 사회의 총체성을 보여 주는 데 더더욱 적합한 성취라 할 것이다. 먼저 표제작 「바닷가의 묘지」를 읽어 보도록 하자.

작가에게 해외민초문학상 대상을 수상하게 해 준 표제작 「바닷가의 묘지」는 아름다운 바다 이미지, 옛 감옥, 섬의 이미지 등이 가득 출렁이는 소설이다. 이 작품에는 두 개의 서사가 교차하는데, 하나가 노퍽섬에서 죽은 모건의 고조부를 비롯한 '바닷가의 묘지' 주인공들 이야기이고, 다른 하나는 화자인 '나'가 모건을 사랑하는 이야기이다. 섬의 옛 감옥은 폐허가 된 고대 유적을 닮았는데, 모건이 가려는 곳은 하얀 목책 밖의 둔덕 무덤이었다. 최초로 노퍽섬에 발을 디뎠던 죄수들의 공포를 느끼면서도 '나'는 모건과의 사랑의 마력에 사로잡혀 있다. 목책 밖에 엎드린 둔덕 무덤 앞에 발길을

바닷가의 묘지

멈추면서, "이 무덤은 그들 영혼의 집"임을 알아 가는 주인 공들의 궤적이 이 소설의 역사성을 오롯하게 형성하고 있다.

> 그때 반란을 일으켰던 죄수와 함께 희생당한 죄수들의 몰골은 오직 뼈와 껍질밖에 없었고, 굶주린 그들의 눈은 짐승의 눈처럼 번득였다고 했어. 달려온 다른 관리들에게 붙들리면서 살인극은 간신히 중단되었고. 그중 몇몇은 오로지 형벌 노역을 하러 가던 무고한 죄수들이었던 거지.
>
> —「바닷가의 묘지」부분

이처럼 작가는 신神이 부재했던 섬에서 일어난 오래된 사건을 통해 인간 역사의 어두움을 보여 주면서, 그럼에도 일상적으로 일고 무너지는 인간 욕망의 현재형을 날카로운 시선과 필치로 조명하고 있다. '호주'라는 대륙에 서린 역사적 흔적을 이민자의 시선으로 좇아가는 작가의 예리한 필력이 돋보이는 작품이 아닐 수 없다.

작가에게 재외동포문학상 소설 부문 대상을 안겨 준 「오시리스의 저울」은 정의의 저울 한쪽에 죽은 이의 심장을 두고 다른 한쪽에 진실의 하얀 깃털을 얹어 저울질을 하는 고대 이집트의 '사자死者의 신' 오시리스를 인용하여 시작되고 있다. 호주 뉴캐슬 메이필드에서 운동화 가게를 하는 마흔 남짓의 여성 줄리아를 사랑하다 떠난 지우가 신은 신발의 브랜드도 '오시리스'였다.

이곳은 시드니에 비해 유색인종이 그리 많지 않다. 그래서 백호주의가 잔존하는 곳이라고 해야 할 것이다. 유색인종이 조금씩 불어나고는 있지만 여전히 노골적으로 동양인을 비롯한 이색인종을 향해 막말을 쏟아 내는 사람들을 적잖게 볼 수 있다.

—「오시리스의 저울」 부분

그곳에는 마약 딜러들과 창녀들이 깔려 있고, 동양인을 멸시하는 백호주의가 기승을 부려 폭력 사태가 많이 발생하기도 한다. 경찰 신고를 받고 달려가면 가게 앞엔 처참하게 박살 난 유리 조각들과 깨진 맥주병이 뒹굴고 있기 다반사였다. 동양인이라고, 분풀이 대상으로, 큰 유리문은 계속 작살이 났고, 보험회사는 가입을 거절했고, 건물 주인은 안전 보조 철문을 달아 주는 대신 임대료를 두 배로 올리는 곳이었다. 피부가 다르고 마늘 냄새가 난다는 이유로 동양인을 미워하는 자들의 장난이었다. 어느 날 가게 앞에서 살인 사건이 일어났다는 말에 줄리아는 가해자와 피해자를 오시리스가 어떻게 저울질할지를 생각한다.

돌아오는 길에서 트럭의 트레이가 골목길의 턱을 넘으며 날선 소리를 낸다. 그리고 정의의 저울에 올라 있는 죽은 딜러의 붉은 심장이 환각처럼 눈앞을 가로막았다. 순간 도무지 참을 수 없이 오줌이 마려웠다. 나는 갓길에 트럭을 삐딱하게 세워 놓고 맹그로브 숲을 향해 뛰었다. 치마를 우산처럼 펴고 앉아 시원하게 배뇨를 했다.

—「오시리스의 저울」부분

이처럼 작가의 눈에 들어온 호주는 인종차별과 백호주의가 강한 곳이다. 관공서에 일 보러 갈 때뿐만 아니라 일상에서, 취업 전선에서 차별이 잔존해 있다. 소외와 차별의 울분이 작품의 소재가 되고 있는 것이다.

호주에서 살아가는 부부 이야기를 축으로 하여 이민자들의 현재형을 그린 「샌드위치 북카페」도 빼어난 단편이다. 시드니에서 도서관학을 전공한 아내는 취직을 못 하고 '나'는 전망 없는 유학을 포기하자, 아내가 책도 팔고 샌드위치도 파는 북카페를 열었다. '샌드위치 북카페'는 아내의 노력에도 불구하고 책이 잘 팔리지 않는다. 날이 갈수록 적자가 늘어나 결국 카페 문을 닫는다. 그러다가 다른 방법으로 책을 팔기 시작한 부부는 "들어 봐, 책의 첫 울음 소리를" 하면서 책의 가치를 여러 곳에서 살려 낸다. 그와 유사한 맥락으로 "50년은 족히 된 아빠 LP판이야. 우리 아빠 살아 계실 땐 차이콥스키를 듣는 사람이었다고"라는 증언도 나오고, "그 희귀본들의 심장을 한 번만이라도 만져 보고 느껴 보고 싶은 욕망에 몸을 떨었다"라는 고백도 나오게 함으로써, 이 작품은 오랜 시간을 견디고 살아온 고고학적 가치들에 대한 헌사로서 우뚝하기만 하다. 현재의 난경難境을 오래된 가치로 넘어서는 사랑의 이야기가 아름답게 다가온다.

이처럼 테리사 리의 단편소설은 한 가닥의 사건을 중심
으로 사람살이의 날카로운 단면을 재현해 보여 주고 있다.
그것은 장편이 추구하는 전체성이나 서정시가 중시하는 내
포성 사이에 존재하면서 양자의 성격을 동시에 충족하고 구
현한다. 독자들은 이러한 수작秀作들을 통해 호주 사회가 가
지는 거대한 서사는 물론 소소한 일상 국면들도 선명하게 경
험하게 된다. 그만큼 그의 단편은 그 안에 담긴 단면을 통해
각별한 이민자로서의 서사적 경험을 우리에게 부여하고, 섬
세한 문체(style)를 통해 합리성의 힘과 신비성의 힘이 결속되
어 펼쳐지는 것이 우리 생이라는 점을 산뜻하게 보여 주고 있
다. 테리사 리만의 고유한 음역音域일 것이다.

3. 호주 사회의 어둑한 욕망과 그늘의 형상화

다음으로 호주 사회의 일상적 국면으로 더 깊이 들어간 작
품들을 읽어 보자. 누구나 알듯이, 소설은 '이야기(narrative)'를
바탕으로 하는 산문문학이다. 당연히 소설에는 다양한 인물
들이 등장하고 그들이 일정한 사건을 만들고 벌여 나가고 해
결해 간다. 서사가 인간의 구체적 삶의 모습을 제시하는 것을
일차적 목표로 삼기 때문에, 소설은 인간의 삶에 대한 작가의
해석과 판단 과정을 자연스럽게 포함하게 마련이다. 나아가
독자가 소설을 읽는 방식은 두 가지로 나타난다. 하나는 소설

바닷가의 묘지

안에 존재하는 화자의 이야기를 경험함으로써 작가적 체험에 동참하는 일이며, 다른 하나는 소설 안의 서사나 묘사를 따라가며 파생적 상상력을 간접적으로 경험하는 일이다. 빼어난 이야기꾼이라면 전자의 경험을 압도적으로 선사하겠지만 내면 묘사가 많은 작품이라면 후자의 독법讀法이 더욱 커다란 경험적 중요성을 띨 것이다. 테리사 리의 소설은 전자와 후자를 결합하고 있는, 그 완미한 통합 사례로서 돌올하다. 그러한 복합성이 호주 사회의 어두운 그늘을 적확하고도 풍요롭게 그려 낼 수 있는 안목을 제공하고 있는 셈이다.

「아내가 담배 피우며 듣던 발라드」는 라이플에 심장보다 더 뜨거운 블릿을 장착하고 아내의 복수에 나서는 이의 다짐으로 시작되는 이채로운 소설이다. '나'는 "당신의 복수는 나만이 해 줄 수 있거든. …(중략)… 내 운명을 건 복수의 장면을 보여 줄게" 하면서 강력 진통제로 고통을 제어하면서 죽은 아내의 복수에 나선다. 이러한 복수 과정이 물질적 가열함과 충실성을 갖추고 있고, 마침내 작가는 "그들 L다국적 제약 회사 CEO에게 넘겨 내 아내를 비롯한 피해자들로부터 CEO가 빠져나갈 구멍을 마련해 줬지. 그들 제약 회사들은 보이지 않는 검은 손으로 긁어모은 어마어마한 돈을 온통 약 광고에 쏟아붓고! 그 결과, 사람들의 생활을 계속 나쁜 쪽으로 변화시키고! 아직도 사람들은 담배를 끊으려고, 내 아내가 자살로 인생을 마감한 '픽스' 신약을 복용하고 여기저기서 죽어 가고…"라는 구조적 알레고리allegory로 그 상황을 확장해 간다. 호주 사회의 모순과 그늘이 잘 포착된 탁월한 고발 소설이기도 하다.

「인간 사슬」은 부상당한 난민 소녀의 치료 과정에서 입수한 소녀의 수첩을 통해 난민의 상황과 그것을 바라보는 작가의 시선을 그린 소설이다. 의사인 '나'는 사랑하는 연인 변호사 니콜과 함께 난민 수용소로 간다. 침상에 누워 있는 난민 소녀를 수술하고 나서 유명한 난민 작가의 책을 펼쳐들었을 때, 난민들이 배고픔, 잠극, 죽음, 억압, 폭력, 난파, 방관, 이기심으로 둘러싸여 있음을 더욱 실감하게 된다. 콘트라베이스 현에서 분출하는 것 같은 고통의 진동이 '나'의 몸 구석구석을 찔러 댈 때, 국적을 잃고 법과 권리마저 상실한 그들의 처지가 성큼 다가온 것이다. 어릴 적 호주에 처음 왔을 때 인간 사슬로 둥글게 둘러싼 사람들 틈으로 물에 빠진 아시안 소녀의 얼굴을 바라보았을 때와 현재가 겹쳐지면서 이 난민의 서사는 사랑의 마음으로 이어져 간다. 수첩에 기록된 난민 소녀의 상황은 "열세 살이 되었다. …(중략)… 오스트레일리아의 서쪽 바다에서 우리가 탄 보트가 난파했고, 구명조끼를 입지 않은 우리는 바닷물을 마시며 살려 달라고 외쳤다" 같은 진술에서 더욱 명확해진다. 그것을 두고 니콜은 이렇게 이야기한다.

생각 좀 해 봐라. 사람이 죽어 가는데 방치하는 주권과 권력의 통치술…. 살게 할 권리가 아니라 살게 할 인간애에서 우리 계

산해 보자, 제발! 죽음의 진열대에 세팅된 사람들을 어떻게 하는
게 인간의 기본이지?

—「인간 사슬」 부분

국가, 사랑, 권력 등 수많은 인간적 가치의 모순이 가차
없이 하나둘씩 폭로되면서, 이 소설은 다음과 같은 수첩의
기록을 통해 우리를 둘러싼 근원적 상황의 정당성을 묻는 쪽
으로 이월해 간다.

나라란 무언가? 그런 생각을 하기에 내 나이는 충분치 않다.
나라를 잃는 것은 소소하면서도 작은 박탈이라고 생각했다. 지
금은 아니다. 죽을 것 같다. 대낮에도 누군가 내 목을 조르는 환상
에 시달린다. 밤마다 뿔이 세 개 달린 유령과 경비가 교대로 꿈에
나타나 목을 조른다. 유령과 경비는 두 얼굴을 가진 한 인간이다.

—「인간 사슬」 부분

남태평양으로부터 불어오는 바람이 가슴을 파헤치고 들
어오면서, 난민 소녀의 악취는 사라지고 생기의 냄새가 난민
캠프 방향에서 바람에 실려 오는 걸 느끼면서 소설은 끝이 난
다. 소녀가 보내는 메시지, 희망의 냄새가 바로 소설의 대미
를 장식한 것이다. '인간 사슬'이 난민들을 구조하러 들어가
는 것 같은 기이한 착각이 드는 그 마법이야말로 '작가 테리
사 리'가 우리에게 준 사랑의 마법이었을 것이다.

「중독」은 20여 년 전 대마초를 피우다 아내에게 들킨 후, 이제는 담배 중독으로 살아가는 재수가 우연히 어느 펍에서 마약 딜러를 통해 마약을 입수하려다 겪는 해프닝을 다루었다. 호주에서 사십 년 목공 일을 한 재수는 "그때 피우던 대마초가 안겨 주던 쾌감이나 행복감"을 잊지 못하고 있는데, '쉿 5달러'라는 말을 듣고 마약을 입수하려다 결국 말똥만 제공받았다. 'shit'이라는 단어가 가지는 이중적 의미의 혼란 때문에 생긴 희극이었다. 결국 호주의 어느 음습한 곳에서 이루어지는 거래 현장에서 우리는 '중독'이라는 제목을 통해 다가오는 이민 사회의 어둑한 사실성을 바라보게 된다.

이처럼 작가는 인간이 몸과 마음을 아울러 갖춘 존재라는 사실을 통해, 이성과 욕망이 시키는 출렁임이 서로의 방향을 예측하기 어려울 정도로 분열되어 있음을 알려 준다. 그의 소설은 이러한 양면성을 포괄적으로 이해하고자 한다. 그것은 인간의 양면성을 불가피한 존재 방식으로 받아들인다는 것을 뜻한다. 논리와 정서, 개인과 사회, 성聖과 속俗을 통합적으로 파악하는 중에 삶의 정체성을 확보해 갈 수 있다는 믿음이 그 저류底流에 흐르고 있다. 우리가 읽은 작품들은 호주 사회에 대한 단순한 지적 호기심이나 상상적 일탈을 제공하는 것이 아니라, 그들과 함께 살아온 이민자의 시선이 다시 한번 그곳 사회의 욕망과 그늘을 투시한 결과라 할 것이다. 그리고 한 가지 더 이야기할 수 있는 것은, 삶을 전체성의 차원에서 사유하는 소설의 높은 이상理想은 짜임새 있

바닷가의 묘지

는 허구를 통해 "고통과 억압에 대한 영원한 투쟁의 표현"(마르쿠제)으로 나아가야 한다는 점이다. 호주 사회의 어둑한 욕망과 그늘을 형상화한 테리사 리의 소설이 그러한 이상을 굳게 세워주고 있는 셈이다.

4. 소설적 원천이자 궁극으로서의 고통

테리사 리가 엮어 낸 한 편 한 편의 이야기는 항구적 미결 상태인 우리의 삶을 매우 구체적으로 은유하면서 다가온다. 익명의 상황과 함께 인간이 결국 어디론가 갈 수 있고 어디로도 갈 수 없는 존재자임을 암시하는 데 크게 기여하고 있다. 이민자들의 흔들리는 정체성을 작품 전면에 내세운 것 역시 내면성 영도零度의 인무들을 통해 그들의 존재론을 암시하는 쪽으로 경사될 가능성을 안고 있다. 말할 수 없는, 그러나 자신이 말할 수밖에 없는 진실이 그의 가슴속에 있음을 이 소설들은 증언하고 있다. 테리사 리가 그리는 소설의 주인공들은 이처럼 가혹한 상황에서 스스로 힘겹게 이어 온 목숨을 보여주는 인물들이다. 유령처럼, 낭인처럼, 주변인처럼, 육신과 영혼의 저 밑바닥까지 내려간 충격적 경험을 들려주는 동시에 그 세월에 대한 소중한 기억을 들려주는 시대의 증인이자 스스로의 변호인으로 등장하고 있다.

「당신들 누굽니까」에서는 50대 중반 남편이 화장지를 병적으로 사다 모으는 아내가 코비드에 걸려 죽자 그녀를 장례 지내는 과정을 담았다. 30년간 부부로 살아오면서 호주에서 수많은 기억을 공유했던 부부였기에, 남편은 안타까운 마음으로 그녀의 생을 연민한다. 코비드 장례 매뉴얼에 따라 아내를 다루던 중 현관 앞에 도착한 한 쌍의 남녀가 이 소설의 대미를 장식한다. "당신들 누굽니까?" 하고 남편이 묻자 그네들은 "우리는 코비드로 사망한 김한숙의 시신을 염장할 미션을…" 하고 동시에 대답한다. 남편이 현관문을 열자 "로봇 한 쌍이 영화에서처럼 성큼성큼 기계 특유의 걸음으로 집 안으로" 들어오는 것이었다. 포스트휴먼 사회를 예감이라도 시키듯, 우리는 감염병 이후의 어두운 묵시록에서 인간 사회가 쌓아 온 바벨탑을 은유적으로 목도하게 된다.

「빨간색 두 줄」은 팬데믹 상황에서 오십 중반 여성이 누구와도 함께할 수 없는, 강렬한 죽음에 대한 상상을 하는 작품이다. 폐암 유병자인 '나'는 부엌 공사를 하려 했는데 공사 직전 시누이가 운명하여 남편은 인천공항으로 간다. 그때 10년 전 자신의 집에 머물렀던 남편 친구 진수의 전화를 받는다. 공사를 맡은 사장이나 근로자들과 갈등하면서 '나'는 진수의 방문을 받고 다음과 같이 고백한다.

지금 내 몸 어딘가에 손가락만 살짝 건드려도 여기저기 흩어져 있던 감각기능 신호들이 일제히 수많은 기억을 되살려 낸다. 하지만 기억이 되살아나는 순간은 시간적 공간적 차원을 초월

310

하여 순서와 인과를 잃은 채 파편처럼 머릿속을 부유한다. 무작
위로 조합한 타임 랩스처럼 말이다. 소리 내어 한 말, 소리 없이
한 말, 자판기에 두드린 손가락의 말들…. …(중략)… 이제 정말
코로나 검사를 해야겠다. 아마도 테스트기에 빨간색 두 줄이 선
명하겠지?

—「빨간색 두 줄」 부분

  우리의 몸과 마음, 실존과 역사, 과거와 현재, 소멸과 생
성 등 수많은 생의 리듬과 모순적 공존을 작가는 몸의 선명
하고도 확실한 감각을 통해 이토록 구체적으로 그려 내었다.
작가의 문체가 주는 생생함이 한동안 선연할 것이다.

  「엄마」는 한국인 여성 엠마가 타투 숍에서 주저흔에 타투
를 하고, 엄마에 대한 사랑을 상상해 가는 작품이다. 구직에
실패하고 어떻게든 상처를 숨기려는 엠마는 위탁 가정과 후
견인으로부터 간섭받지 않고 살아갈 수 있는 열여덟 살을 애
타게 기다려 왔다. 여러 가정에 맡겨졌던 엠마는 날카로운
물건으로 손목을 자해했던 기억이 토네이도처럼 정신을 덮
친다. 열네 살 때 첫 자해를 했고, 다시 버려질 것이라는 두
려움이 끝없이 자신을 괴롭혀 온 그녀가 생각하는 실존이 다
음과 같이 그려진다.

  어느 쪽으로 고개를 돌려야 엄마가 있는 하늘이 보일까. 그쪽
하늘을 향해 눈을 깜빡거린다. 눈앞에 보이지 않아도 나는 그 세

계를 믿는다. 내가 가장 치열하게 살았던 순간에 엄마와 내가 같은 지구상에 존재했다는 사실이 퍽 위로가 된다. 저기 별 하나가 어디서 엄마를 지키고 또 다른 별 하나가 나를 지키고. 시간은 기다려 주지 않는다. 지상에서의 마지막 소원을 빌어야 할 시간이다. 나는 손목의 타투를 달빛에 비춰 보며 기도한다.

—「엄마」 부분

비로소 그녀는 사랑 때문에 심장이 빨리 뛰는 걸 느낀다. 그것이 죽음의 길인 걸 알더라도 말이다. 고통 너머 존재할, 하지만 존재하지 않을지도 모를 사랑이 주인공의 내면에서 일렁이고 있는 것이다.

「딸기의 신」은 80대 중반 여성 세라와 함께 과체중 장애인 존슨을 찾아 치료하는 '나'의 시간을 통해 '딸기'와 관련한 이민자로서의 삶을 성찰한 소설이다. 호주에 와서 딸기 농장 일을 하던 '나'는 60년 넘도록 한결같은 봉사를 해 온 세라의 머리 위에 후광 같은 빛이 에둘러 돌아가는 것을 발견한다.

세상에는 자신에게 직접 도움이 되지 않는 것에도 뼈를 깎는 진지함으로 임하는 사람들이 조금은 있다는 것. 나는 이제 막 그 사실을 알게 된 것처럼 다시 늪으로 시선을 돌렸다. 그리고 오래 바라보았다.

—「딸기의 신」 부분

바닷가의 묘지

이 또한 호주 사회의 그늘과 그럼에도 불구하고 존재하는 사랑의 가능성을 비춘 소설이다. 이처럼 테리사 리의 작품은 시간예술로서의 소설의 속성을 충실하게 예증하면서 장소성의 차원에 대해서도 개성적 기억을 첨예하게 보여 주는 실례로 기억될 것이다. 그가 경험한 호주 사회는 이상향의 이미지가 아니라 그곳 역시 소외된 주변인들이 빈곤한 삶을 살 수밖에 없고, 인종차별이 있고, 병리적 상황이 거듭되는 것임을 구체적으로 들려준다. 그의 훌륭한 단편들은 이러한 사회 상황에서 뒤안길로 밀려난 존재자들의 일상을 통해 고독한 조난자들이 만들어 가는 서사를 세세하게 채록해 간다. 때로 허무주의적이고 비극적인 내용을 품고 있지만, 그럼에도 인간의 존엄과 갱신 가능성으로 스스로의 여건을 극복하고 나아가는 치열한 지적, 정서적 모색을 계속하고 있다. 깊은 철학적 질문과 답변의 연쇄 과정을 통해 인간 존재의 불완전성에 대한 제언을 던지고 있는 이 작품들은 이민자들의 삶이라는 포괄적 의제(agenda)를 더욱 천착하면서 다양한 인물 형상을 창조해 가는 쪽으로 나아가게 될 것이다. 이에 대해 작가는 「작가의 말」에서 다음과 같은 유의미한 고백을 이어갔다.

　　이민자에게는 문화 갈등과 언어 장벽이 안겨 주는 최악의 위험은 피하면서도 그것들이 제공하는 다양한 경험을 겪을 시간이 기다리고 있었습니다. 풍부한 경험이 위로를 주었다 할까요. 그것을 붙들고 모국어로 글을 쓰게 되면서 균열이 일어났던 자아에 새로운 불씨가 일어나는 걸 알게 되었습니다. …(중략)… 제 글쓰기의 추동은 죄책감에서 생겨납니다. 지나간 행적에 대한 죄책감이 제게는 있습니다. 현실의 부조리 앞에서 무력하기만 한 죄책감, 지구와 자연 또 미래 세대를 우려하는 죄책감도 한편에 있습니다. 그러함에도 책을 발간하는 죄책감 하나를 더 보태고 말았습니다.

—「작가의 말」 부분

문화 갈등과 언어 장벽, 균열과 불씨를 모두 작가 특유의 죄책감이 떠안고 써 온 소설들은 그 자체로 현실의 부조리에도 불구하고 인간을 믿고 나아간 창의적 궤적이었다고 할 수 있다. 그렇게 작가는 외면하기 쉬운 가혹한 상황을 통해 "폭력과 허무 곧 인간성의 말살이야말로 현대 예술이 가장 자유롭고 가장 순수한 계기들을 통해 우리에게 가져다주는 메시지"(멈포드, 『예술과 기술』)임을 거듭 상기시킨다. 소설의 선명한 리얼리즘이요, 한 시대의 또렷한 함축적 반영이 아닐 수 없을 것이다.

프랑스의 시인 랭보가 노래한 "상처 없는 영혼이 어디 있으랴"라는 유명한 전언은 우리 삶이 근원적으로 고통과 상처를 받아 가는 과정임을 증언한다. 그의 말대로 우리는 고통이 선명하게 서린 삶을 살아간다. 그리고 그 고통을 만들어낸 모순과 힘겹게 대결하면서 여전히 상처와 불모의 삶을 이어 간다. 하지만 이 상처들이야말로 한 사람의 영혼 안에 새

314

로운 예술적 가능성을 적극적으로 부여하는 원천이 된다. 그
가운데서도 소설은 삶의 상처에 대한 몸의 기억을 서술함으
로써 그 안에 상처와 예술이 맺는 필연적이고도 유추적인 연
관성을 보여 주는 언어 양식이다. 테리사 리의 소설적 원천
이요 궁극이 그러한 말할 수 없는 고통에서 온 것이다.

5. 더욱 차원 높은 소설 미학으로 번져 가기를

그동안 한국 소설은 역사적, 경험적 진실의 세계를 공동
체적 선善이라는 방향과 함께 써 나감으로써 계몽적 열정을
강렬하게 보여 준 언어의 기록을 가지고 있다. 집단적 경험
의 구성원으로서의 존재가 강조되다 보니 개개인의 내밀한
욕망의 문제는 언제나 부차화되기도 했다. 하지만 최근의 소
설 미학은 현저하게 개별화 혹은 내면화의 방향을 취하면서
독자가 상상적으로 참여하는 독법을 요구하게 되었다. 이러
한 작품들은 대개 인물의 내면을 집요하게 탐사하면서 기억
과 이미지 그리고 꿈을 찾아 나선다. 또한 '현재성/실체/현
실'이라는 합리성의 요새를 공략하면서 삶이 불가피하게 견
지하는 모호하고 흐릿한 복합성을 강하게 암시하게 된다. 우
리가 읽어 온 테리사 리의 소설은 이러한 양면적 요구를 통
합적으로 구현한 밀도 높은 단편 세계를 이루어 냈다고 할
수 있을 것이다.

앞으로 한반도 바깥에서 모국어로 글을 쓰고 작품집을 내면서 자신의 정체성을 사유해 가는 작가들은 계속 줄어들지도 모른다. 그러나 우리는 이민 문학의 코어에서 더욱 창작에 진력하는 분들이 많이 나오고, 그분들의 경험과 기억이 국내 문단에도 중요한 '타자의 거울'이 되기를 바라 마지않는다. 이때 테리사 리는 이민자 작가야말로 국내 문단에의 종속성에서 벗어나 자신만의 오롯한 고유성과 특수성을 개척할 수 있음을 보여 준 분으로, 그곳에서 살아가는 이민자 개개인의 삶과 내면의 맥락을 충실하게 복원하면서 자신만의 문장을 구축해 간 유니크한 작가로 오래 기억될 것이다. 수많은 고통 속에서 길어 올린 사랑의 서사를 담은 이번 소설집 간행을 진심으로 축하드리면서, '작가 테리사 리'의 유의미하고 아름다운 문장과 사유가 더욱 차원 높은 소설 미학으로 번져 가기를, 마음 깊이 소망해 본다.

바닷가의 묘지